작은
인도

Published with the financial support National Book Trust India Financial Assistance
Programme for Translation
이 책은 인도국립출판진흥기금 National Book Trust 의 지원으로 번역·출판되었습니다.

작은 인도
한 소설가의 색다른 여행기

인도연구원총서 02

초판 1쇄 인쇄 2015년 5월 25일 ＼**초판 1쇄 발행** 2015년 6월 1일
지은이 마노즈 다스 ＼**옮긴이** 이옥순 ＼**펴낸이** 이영선 ＼**편집 이사** 강영선
주간 김선정 ＼**편집장** 김문정 ＼**편집** 임경훈 김종훈 김경란 하선정 ＼**디자인** 김회량 정경아
마케팅 김일신 이호석 김연수 ＼**관리** 박정래 손미경

펴낸곳 서해문집 ＼**출판등록** 1989년 3월 16일(제406-2005-000047호)
주소 경기도 파주시 광인사길 217(파주출판도시) ＼**전화** (031)955-7470 ＼**팩스** (031)955-7469
홈페이지 www.booksea.co.kr ＼**이메일** shmj21@hanmail.net

ISBN 978-89-7483-722-8 03890
값 17,000원

이 도서의 국립중앙도서관 출판시도서목록(CIP)은 e-CIP 홈페이지(http://www.nl.go.kr/ecip)에서
이용하실 수 있습니다.(CIP제어번호: CIP2015013723)

이 책은 (주)비티엔의 도움을 받아 출간되었습니다.
www.gate4india.com / www.인도무역.kr

My Little India

작은 인도
한 소설가의 색다른 여행기

사단법인 인도연구원 기획
마노즈 다스 지음
이옥순 옮김

서해문집

인도를 보는 방법은 많다. 그보다는 인도라는 현상을 경험할 수 있는 시각이 많다는 표현이 맞을 것이다. 우마차를 타고도 접근이 어려운 오지 마을에서 태어나고 자라면서 10대 초반까지 마을 학교에서 공부했던 나의 시각에는 종종 시골의 정서와 향수가 물들어 있다. 아마도 나는 역사의 잣대로 재는 것과 같은 관찰에서 벗어나야 한다고 말하고 싶은 건지도 모른다. 그 이유는 이 책이 내 정신과 상상 속에 오랫동안 담겨 있던 여러 장소와 사람에 대한 인상을 여유로운 분위기 속에서 독자와 함께 나누려는 초대이기 때문이다.

나의 이런 시각은 인도를 볼 때도 마찬가지일 것이다. 마치 1890년대에 나온 미국 작가 마크 트웨인의 인도에 대한 요약에서 그랬던 것처럼 말이다. 마크 트웨인은 1897년에 출간된 《더 많은 해외여행자More Tramps Abroad》(영국에서 출간된 제목임. 미국에서는 《적도를 따라서Following the Equator》라는 제목으로 출간됨. 우리나라에서는 《마크 트웨인의 19세기 세계일주》라는 제목으로 번역됨—옮긴이)에서 인도에 대해 이렇게 적었다.

"이것이 정말 인도다! 꿈과 로맨스의 나라, 전설적인 부와 빈곤의 나라, 장대함과 걸레의 나라, 왕궁과 가축우리의 나라, 기근과 역병의 나라, 요정과 거인 그리고 알라딘의 램프의 나라, 호랑이와 코끼리의 나라, 코브라와 정글, 수많은 민족과 많은 언어를 가진 나라, 수천의 종교와 200만 신들의 나라, 인종의 요람, 인간의 언어가 탄생한 곳, 역사의 어머니, 전설의 할머니, 전통의 증조할머니, (……) 모든 사람이 흘낏이라도 보고 싶어 하는 단 하나의 나라, 그리고 그 나라는 단 한 번 봄으로써 나머지 지구를 다 합친 구경거리를 흘낏이라도 보지 않게 만들 것이다."

이 책의 본문 앞부분에서 이야기하는 안다만 제도에 대한 글이 사실적이고 라자스탄에 대한 글이 꿈과 로맨스가 지배적이라고 한다면, 나머지 글은 객관적인 경험과 주관적인 반응의 융합이라고 할 수 있다. 나는 두 개의 언어(영어와 오리야어)를 사용하는 작가이므로 이 책의 대다수 글은 오리야어Oriya語(인도 헌법이 인정하는 인도의 지역 언어 중 하나. 인도 오디샤 주의 공용어로 쓰임─옮긴이) 버전이 있고, 《안타랑가 바라트Antaranga Bharat》라는 책으로도 출간되었다.

이 책의 글을 영문 시리즈로 만들어준 〈스테이츠맨The Statesman〉 신문에 감사한다. 나는 훌륭한 독자를 가진 운이 좋은 작가였다. 많은 독자가 이 시리즈 글이 언제 한 권의 책으로 나오는지 문의했고, 그들 가운데 한 분이 이 책의 출간을 맡겠다고 나섰기 때문이다. 그가 바로 인도국립출판기금National Book Trust의 책임자인 니르말 칸티 바타차르지다. 이 프로젝트를 편집으로 마무리해준 비니 쿠리안과 협회 관계자들에게도 감사의 인사를 올린다.

마노즈 다스Manoj Das

인도는 하나의 세계가 아니다. 넓은 영토에 많은 인구가 거주하는 인도는 고대부터 지금까지 모든 것이 복수였다. 즉 다양성이 인도 역사의 상수였다. 당연히 그런 인도를 보는 방법이 하나일 순 없다. 숲을 보듯이 뭉뚱그려 '큰 인도'를 바라볼 수도 있고, 이 책의 저자처럼 개개의 나무와 같은 '작은 인도'를 살펴볼 수도 있다. 어느 쪽이든 인도를 구경하는 것은 동시에 여러 시대와 여러 문화를 경험하는 것과 같다.

저명한 작가이자 교수인 이 책의 저자 마노즈 다스는 이 책에서 수도 델리와 같은 중심지를 넘어서 동서남북의 여러 지방, 광대한 인도를 구성하는 모자이크와 같은 수많은 작은 인도에 주목한다. 책의 원제가 《내 작은 인도My Little India》인 건 그래서일 것이다. 덕분에 이 책을 읽는 사람들은 그와 함께 북단의 히말라야에서 인도양이 일렁이는 남단, 또한 덜 알려진 그의 고향 오디샤와 안다만니코바르 제도 같은 지방에 이르기까지 곳곳의 풍경과 거기에 깔린 인도인의 정신세계를 들여다볼 수 있다.

이 책에서 저자의 여행은 단순히 여행을 위한 여행만이 아니었고, 여기에 실린 49편의 이야기도 전형적인 여행기와는 다르다. 그래서 독자 여러분은 오히려 여행이 수반하는 다채로운 경험뿐만 아니라, 그가 펼쳐내는 인도 각 지역의 역사와 신화, 대서사시와 설화 등 풍성한 전통과 문화를 접할 수 있다. 역사의 주인공들과 그들의 사회와 문화는 물론, 덜 중요하게 여겨지거나 고립되어 살던 사람들의 느리고 때로 변화무쌍한 삶의 흔적이 생생하게 감지된다. 정사에서 볼 수 없는 흥미로운 에피소드도 많다. 특히 1940년대에 안다만 제도를 점령한 제국주의 일본의 충격적인 이야기가 그렇다.

인도 문명에 대한 깊은 이해와 켜켜이 쌓인 학식과 견문의 실을 솔솔 풀어놓는 필치로 독자를 수십 개의 작은 인도로 데려갈 마노지 다스는 1934년 인도의 동부 지방 오디샤에서 태어났다. 그는 20여 개의 공식어를 가진 인도에서도 드물게 두 개의 언어를 쓰는 작가, 즉 모국어인 오리아어와 영어로 많은 작품을 쓴 작가로 명성이 높다. 10여 권의 소설집, 20여 권의 단편집 등 40권이 넘는 책을 출간한 그를 지칭하는 이름은 소설가, 시인, 칼럼니스트, 교육자, 수필가, 편집인 등 아주 많다.

'작은 인도'의 아름다움과 정서를 다각도로 그려낸 그의 작품들은 인도 각 지역의 언어와 여러 외국어로 번역되어 인기를 끌었다. 문학과 교육에 기여한 공로를 인정받은 그는 인도 최고의 문학상인 사티야 아카데미 상 등 명망 있는 여러 상을 수상했고, 정부가 민간인에게 수여하는 훈장(파드마 슈리)을 받는 영예도 누렸다. 왕성하게 글을 쓰면서 아주 오래전부터 스리 오로빈도 국제대학에서 영문학을 강의하고 있다.

2015년 5월
이옥순

차례

분홍색
도시
이야기

분홍색
도시
이야기

음험한.
불빛.

안다만니코바르 제도諸島(벵골 만에 있는 두 제도, 즉 안다만과 니코바르 제도로 이루어진 인도의 주─옮긴이)의 선임 의무관 디완 싱은 포트블레어(안다만니코바르 주의 주도─옮긴이)의 황혼이 결코 즐겁지 않았다. 황혼은 향수를 불러일으켰다. 풀 죽은 태양의 떨리는 붓질로 금박을 입힌 수평선 위의 옅은 구름이 머나먼 고향집의 실루엣을 그렸기 때문이다.

1941년의 그 특별한 저녁은 전보다 더 그의 마음을 산란하게 만들었다. 그는 그 이유를 알 수가 없었다. 물론 메디컬 캠프를 순시하고 본부로 돌아가다가 작은 섬을 지나칠 때 부족 마을에서 들려오는 오싹한 고함 소리를 듣긴 했다. 그 고함이 기억 속에서 메아리처럼 계속 들렸는데, 뭔가 불길한 소리였다. 역시 왜 그런지는 알 수가 없었다.

그는 출처를 알 수 없는 불길한 예감을 씻어내야 했다. 그는 종이를 한 장 꺼내서 그 생각을 펀자브어로 써내려갔다.

저 너머에 그 폭풍이

맹목적인 분노와 함께 머물고 있네.

폭풍이 불 것이다, 수평선을 가로질러;

폭풍이 불 것이다.

그리고 여파를 남기리라.

어둠, 사라진 태양-달-별들.

파괴, 혼란, 변화의 폭풍.

나는 당신을 모르고, 당신도 나를 모를 것.

폭풍이 불 것이다,

그 폭풍……

그의 느낌은 며칠 만에 전조 증상이었음이 드러났다.

제2차 세계대전이 발발했다. 1942년 3월 23일, 일본이 포트블레어를 공격했다. 그땐 대부분의 영국 장교들이 이미 본토로 탈출한 뒤였다. 얼마 남지 않은 행정부에는 불확실한 임무가 남아 있었다.

수천 명의 일본군이 읍내를 진군했고, 더 많은 군인들이 해안에 정박한 배에서 기다리는 동안 잔존한 식민 관리들은 신속하게 결정해야 했다. 그것은 두들겨 맞은 '영국 사자'에게 충성을 지키느냐, '떠오르는 태양'에게 경례를 올리느냐의 선택에 관한 문제였다. 영국에 충성을 바치기로 결정한 사람들은 전신부 직원들이었다. 그들은 전에 부설해놓은 지뢰를 써서 사무실을 폭파했으나 곧 붙잡혔다.

무력한 주민들은 활짝 웃는 침략자들에게 환영한다는 표시를 보였다. 일본의 점령은 한 발의 총성도 없이 열두 시간 만에 마무리되었다. 많은 사람들이 이를 상서롭다고 여겼다. 그래서 일본군이 셀룰러 감옥의 문을 열고 죄수들을 석방하라고 신호를 했을 때 역사와 바스티유 감옥의 함락에 대해 좀 아는 사람들은 희열을 느꼈다.

섬사람들은 흥분된 몇 시간이 지나자 침략자들이 총알을 그렇게 오랫동안 아꼈던 의미를 깨달았다.

일본군은 시장을 돌아다니면서 아무 상점에서나 자신들이 좋아하는 걸 마음대로 노획했다. 이제 상인들은 아무리 애를 써도 환영의 미소를 지을 수가 없었다. 그렇다고 울 수도 없었다. 불쾌한 표정을 지었다고 일본인에게 따귀를 맞은 상인들이 있었기 때문이다. 상인들은 그들에게 감사하다는 표정을 보여야 했다.

약탈은 다음 날에도 계속되었으나 예상치 못한 일이 생기면서 끝이 났다. 포트블레어의 전설적인 인물, 흔히 마스터지라고 불리는 케사르 다스가 자신의 발코니 맞은편에 줄지어 있는 집들을 가리키면서 우리에게 말했다.

"저 너머에 우리가 소니라고 부르는 내 친구 줄피콰르의 집이 있어요. 한 일본군이 그의 집에 들어가서 두 개의 달걀을 집었대요. 소니가 미소를 지으며 되도록 정중한 자세로 '한 개만 남겨두시겠어요? 우리 아이가 그걸 먹어야 하거든요'라고 말했답니다. 그러나 군인은 그에게 위협적인 눈빛을 보냈고, 그 군인의 몸짓을 본 소니는 그를 저지할 수 있겠다는 용기가 솟구쳤지요. 소니가 갑자기 군인의 총을 잡아채서 그를 쏘았습니다."

마스터지가 말해준 이야기의 결과는 이랬다. 일본군에 의해 지역 부사령관으로 임명된, 일본군에 협력한 네타지 수바스 찬드라 보세Netaji Subhas

1939년 의회에 참석하기 위해 도착하는 보세.

Chandra Bose(인도의 독립운동가이자 혁명가. 영국으로부터 독립하기 위해 영국과 전쟁 중이던 일본에 협력하여 일본군의 지원 아래 의용군을 이끌고 인도에 입성했다—옮긴이)가 이끄는 인도독립군의 안다만 지역 대표였던 세금징수원 라마 크리슈나가 마련한 귀중한 문서도 동일한 결과를 알려주었다. 줄피콰르의 총알은 일본군의 머리통을 비껴갔으나, 곧 수천 명의 일본군이 사방에서 총을 쏘며 나타났다. 그들이 지나간 길에 있던 모든 집이 불에 탔다. 그리고 마침내 군인들이 소니를 붙잡았다.

그때는 저녁이었다. 포트블레어의 거의 모든 주민들이 시장으로 불려 나왔다. 소니의 부모와 형제들도 마찬가지였다. 그들은 용기 있고 착한 심성을 가진 소니가 발길질을 당하면서 광장의 모서리로 끌려나오는 걸 보았다.

목격자인 비자이 바하두르가 포트블레어의 전 인도 라디오All India Radio 방송에 나와서 진술한 내용은 이랬다.

"뚱뚱한 일본군이 소니에게 다가가 그를 손으로 움켜잡더니 본격적으로 때리기 시작했어요. 내 평생 그렇게 잔인한 광경은 처음이었지요. 그러더니 소니를 일으켜 세우고 여섯 명의 군인이 소총을 들었어요. 사령관이 흰색 수건을 들고 있었는데요. 그가 수건을 아래로 내리자 소니는 군인들이 쏜 총에 맞아서 죽었습니다."

죽음의 총소리가 가라앉자 일본군은 놀란 군중을 향해 흩어지라고 명령했다.

일본군이 포트블레어를 약탈하고 방화하는 동안에 그들이 풀어준 일부 죄수들이 교외로 나가 공격했다. 싸움이 벌어졌고, 약탈자와 무고한 마을 사람들 수십 명이 죽었다.

일부 부유한 주민들은 이런 상황에서는 일본군과 잘 지내는 것이 좋은 전략이라고 생각해 잔치를 열거나 그들에게 선물을 주기도 했다. 일본군은 이러한 접촉을 통해 중요 인물들이 거의 다 섬을 떠났거나 도주했다는 걸 깨달았다. 그들은 남아 있는 주민들쯤은 쉽사리 위협할 수 있을 거라고 여겼다.

일본군은 곧 행동에 들어갔다. 그들은 이용 가능한 최고의 숙박시설을 접수했다. 한마디 사과도 없이 공공건물이든 개인 저택이든 무작정 들어가서는 주인을 글자 그대로 내쫓았다. 수석 행정관의 재무 책임자이자 재정 자문인 아툴 찬드라 차터르지도 집에서 쫓겨났다. 일본군은 어찌할 줄 몰라 당황한 채 잔디밭으로 쫓겨난 유명인사의 운명이 궁금해서 문 앞에 모여든 수많은 주민들을 보았다. 일본의 무력을 보여줄 수 있는 절호의 기회였다.

"멈춰라!"

일본군 상관이 외쳤다. 그는 아툴에게 가기 전에 군중을 향해 이빨을 드러내며 씩 웃었다. 그런 뒤에 칼을 뽑아서 자신의 웃음처럼 옆으로 길게 뻗었다. 다음 순간 잘린 아툴의 머리통이 풀밭에 나뒹굴었다.

일단 안락하게 자리를 잡자 일본군은 쾌락을 찾았다. 그들은 마을을 공격했던 풀려난 죄수들을 동원해서 여자들을 붙잡았다. 지긋한 나이의 한 목격자는 "여자들이 도살장에 끌려가는 가축처럼 병영으로 끌려들어갔다"라고 당시를 회상했다.

새로운 지배자들은 별다른 사고 없이 여러 날을 보냈다. 일본군은 민간정부를 세웠고, 나라얀 라오를 수석 장관으로 삼았다. 라오는 얼마간은 신뢰심을 가지고 얼마간은 예상치 않게 얻은 위상에 매혹되어 인도인이 다룰 수 있는 관내 유일의 자동차를 자유롭게 타고 다녔다.

그러나 라오는 자신에게 주어진 '축복'을 너무 자유롭게 누렸던 모양이다. 얼마 지나지 않아 일본군의 전함이 영국 공군의 폭격을 받았는데, 일본군은 연합군에게 정보를 전해주는 스파이망의 중심이 나라얀 라오라고 여겼다. 그가 밤에 자동차를 타고 운전하는 것을 목격했기 때문이다. 어느 날 밤 수석 장관이 탄 자동차는 시장 한복판에서 멈춰졌고, 그의 위상을 상징하던 자동차에서 끌려나온 그는 셀룰러 감옥으로 보내졌다.

의심은 증오로 자라났다. 수많은 주민이 체포되었고 무더기로 감옥에 갇혔다. 라마 크리슈나의 목격담을 들어보자.

"일본군은 고문과 심문을 계속했어요. 두툼한 곤봉으로 쉬지 않고 때렸고요. 질문과 구타를 계속해도 바라는 결과를 얻지 못하면 새로운 단계로 올렸습니다. 몸의 일부에 석유를 뿌리고 피부 전체가 다 탈 때까지 불을 붙이는 것이 1단계였어요. 또 다른 단계는 매일 신체의 일부를 절개하고 거기에 소금이나 고춧가루를 뿌리는 거였습니다.

그래도 다 실패하면 희생자의 집에서 아내와 아이들을 감옥의 고문실로 데려왔습니다. 남편이 보는 앞에서 아내를 고문하고, 남편을 아내 앞에서 고문했습니다. 때로 아내더러 남편을 때리라거나 남편에게 아내를 때리라고도 시켰고요. 아이들을 부모 앞에서 때리기도 했지요. (……) 아들에게 어머니나 아버지를 때리라고도 했습니다. 자백이요? 아무것도 하지 않았는데 자백할 게 있나요? 일곱 명의 죄수가 총살되었습니다. 많은 사람이 고문실에서 죽었지요. 그들의 시신이 어떻게 되었는지는 아무도 모릅니다. 주민 전체가 공포에 떨었습니다."

죽음에 대한 요약은 굽실거리지 않은 사람들의 몫이었다. 그중 한 사람이 의무관인 디완 싱이었다.

"내가 셀룰러 감옥의 마당을 따라 걷던 비교적 쓸쓸한 오전이었다. 4월 초순이었으나 열기는 견디기 어려울 만큼 뜨거웠다. 나를 스쳐 지나간 일단의 유럽인에겐 특히 그랬다. 얼굴을 자주 닦아내며 날씨를 저주하던 그들은 자신들의 가이드가 하는 설명을 귀담아듣지 않았다.

'여기는 인도의 바스티유 감옥인 셀룰러 감옥입니다.'

'인도의 베스트 감옥이라고요?'

'아니요, 부인. 바스티유 감옥입니다.'

가이드는 허리가 굽은 한 여성의 말을 교정했다.

'뭐라고요?'

'부인이 보는 건 바스티유라고요.'

나이 든 그 여성은 어깨를 으쓱했다. 유럽인이라고 전부 바스티유 감옥의 중요성을 알고 있는 건 아니다. 여성의 시선이 내게 날아왔다. 내가 돕지 않을 이유가 없었다.

'바스티유는 반란군이 쳐들어갔던 감옥으로 사용된 요새로, 프랑스 혁명의 시작을 상징합니다.'

'아, 아, 아…… 프랑스 혁명! 고마워요.'

여성은 동료들을 따라 발걸음을 재촉했다. 가이드가 경계심을 가지고 나를 바라보았다.

나는 가이드에게 힌디어로 말했다.

'여보세요, 친구. 당신의 비유는 바스티유에도 셀룰러 감옥에도 옳지
않아요. 바스티유는 외국인이 아니라 프랑스인이 기습했어요. 거기에 바
스티유의 영광이 있지요. 셀룰러 감옥은 바스티유 감옥보다 더 영광스럽
고 더 비극적인 과거를 가지고 있고요……'

가이드는 내 말에 수긍하지 않는 듯이 보였다."

기억해야. 할.
어떤. 밤.

그 비범한 남자는 3일 동안이나 찾을 수가 없었다. 그러다가 우리는 누군가로부터 "그가 여기서 거니는 걸 봤어요!"라는 말을 들었다. 그러나 아뿔싸! 그는 거기에 이미 없었다.

"그를 찾는 건 쉬운 일이 아니오."

우리가 소다가르의 오두막을 찾아갔을 때 거만한 이웃 사람이 말했다. 그럼에도 그는 우리에게 소다가르를 찾을 수 있는 믿을 만한 단서를 주었다.

마침내 비스왐(내가 1980년대에 편집을 맡았던 잡지 《해리티지》의 발행인)과 나는 하루도 빠지지 않고 그가 기도를 드린다는 모스크의 입구에서 보초를 서는 한 남자에게 다가갔다. 그를 아는 지역민들이 우리 뒤에서 그 남자가 소다가르임을 확인해주었다.

소다가르의 이야기를 우리에게 전해준 사람은 안다만니코바르 연방주의 공보관이었다. 나는 포트블레어의 전 인도 라디오 방송국에서 '사람고기를 먹고 생존한 사람'이란 이상한 제목으로 최근에 방송된 특집의 대본을 얻었다.

소다가르가 안다만 섬으로 보내진 것은 그가 살인죄를 선고받은 1935년이었다. 그는 자신이 젊은 날 무얼 했는지 전혀 기억하지 못했다. 일본군에게 잡혀 있는 동안 겪은 경험이 그를 움직이는 골동품으로 만든 것이다.

우리는 흩어지는 군중 속에서 그가 나오자마자 붙잡아서는 다짜고짜 차 안으로 밀어 넣었다.

"나를 납치하는 건가요?"

그가 낄낄 웃으며 물었다. 우리가 약간 구슬리자 그는 발을 질질 끄는 걸 멈추었다. 내가 준비한 작은 녹음기가 돌아가자 그는 유창하게 말했고, 점점 더 그랬다. 다음은 그가 들려준 이야기다.

1945년 중반이 되자 섬에는 먹을 것이 없게 되었다. 연합군의 폭격으로 식량을 실은 어떤 배도 항구에 닿을 수가 없었기 때문이다. 기근은 한바탕의 약탈과 무정부 상태로 이어졌다. 그것은 일본 식민주의자들이 선례를 보여준 문화였다.

그러나 일본인들은 그 문제에 대한 마지막 해결책을 가지고 있었다. 500명의 마을 사람들을 섬으로 데려간 일본군은 기관총을 쏘아 그들을 다 없앴다. 단 한 명의 생존자도 없었다. 일본의 점령이 끝난 뒤에 조사를 실시하던 관리들은 뼈 무덤을 발견했고, 그 끔찍한 사건은 좀 떨어진 곳에서 그 광경을 목격한 사람들에 의해 드러났다.

일본인들은 어느 날 또다시 새로운 무인도의 토양에 대량 경작의 기회를 만들어줄 것이라고 선언했다. 일하고 싶은 사람은 셀룰러 감옥 앞으로 모이라는 지시가 내려왔다. 많은 사람들이 감옥 앞에서 식량과 집 같은 상당한 보상을 기다렸다.

600명에서 700명이 모여들었다. 그들은 온종일 거기에 붙잡혀 있었다. "몇 시간만 기다리면 행복해질 것이다"라는 말이 굶주린 군중에게 전해 졌다. 그들은 방수포로 가려진 트럭에 실려 아베르딘 부두로 갔고, 거기 에서 어떤 배에 태워졌다. 어둑하고 비가 내렸다. 살을 에는 듯한 찬바람 이 그들의 살갗을 파고들었다. 배는 하벨록 섬으로 다가갔다.

"뛰어내려! 이 멍청이들, 배에서 내려!"

갑작스러운 그 명령은 휘갈기는 바람을 뚫고 일어나는 무서운 천둥소 리와도 같았다. 누가 농담을 하는 걸까? 춤추듯 파도를 가르는 흰 포말을 제외하면 아무것도 구분할 수 없었다. 아니다, 그 끔찍한 목소리는 환청 일 것이다! 절망 속 그 희망은 얼마 지나지 않아 슬픔으로 변했다. 사람들 은 총에 맞고 칼에 베여 숨졌다. 번갯불의 섬광이 수십 개의 무서운 칼날 을 드러냈다. 몇 분 만에 사람들을 실었던 배는 완전히 비워졌다.

이제 그날 저녁 새로운 삶을 기대하며 그 배에 탔던 소다가르의 이야기 를 들어보자.

"나는 그 대량학살이 일어날 때 배 뒤쪽에 앉아서 최후의 순간까지 참 았어요. 그러고는 무턱대고 물속으로 뛰어들었지요. 나는 첨벙거리며 짠 바닷물을 삼켰습니다. 이젠 죽는구나, 했지요.

헤엄을 쳤어요. 헤엄이라기보다 어둡고 폭풍이 이는 밤에 바다가 나 를 밀어내는 방향으로 버둥거렸지요. 그러다가 내 발이 모래에 닿았어요.

'이보게들, 이쪽으로 와요. 여기가 바닷가예요.' 나는 눈에 보이지 않는 동승자들에게 외쳤습니다."

소다가르는 숨을 헐떡이며 거의 초죽음이 되어 하뻴록 해안에 닿았다. 새벽이 밝자 그는 물 위에 떠 있는 시체들을 보았다. 더러는 갈비뼈가 드러난 몸통이었고 더러는 물고기가 반쯤 뜯어먹은 상태였다. 그는 150명까지 헤아리다가 그만두었다. 그리고 해안을 어슬렁거리다가 겨우 목숨을 구하고 몸서리치고 있는 사람들을 만났다. 그들은 서로 이야기를 나누면서 동지애를 키웠다.

"우리가 한 첫 번째 일은 대나무 가지를 부딪쳐서 불을 피우는 거였어요. 피운 불은 잘 지켰지요. 하루 만에 해안에 사는 모든 작은 곤충을 잡아먹었어요. 거의 백 명에 가까운 우리는 어슬렁거리는 해골이었지요. 먹을 건 더 없었어요. 빗물이 갈증을 축이는 유일한 수단이었지요.

처음 몇 주간은 한데 앉아서 생존과 안전을 도모할 방법을 찼어요. 그러나 열흘이 지나자 유령 같은 사람들이 여기저기 모여 앉아서 배달부(죽음)를 기다리는 것이 보였어요. 그들의 뼈는 지금도 그 섬의 전역에 남아 있습니다. 여러분은 거기에 가봤나요?"

곧 그는 뭔가 알 수 없는 어떤 기류를 감지했다. 그들 속에 남아 있는 삶의 깜빡이를 키우던 사람들은 무리를 지어 움직이기 시작했다. 그들의 움직임엔 도둑질과 같은 그 무엇, 알 수 없는 불길한 그 무엇이 담겨 있었다. 소다가르는 혼자였다. 그는 종종 고기가 불에 타는 오싹한 냄새가 훅 끼쳐오는 걸 맡았다. 혼란스러웠다. 그러던 어느 날……

"세 명의 남자가 비틀거리며 내게 다가왔어요. 내 직업이 정원사이니

먹을 수 있는 잎사귀를 알려달라고 부탁하더군요. 난 그들과 함께 갔지요. 내가 먹을 수 있는 잎사귀를 찾는 동안에 그들 중 한 명이 뒤에서 나를 붙잡고 한 손으로는 내 입을 틀어막고 다른 손으로는 찌르려고 했어요. 여길 보세요. 아직도 그 흉터가 남아 있어요. 생각해보세요. 그 사람도 아주 허약했어요. 살해되는 사람은 나였지요. 인생은 소중한 거예요, 선생님. 그래서 나는 그를 있는 힘을 다해 밀쳤습니다. 그는 넘어졌어요. 난 도망쳤지요. 따라오진 않더군요. 나를 죽이려던 남자에겐 그럴 힘이 없었으니까요."

어리병병한 소다가르는 곧 어떻게 서너 명의 생존자가 늑대 떼처럼 돌아다니면서 혼자 있는 사람을 덮쳐 목을 졸랐는지 알게 되었다. 그 사람을 구워서 먹었다는 사실도…….

"살인자들도 딱한 처지였지요. 뱃가죽은 등짝에 붙었고, 허약한 심장이 뛸 때마다 갈비뼈가 흔들리는 것이 보였어요. 그들은 돌아올 수 없는 죽음의 심연으로 향하는 발자국을 세기 시작했지요. 흐릿하고 몽롱한 내 머릿속에 괴상한 생각이 떠올랐어요. 난 왜 못해? 아냐, 남을 잡아먹는 건 안 돼. 그건 내가 할 수 없는 일이었어요. 그러나 거기엔 시체들, 아주 신선한 고기가 있었어요. 한 명씩 쓰러진 그들은 다신 일어나지 못했지요. 내가 할 수 있을까……? 할 수 없을까……? 무엇인가 점점 나에게 가까워졌어요. 매순간 점점 가까워졌지요. 난 깨달았어요. 어느 순간 그것이 나를 누르고 나도 영원히 대자로 누울 거라는 걸요. 그래서 무엇이 잘못인가……? 뭐가 나쁜데……? 제기랄, 그게 뭐가 나빠……?

나는 점점 거기에 익숙해졌어요. 그러나 사람 고기에는 독이 있는 것 같아요. 며칠 뒤에 내 눈이 노랗게 변했거든요. 그래도 난 계속 먹었어요. 어느 날 죽음이, 살금살금 움직이는 그 그림자가 바로 거기에, 내 뒤에 서 있다는 걸 느낄 때까지요. 내 동료는 해변에 누워 있었어요. 우린 사흘간 물을 마시지 못했지요. 혓바닥이 마른 나뭇가지처럼 느껴졌어요. 난 죄의 대가를 치른다고 생각했지요. 그래서 무릎을 꿇고 빌었어요. 신에게 죽여 달라고요. 그때 갑자기 비가 내렸습니다! 난 두 손을 모아 그 신의 은총을 받았습니다. 빗물을 마시고, 내 셔츠를 비에 적셔서 그걸 살아남은 내 유일한 동료 고바르단 판디트의 입에 짜 넣었어요."

그날 포트블레어로 향하던 미국 전함이 소다가르와 판디트를 구조했다. 그 이전인 1945년 8월 14일에 일본은 안다만 제도에서 항복했다. 욱일기는 공공기관에서 내려지고 그 자리엔 영국 국기가 2년간 나부꼈다. 소다가르는 싱가포르에 가서 군사재판에 회부된 일본 해군 중장 하라와 일본군 장교 36명이 섬사람들에게 가한 잔혹 행위에 대한 증인으로 나섰다. 하라는 고의로 살해를 지시한 혐의로 사형이 선고되어 집행되었다.

그 후 백발의 노인이 된 소다가르는 약간 정신이 이상해져 1990년대 초반까지 포트블레어의 거리를 헤맸다.

일본은 왜 그런 대량학살을 자행했을까? 다음은 인도의 영자신문 〈스테이츠맨〉의 1945년 10월 27일 자 기사다.

일본의 민간인 도지사가 포트블레어의 주민들에게 더 이상 식량을 제공할 수 없다고 선언한 후 여성과 아이들이 포함된 약 700명의 주민들은 하벨록 섬에 새로운 거류지가 만들어질 것이며, 그날 밤에 그곳으로 출발한다는 소식을 들었다. 그들은 떠났고, 섬에서 수백 미터 떨어진 곳에 이르렀을 때 공격을 받고 바다에 버려졌다.

우리는 소다가르를 시장 뒤편의 허름한 그의 집에 데려다준 후 돌아왔다. 그는 최근에 경주 대회에 참가해 상을 받고 어떻게 TV에 자신의 얼굴이 멋지게 나왔는지를 되새기며 행복해했다.

나는 〈늙은 뱃사람Ancient Mariner〉이란 시를 떠올렸다.

나는 밤처럼 육지에서 육지로 지나가네

내겐 말하는 이상한 힘이 있어

그의 얼굴을 본 순간

그 사람이 내 말을 들어야만 한다는 걸 알았네

그에게 내가 가르치는 내 이야기를

오, 결혼식 하객이여! 이 영혼은

광대한 바다에 홀로 있었다오

심히 외로워서, 신께서도

거기에 있길 두려워하는 듯

(……)

그는 최선을 다해 기도하고, 가장 사랑하는 사람

위대하고 소소한 모든 것을

우리를 사랑하시는 친애하는 신을 위해

신이 우릴 만들고 사랑하셨나니

100개의. 작은. 섬과.
마지막. 손님.

유령이 출몰한다는 집은 여럿 보았으나 유령이 나온다는 섬을 본 적은 없다. 더욱이 그 섬은 수십 년 전만 해도 삶과 사랑, 웃음으로 생동했다. 성당과 교회에서 흘러나오는 엄숙한 찬송가가 근처 무도회장에서 새어나온 멜로디와 합쳐졌고, 백인 아이들은 다람쥐와 뜀박질을 벌이고 아름답게 잘 꾸며진 공원에서 나비들과 훨훨 날며 놀았다. 작은 언덕 위에 세워진 건물로 이어지는 계단에는 관리와 상인, 영국령 인도 안다만니코바르 제도의 수석 행정관이 후원해주기를 바라는 시민들의 발길이 끊이지 않고 이어졌다.

로스 섬이라고 불리는, 깊고 푸른 바다로 둘러싸인 작은 언덕은 겨우 80에이커(32만 제곱미터)에 불과하지만, 수석 행정관이 관장하는 293개의 크고 작은 섬(안다만니코바르 제도. 전체 면적 약 8259제곱킬로미터) 중 천국이라 할 만했다.

그러나 지금은 버려진 로스 섬의 유일한 영구 거주자는 몇 마리의 사슴과 공작이 전부였다. 새들은 사형당하거나 사형을 집행한 사람들, 때론 선하고 때론 악한 명령을 받거나 내린 사람들의 파묻힌 유해를 밟으며 돌아다녔다.

거기엔 가장 마지막에 죽은 사람 중의 한 명인 정말로 선한 사람 버드가 있었다. 그는 1942년 안다만 제도를 침략한 일본군에게 곧바로 붙잡힌 영국인 관리였다. 일본군은 그를 기둥에 묶어놓고 유도 스타일로 몽둥이세례를 가했다.

일본군의 잔학한 행동에서 살아남은 70대의 구루무르티는 친절하게도 우리를 작은 섬으로 안내해주었는데(지역을 관할하는 해군의 허가를 받고), 섬뜩한 사건이 발생한 바로 그 자리에 서서 버드의 마지막 순간을 설명했다.

"우리가 좀 심하게 때렸나? 물 좀 줄까?"

일본군 장교는 웃으면서 버드에게 물었다.

"제발 물 좀 주세요."

숨을 헐떡이며 버드가 대답했다.

그들은 양동이에 물을 가득 담아왔다. 한 장교가 양동이의 물에 칼을 담그더니 "이제 깨끗해졌네"라고 말했다. 그러더니 갑자기 칼로 버드의 가슴을 찌르고 머리를 베었다.

"며칠 전에 이곳을 보려고 영국에서 온 버드의 딸과 사위를 제가 안내했어요."

구루무르티가 우리에게 알려줬다.

말없는 나무들은 가지를 펼쳐 한때 웅장했던 맨션의 부스러진 잔해 속으로 뻗어나갔다. 그 모양이 마치 건물이 완전히 사라지지 않도록 막으려는 것처럼 보였다. 수백만 개의 잎사귀들이 얽히고설킨 건물의 파편을 떼어내려는 듯 몰아치는 거센 바람에 부딪혀 나지막한 소리를 냈다. 다른 소리는 없었다. 이상하게도, 나는 새가 지저귀는 소리를 단 한 번도 듣지 못했다.

여기저기 흩어진 건물의 폐허와 자랑스러운 무덤 위에는 최근에 섬을 방문한 연인들이 영원한 사랑을 기원하듯 새겨놓은 이름이 남아 있었다.

이 고립된 작은 섬은 그 격동의 시대에 한 명의 위대한 인도인 지도자를 3일간 손님으로 맞았다.

1943년 12월 29일, 안다만 주민들은 공항으로 나오라는 지시를 받았다. 이즈음 주민들은 새로운 지배자 일본군이 부르면 언제든, 어디로든, 누구든 간에 따라야 한다는 걸 알게 되었다. 그저 일부 주민들만 인도가 낳은 걸출한 인물이 인도의 상당한 지역을 영국으로부터 해방한 걸 축하하기 위해 그곳에 도착한다는 사실을 알았다.

네타지 수바스 찬드라 보세는 비행기에서 내려 지시에 따라 두 줄로 서 있는 주민들 사이를 '마치 의장대 사열하듯' 걸어갔다. 일본군 장교들은 그의 앞뒤에서 행진했고 종종 옆에서도 걸었다. 그는 주민들에게 말을 건넬 기회가 없었다. 보세는 불편했을 테지만 의전에 대해 묻거나 바꿀 수 있는 적절한 시간이 주어지진 않았다.

그는 로스 섬으로 안내되었다. 물론 당시 이미 행정은 포트블레어에서 관장하고 있었다. 보세는 그곳에 머무는 동안 셀룰러 감옥을 둘러보았는데, 일본은 많은 인도인이 고문을 받고 죽어가는 곳은 가리고, 대신 텅 빈 감옥만 보여주었다.

"오! 보세가 만약 그때 허벅지, 복부, 음낭, 가슴 피부가 다 벗겨진 사

포트블레어 로스 섬에 있는 감옥(1872).

람이나 아무 옷도 걸치지 못한 사람을 봤다면 어땠을까요? 바지 속에 감춰진 아예 살이 남아나지 않은 사람, 몸 여기저기에 기름을 붓고 불을 붙여서 피부가 타버려 얼룩덜룩해진 사람, 또 몸이 망가져서 똑바로 설 수도 없고, 피부를 절개해 소금을 뿌리는 바람에 온몸에 깊은 상처를 가진 많은 사람들…… 아, 만약 보세가 그들을 그의 눈으로 보기만 했어도!"

라마 크리슈나는 탄식했다.

네타지 보세의 대중 연설 모임에는 많은 사람이 참석했다. 마스터지로 불린 케사르 다스가 이끄는 학생들이 애국가처럼 애창되는 〈반데 마타람(산스크리트어로 '어머니, 당신께 의지합니다'라는 뜻의 사실상 인도의 애국가. 독립운동이 펼쳐지던 시기에 '투쟁가'로 많이 불림—옮긴이)〉을 불렀다. 마스터지는 자신의 오두막 2층에서 우리에게 그 곡조를 실제로 불러주었다. 반세기가 지났으나 그의 목소리는 아직도 그 멜로디를 기억했다.

그러나 독립운동 단체인 인디펜던스 리그에 소속된 인도인들은 일본군이 없는 곳에서 네타지를 만나야 할 이유가 있었다. 그들은 간신히 보세에게 리그 사무실을 방문해달라고 요청하는 데 성공했다. 네타지는 그러마고 대답했고, 정말로 그는 그 기회를 고대했음이 분명했다.

그러나 일본군은 방문 시간을 네타지가 섬을 떠나는 바로 그날 한밤중으로 잡았다. 그가 비행장으로 가야 하는 시간이었다. 놀랍게도 보세를 지지하는 인도인들이 어떻게 알았는지 인디펜던스 리그의 사무실 주변 마당으로 몰려들었다. 결국 네타지가 도착하기 한참 전부터 많은 여자들과 아이들로 마당은 북적였다. 일본군이 자정에 그들을 집에서 불러내 그곳으로 집합시킨 것이었다.

네타지는 왔다 갔으나 그 누구와도 이야기를 나누지 못했고, 어떤 섬 주민도 그와 말을 주고받지 못했다. 심지어 그와 만나려고 했던 리그 소속 사람들조차 일본군이 상상할 수 없을 정도로 잘 관리한 그 무리를 뚫고 보세에게 다가갈 수 없었다.

네타지를 태운 비행기의 소음이 채 사라지기도 전에 의사와 교사 등 안다만의 엘리트 서른세 명이 체포되었다. 그들은 으슥한 곳으로 끌려가 영국의 첩자 노릇을 했다고 자백하라는 강요를 받았다. 일본군은 자백할 것이 없어 자백하지 않는 그들을 한층 더 세게 고문했다. 그들은 움직이지도 못했고 말을 할 수도 없는 지경에 달했다. 일본군은 그들을 총살함으로써 문제를 해결했다.

나는 불완전하지만 셀룰러 감옥에서 순교한 독립투사들의 이름이 새겨진 명판을 갖고 있다. 1857년 영국에 대항한 대반란(영국이 인도를 직접 지배하게 되는 원인이 된 세포이의 항쟁을 일컬음―옮긴이)의 여파로 인도 본토에서 이 지역으로 추방이 시작되었다. 반란군은 본토에서 완전히 근절되어야 했고, 사람이 살기에 부적합한 안다만의 섬들이 그들을 유기할 수 있는 이상적인 장소로 여겨졌다. 그들을 위험한 내륙 침투를 위한 방패로 이용할 수 있다는 점도 고려되었다. 그들은 새로운 거류지를 되찾기 위해 희생될 수도 있었다.

영국령 인도 정부는 미지의 땅으로 반군을 추방하면서 인도 전역에 충격파를 주려는 의도도 갖고 있었다. 반란에 참여했거나 동조한 1만 명이 총살되거나 교수형에 처해졌고, 수천 명 이상은 넓은 바다 너머 안다만으로 추방되었다. 그곳은 수심이 깊고 아주 생소한 지형이어서 어두운 땅의 유령 같은 느낌을 주었다. 인도인들은 어둠(칼라kala)을 사악함(죽음)으로 여겼고, 그래서 어두운 물(칼라+파니)을 가로질러 추방되면 고통스러운 죽음을 만나게 될 것이라고 생각했다.

1858년에서 1860년 사이에 안다만 제도로 추방된 4000명의 반란군 중에서 본토로 살아 돌아온 사람은 단 한 명도 없었다. 고향에서 죽어도 슬프기 마련인데, 하물며 자신이 살던 곳과 사람들에게서 강제로 떼어져 어두운 물 너머로 추방된 희생자들은 가족의 마음속에 섬뜩한 진공으로만 남겨지게 되었다. 가족들은 그가 언제 죽었는지 알지 못했다. 추방된 자와 그의 가족들은 서로 편지를 주고받을 수도 없었다. 지배자 영국에게 안다만 제도는 금지된 영토였다.

1857년 대반란 이후 안다만 제도로 추방된 인물 중에는 퀜스(삼발푸르)의 왕 하테 싱도 있었다. 그는 바라하데라의 언덕에서 영국 동인도회사의 군내를 공격하곤 했다. 저명한 무슬림 학자 알라마 피잘리 하그 카이라바디, 마울라나 라아카트 알리도 명단에 들어 있다. 그들의 무덤을 찾으려는 최근의 시도는 모두 수포로 돌아갔다.

영국은 어두운 물의 공포가 원하는 결과를 얻었다고 여겼다. 고향에서 벌을 줘도 충분했을 푸리의 불운한 왕 디비야심하 데브도 1878년에 안다만으로 보내졌고, 거기서 죽었다. 이는 다른 인도의 왕들에게 보내는 일종의 경고였다. 디비야심하는 영국으로서는 안전한 선택이었다. 왜냐하면 그는 왕좌에서 이미 물러났고 명령을 내릴 군대도 없어서 영국에 반하는 어떤 문제도 일으킬 수 없었기 때문이다.

가장. 아름다운.
황혼. 뒤의. 죽음.

14세기, 스스로에게 작위를 내렸다는 존 맨더빌 경은 안다만 사람에 대해 이렇게 말했다(실존 인물인지 아닌지조차 알 수 없는 중세 영국의 기사 존 맨더빌이 쓴 황당 무계한 내용의 《맨더빌 여행기The Travels of Sir John Mandeville》에 실린 글—옮긴이).

안다만 섬에는 여러 종류의 사람들이 살고 있다. (……) 그중 하나는 자이언트와 같은 거대한 키를 가졌다. 보기에 끔찍하고 상스러운데 한 개의 눈이 이마 가운데 있다. (……) 다른 섬에는 머리가 없는 사람들이 산다. 그들의 눈은 어깨에 있고 말굽처럼 둥근 모양의 입이 젖가슴의 가운데 있다. (……) 또 다른 섬에는 평평한 얼굴을 가진 사람들이 있다. 코와 눈은 없지만 눈 대신에 두 개의 구멍이 나 있고 입술이 없는 납작한 입을 가지고 있다. 다른 섬에는 아주 큰 입을 가진 천박한 사람들이 사는데 햇빛 아래 잠을 잘 때는 그 입술로 전체 얼굴을 덮고 잔다.

그러나 안다만 사람을 현대 소설에 나오는 외계인을 능가하는 요괴로

안다만 주민을 짐승으로 묘사한 15세기 유럽의 그림.

그린 것은 맨더빌만이 아니었다. 7세기 중국의 한 역사서에는 안다만 제도를 '악마들이 사는 땅'이라고 언급했다. 13세기의 마르코 폴로도 안다만에 대해 비슷한 의견을 보였다. 16세기의 여행가 카이저 프리드리히는 안다만 사람들이 '다른 사람을 잡아먹는다'고 기술했다.

공포와 미스터리가 안다만 제도에서 살아가는 서로 다른 부족 사이에 오랫동안(인구는 감소한다) 떠돌았다. 안다만 부족은 스트레이트 섬에, 니코바르 부족과 숌펜 부족은 니코바르 제도에 몰려 살았다. 두공 크리크의 옹게 부족은 소안다만 제도에, 자라와 부족은 남부 안다만에, 센티널 부족은 북센티널 섬에 살았다. 공포 분위기를 없애고 섬들을 살 만한 곳으로 만들려던 유일한 인물은 인도 총독을 지낸 마요 경(리처드 사우스웰 버크)이었다. 그는 1872년에 안다만 제도를 방문했다.

"저기 초록의 윤곽이 보이나요? 저것이 마운트해리엇입니다."

내가 탄 배의 동승자가 나를 보고 말했다.

내가 이 여행에 가져온 안다만에 대한 귀중한 한 다스의 책 중 절반이 헌터가 쓴 마요 총독에 관한 전기(1892)였다. 나는 마운트해리엇이라는 말을 듣고는 그에 관한 페이지를 찾아보았다.

마요 총독은 제일 위험한 죄수들이 수감된 바이퍼 섬을 순시했다. 가장 중요한 방문자를 모든 위험에서 보호하기 위한 온갖 조처는 완벽했다. 지역 당국은 긴장을 풀었다.

그러나 역동적인 마요는 잠시도 쉬지 않았다. 그는 이상적인 요양소를 세울 적당한 장소를 찾고 있었는데, 해발 1116미터에 달하는 마운트해리엇으로 거의 결정한 상태였다. 총독은 말했다.

"마운트해리엇으로 갑시다. 해가 지려면 아직 한 시간이 남아 있어요."

가파른 그곳에 올라가려면 울창한 정글을 지나야 했다. 헌터의 글을
보자.

> 그의 일행은 몹시 지쳤다. 그들은 불타는 햇볕 속에 이미 여섯 시간을 걸었
> 다. 힘든 하루를 보내고도 여전히 기운이 생생한 마요 총독은 자신이 돌아
> 올 때까지 거기서 쉬라고 일행 중의 몇 사람에게 일렀다. 물론 그 누구도
> 포기하지 않았고, 일행은 정글 속으로 들어갔다.

아, 일행이란 표현은 전기를 쓴 헌터가 고른 표현이었다.

언덕 위에 오른 마요는 거의 넋이 나간 듯했다. 그는 자신의 프로젝트
에 어울리는 장소를 돌아보았으나 점점 그곳을 포기하기 시작했다. 그는
앉아서 해가 지는 바다를 바라보다가 중얼거렸다.

"정말 아름답네!"

그는 물을 조금 마시고 서쪽 하늘을 한참 바라보고는 부드러운 목소리
로 외쳤다.

"내가 여태까지 본 것 중에 가장 아름다웠어!"

날이 점점 어두워졌다. 일행은 아래로 내려갔다. 그들은 부두에서 온
횃불 든 사람들을 중도에 만났다. 총독 일행은 "윙" 소리를 내며 부두 앞
계단 근처에 정박해 있는 큰 배에서 멀리 떨어져 있지 않았다. 그들은 힘
든 일정을 마친 것이 기뻤을 것이다. 어두운 물을 지나는 짧은 항해를 마
치고 그들은 환영 불빛 아래 도착할 예정이었다. 그 불빛 밑에서 잘 준비

된 만찬을 갖게 될 위엄 있는 방문자를 맞으려고 많은 사람들이 기다리고 있었다.

총독은 일행이 배를 향해 계단을 내려가기 전에 먼저 서둘러 앞으로 발을 내딛었다. 다음 순간 뒤에 있던 사람들은 바위에서 큰 동물이 떠밀려 떨어지는 것과 같은 시끄러운 소리를 들었다. 몇몇 사람은 횃불 속에서 하나의 손과 칼이 갑자기 튀어나오는 걸 목격했다. 총독의 개인 비서는 "쿵" 하는 소리를 듣고 즉각 총독 쪽으로 몸을 돌렸다. 총독의 등에 한 남자가 호랑이처럼 매달려 있었다.

순식간에 열두 명이 그 남자에게 달려들었다. 칼집을 든 한 영국인 장교가 그들을 끌어당기면서 연전히 칼집을 든 채 공격자를 즉시 죽였어야 하는 인도인 경호원들과 거리를 두었다. 횃불은 사라졌다. 그러나 잔교 쪽으로 비틀거리며 걷던 총독이 마치 회복된 것처럼 이마의 머리카락을 손으로 쓸어 올리면서 무릎 높이의 물속에서 일어나는 모습이 희미하게 보였다. 개인 비서는 즉시 파도를 넘어 그 옆으로 달려가서 총독이 둑으로 올라서는 걸 도왔다.

"번, 그들이 날 쳤어."

총독은 조용히 말했다. 그러더니 잔교에서 들을 수 있게, 또는 그 효과를 기대하고 보다 큰 소리로 "괜찮아. 많이 다친 것 같진 않아"라고 덧붙였다. 그는 곧 부둣가 현지인의 조잡한 마차에서 새로 밝힌 연기 나는 횃불 밑에 다리를 늘어뜨리고 앉았다. 그들은 총독을 마차 위로 들어 올렸고, 그의 등 쪽 외투에 난 큰 검은색 자국을 보았다. 거기에서 피가 쏟아져 나왔고, 사람들은 손수건으로 지혈하려고 애썼다. 한순간 총독은 마차

위에 서더니 뒤쪽으로 크게 쓰러졌다. "내 머리를 들어줘"라고 희미하게 말한 그는 이제 더 이상 말이 없었다.

그들은 총독을 증기선에 실었다. 일부는 그가 죽었다고 여겨 말이 없었다. 아무것도 추측할 수 없어서 화가 난 나머지 사람들은 총독의 외투와 조끼를 뜯고 성급히 옷에서 찢어낸 헝겊과 그들의 두 손바닥으로 상처를 틀어막았다. 암살범은 결박된 채 기절하여 총독으로부터 몇 미터 떨어진 곳에 누워 있었다. 배가 어둠 속으로 출발하자 여러 배에서 나오는 여덟 개의 종소리가 물 위로 울렸다. 배가 만찬을 기다리는 손님들과 곧 잡혀서 식탁에 오를 물고기들이 팔딱거리는 군함으로 접근하자 무슨 일이 일어났는지를 감추기 위해 배의 불을 갑자기 껐다. 그들은 총독을 조심스럽게 들어서 선실로 옮겼다. 그를 침상에 눕힐 때에야 사람들은 총독이 죽었다는 걸 알았다.

그날 배에 탔던 사람들은 한평생 겪지 못할 특이한 밤을 보냈다. 마치 영원히 깨질 수 없을 것 같은 침묵이 600명을 싣고 휴가 중이던 배를 뒤덮었다. 죽은 자를 검시한 의사는 범인이 칼로 총독의 어깨를 두 번 찔러서 흉강을 관통했고, 두 번 다 치명적이었다고 말했다. 손님들이 탄 증기선에서는 히스테리와 통곡이 이어졌다. 그러나 총독이 누워 있는 군함에서는 슬픔이 너무 깊어서 아무런 표현도 없었다. 사람들은 혼잣말로 쓸쓸하게 "우리들 중의 한 명이었어"라고 중얼거리면서 밤새 홀로 움직였다. 배의 수장을 다시 맞아들인 군함에서는 비통하여 아무도 말문을 열지 못했다.

새벽이 되자 군함은 애도의 모습을 띠었다. 깃발은 마스트의 중간에 걸렸고, 군복의 넓은 흰색 줄무늬는 탁한 회색으로 짙어졌다. 모든 밧줄이 느슨해졌고 늘어져 있던 돛의 활대도 아무렇게나 꼭대기로 올려졌다. 그리고 히스테리를 부리듯이 밤새 믿지 못하겠다며 우기던 증기선 손님들에겐 현실이 전해졌다. 군함에선 성급하면서도 엄숙한 업무가 진행되었다. 승선한 인도 정부의 주요 관료들은 총독의 권력을 이양하는 단계를 밟기 위해 회의를 열었다. 의사들이 시체에 방부 처리를 하는 동안 각료를 실은 증기선 한 척이 벵골을 향해 속도를 냈고, 다른 한 척엔 외무장관이 승선해 나피에르 경을 임시 총독으로 수도 캘커타로 데려오려고 마드라스로 가는 길을 재촉했다.

암살범은 멀리 서북 변경 지방 주 산악지대 출신이었다. 그는 친척을 죽이는 범죄를 저질렀다(자백에 따르면, 그는 그저 공모자였다). 교수형에 처해져야 마땅했으나 법정이 자비를 베풀어 무기 추방형이 선고되었다.

암살범은 자신에게 못되게 군 친척을 죽인 것은 자신의 권리였고(그는 그렇게 생각했다), 자신의 철학으로 볼 때 자신에게 가해진 추방형은 도저히 이해할 수 없는 부당한 판결이었다. 그는 복수를 해야만 한다고 결심했다.

다시 헌터의 글로 돌아가자.

그는 복수할 만한 먹잇감을 기다리며 3일 동안 침울하게 기다렸다. 그는 2월 8일 아침에 예포(로열 설루트)를 듣고는 때가 왔다고 느꼈다. 그래서 칼을 잘 들도록 손질했다. 그는 하루 종일 촘촘한 감시 때문에 마요 총독이 방문한 섬에 내릴 기회를 잡지 못했다. 저녁이 되자 총독이 예상치 않게 그가 있는 문전에서 배를 내렸다. 그는 숲 속으로 슬쩍 들어갔고 총독과 나란히 마운트해리엇으로 올라갔다. 그리고 어둠 속에서 일행을 따라 다시 내려왔으나 여전히 적당한 때를 잡진 못했다. 그는 기슭에서 거의 희망을 접고 내일까지 기다리자고 결심했다. 그러나 그의 눈에 부두로 발을 빨리 내딛는 회색 양복을 걸친 총독의 어깨가 횃불 속에 높이 솟아 보였고, 절망적인 충동이 그를 흥분시켰다. 그는 삶을 내던지고 경호대 주위로 달려갔고, 한순간에 총독의 뒤를 차지했다.

그는 덩치와 힘이 좋은 산악지대 사람이었다. 그는 사형수 감방에서 아주 무거운 족쇄를 차고도 쇠사슬이 달린 발목으로 램프를 넘어뜨렸고, 짐승 같은 힘으로 영국인 보초를 압도했다. 수갑을 찬 손으로 자신의 총검을 비틀기도 했다. 그는 회개하는 척하지 않았고 총독 살해범으로 사진 찍히는 걸(북부 인도에서 경찰 조사를 위해) 어린애처럼 자랑스러워했다. 사실을 말하면, 앞에 언급한 일부 설명은 한 인도인 관리가 그에게서 얻어낸 것이다. 그 관리는 암살범이 한 행동에 대한 노랫말을 만들고 온 동포가 그 노래를 부르려면 암살에 관한 자료가 필요하다고 교묘하게 그에게 간청했다. 그의 이름이나 고향, 그의 부족 이름 등 그 어느 것도 이 책에는 나오지 않는다.

그럼에도 그 암살범에 대한 약간의 정보는 다른 책에서 찾을 수가 있었다. 그는 파탄 부족민으로, 이름은 세르 알리다. 셀룰러 감옥의 동료 보우믹의 회고록에 따르면, 그는 교수대에 오르기 며칠 전에 두 명의 무장한 간수를 맨손으로 죽였다.

신. 너머의.
땅.

그렇게 많은 세대와 독립투사가 구금되었던 감옥, 그렇게 많은 정치범이 교수형에 처해지거나 고문을 받다가 죽은 감옥이 셀룰러 감옥 외에 세상에 또 있을지 모르겠다. 1857년의 대반란에 이어 와하비 운동(1860~1870. 이슬람 사회의 근대 민족운동이자 근본주의 운동. 서양 사조를 배척하고 초기 이슬람교로 돌아갈 것을 주장함. 아랍 민족운동의 구심점이 됨—옮긴이)에 참여했던 사람들, 왕족 일가를 포함해 티켄드라지트가 이끈 마니푸르 반란자들 그리고 알리포르 음모 사건, 나시크 음모 사건, 라호르 음모 사건, 마라살 음모 사건, 베나라스 음모 사건, 미얀마 음모 사건으로 판결을 받은 사람들과 그 밖에 덜 알려진 여러 음모에 참여했던 이들이 이 감옥에 수감되었다.

 죄수를 격리하여 관리하는 이 감옥의 엄격함은 저 유명한 사바르카르 형제의 사례가 잘 예증해준다. 1910년 셀룰러 감옥에 들어온 비르 다모다르 사바르카르(힌두교 민족주의 무장 조직인 힌두 마하사바의 지도자—옮긴이)는 1년이 다 지난 뒤에야 자신의 형 가네시 사바르카르 그가 있었던 앞 동에 수감되어 있었다는 사실을 알게 되었다!

초기에 세워진 감옥의 건물은 사라졌다. 오늘날 볼 수 있는 셀룰러 감옥은 1890년대 포트블레어의 중심에 세워진 요새였다. 감옥은 3층짜리 7개 동으로 모두 중앙의 탑에서 연결되었다. 이름이 셀룰러(감방)인 것은 698개의 감방만 있고 공동 건물이 없어서였다. 모든 감방은 가로 약 4미터, 세로 약 2미터 크기이고, 쇠창살이 있는 문 한 개와 뒷벽 약 3미터 높이에 작은 환풍기가 하나 달려 있었다. 모든 동의 앞쪽은 다른 동의 뒷벽이라서 한 동에 수감 중인 죄수들은 다른 동의 죄수들과 소통할 수 없었다. 하루의 고된 일과가 끝나면 죄수들은 오후 5시부터 다음 날 아침 6시까지 독방에 갇혔다.

죄수들은 처형장으로 실려 가는 배에서도 족쇄가 채워졌다. 그들은 쇠사슬에 묶여 요새로 걸어갔고, 목적지에 도달하면 응분의 대가를 치렀다. 유명한 혁명투사이자 알리가르 음모 사건으로 갇혔던 우펜드라 바도파드야이의 회고록에서 그 과정을 인용해본다.

"오, 마침내 네가 왔구나! 자, 저기 있는 건물이 보이지. 저기서 우리는 사자를 길들였어. (……) 저기서 네 친구를 만날 거야. 경고하는데, 절대 말하지 마!"

그는 '바지 입은 큰 개구리처럼 보이는 불도그의 얼굴을 가진 교도소장 배리 씨'였다.

그 건물은 상상할 수 없는 잔혹성의 성채였다. 상습적인 매질과 발길질 외에 잔혹 행위 몇 가지가 더해지면 죄수의 사지는 차츰 뭉개졌고 손톱과 피부가 벗겨졌다. 불타는 횃불도 피부 위에 올려졌다. 누군가 신의 자비를 외치면 배리 씨는 이렇게 말했다.

"잘 들어. 난 포트블레어에 30년을 있었어. 나를 봐! 이 주변에서 신을 본 적은 단 한 번도 없어. 여긴 내 영토야. 신의 땅이 아니라고!"

이런 그가 1년에 딱 한 번 온순해지는 날이 있었다. 크리스마스 날이다. 가톨릭교도인 아일랜드 출신의 교도소장은 성당에 가서 주교의 발밑에 자신이 1년간 지은 죄의 덩어리를 맡겼다.

정치범만 셀룰러 감옥에 보내지는 것은 아니었다. 나머지는 흔한 범죄를 저지르고 판결을 받은 죄수였다. 10년간 형을 치른 죄수들은 '떠날 수 있는 티켓'을 받았다. 섬에 정착할 수도 있고 농사나 작은 장사를 하며 살아갈 수도 있으나 그들은 여전히 죄수 신분이었다. 완전한 자유를 얻으려면 20~25년간 선행을 했다는 걸 증명해야 했다.

이들은 남녀 불문하고 집단을 이뤄 섬 여기저기에 정착했다. 극소수만 본토에서 가족을 데려올 수 있었다. 그래도 그들은 결혼이 가능했고 그들 자식들 간의 결혼 역시 허용되었다. 영국인 관리는 그들의 결혼식에서 운명의 신과 같은 역할을 행사했다. 나이 든 어떤 안다만 사람이 포트블레어의 전 인도 라디오의 한 프로그램에서 다음과 같이 회상했다.

걸핏하면 화를 내는 부룩스는 갑자기 힌두스탄어로 소리를 질러서 그의 방에 들어간 사람들을 놀라게 했다. 그는 "베일을 벗어" 하고 명령하곤 했다. 처녀의 아버지는 처음에 그 말을 이해하지 못하고 여러 번 쿡쿡 찔린 뒤에야 딸에게 베일을 걷어서 맨얼굴을 보이라고 요구했다.

부룩스는 처녀의 얼굴을 살피고는 이렇게 물었다.

"자, 이 남자는 죄수야. 끔찍한 살인자, 쓸모없는 인물이지. 만약 네가 잘못하면 이놈이 네 머리를 자를지도 몰라. 그래도 이 남자와 결혼할래?"

처녀가 승낙하면 남자에게 돌아서서는 이렇게 물었다.

"자, 넌 나쁜 놈이야. 이 처녀는 여기 출신이야. 너와 결혼해도 다른 남자들과 친하게 지낼걸. 그래도 이 여자와 결혼할 테야?"

만약 남자도 그렇다고 대답하면 부룩스는 같이 살 만한지 아닌지 알아보기 위해 그들에게 8일의 말미를 주어 함께 살아보게 했다.

안다만 제도에는 다른 지방, 다른 종교, 다른 언어를 쓰는 부부 간에 자식이 생기면서 새로운 인구가 증가했다. 곧 안다만 사람들은 그러한 차이에 무심해졌다. 그들은 필요에 의해 '다양성 속의 통일성'을 지지했으나, 그 입장은 그래도 칭찬받을 만하다. 셀룰러 감옥에서 나온 카스트 없는 사회는 에머슨의 발언을 인증한다.

"단것엔 반드시 신맛이 있다. 모든 악에는 선이 있다."

우리가 탄 비행기가 구름을 뚫고 하강하면서 안다만 제도로 접근했다. 이는 적어도 19세기의 첫 세대 죄수 중 한 명이 가졌던 경험(비록 그는 배로 접근했겠으나)으로의 초대라고 할 수 있었다. 우거진 풍경은 우리에게 그렇듯이 당시 그 죄수에게도 위안이 되었을 것이다. 그는 알리포르 음모 사건으로 유죄 선고를 받은 바린드라 쿠마르(혁명가 스리 오로빈도 고시의 동생)다. 나는 그때 그의 회고록을 지니고 있었다. 그걸 착륙할 때도 읽었고, 그날 밤 호텔에서도 읽었다. 다음은 그의 기록이다.

우리가 탄 배는 항구에 닿았다. 북쪽엔 로스 섬이 있고 남쪽엔 아베르딘 제티와 셀룰러 감옥이 있는데, 거대한 요새처럼 무시무시하게 보였다. 동쪽에는 초목이 무성한 마운트해리엇이, 서쪽엔 무한대로 펼쳐진 바다가 있었다. 해안이 없는 넓게 트인 이 지역에 마침내 닻을 내리기 위해 우리는 어디서 왔는가? 의지할 바를 모두 상실했을 때 우리는 항상 우리 자신을 다시 해안에서 찾아야 하는가? 아마도 여기는 우리가 찾던 항구가 아닐 테지만, 자연의 신은 저렇게 아름답고 매혹적인 모습으로 저곳에 나타났다! 항구의 품에서 바라보는 로스 섬은 진짜 풍경화와도 같다. 다양한 높이의 언덕에는 자연이 그대로 누워 있고, 빨간색과 하얀색 건물은 초록의 나무와 숲과 어울렸다. 거무스름한 해안 둑은 로스의 바닷물에 닿아 있다. 무엇보다 구불구불한 길을 따라 숲에서 반쯤 모습을 드러낸 건물들이 계단처럼 올라간다.

다른 지역의 숲은 짙은 푸른빛이지만, 님나무와 대나무, 타마린드나무가 있는 이 숲은 연한 노란색 모자이크처럼 보이고 또 다른 곳에서 보면 구릿빛 잎사귀를 가진 빨간색으로 보인다. 시냇물은 단단한 바위의 품을 벌컥 열고 은빛을 띠며 흘러내린다. 산기슭을 끌어안은 냇물은 바다를 만나기 위해 콸콸 소리를 내며 앞을 향해 여행한다.

바린드라 쿠마르와 죽음에 직면해서도 시를 읊는 이런 부류의 사람은 어떤 이들일까? 그들의 인생철학은 무엇일까? 나는 안다만에서 살아남은 혁명가 수디르 사르카르, 비렌 센, 비부후티 사라카르를 알고 있다. 언젠가 나는 수디르 사르카르에게 "어떻게 무장투쟁을 통해 영국의 통치로부터 자유를 얻을 수 있다고 꿈꾸게 되었나요?"라고 물었다.

"영국이 가진 여러 무기를 볼 때 그것은 당신이 생각하는 것처럼 그렇게 어마어마한 일은 아니었어요. 소총은 그들이 가진 가장 강력한 무기였지요. 우리가 그 소총과 폭탄을 가진다면 그들과 대적할 수 있을 뿐만 아니라, 인력으로 그들을 압도할 수 있다고 생각했어요."

그의 대답이었다.

"하지만 그런데도 영국이 당신을 으스러뜨릴 뻔했잖아요!"

"무슨 상관이에요!"

수디르는 적당한 말을 찾는 것처럼 잠시 침묵을 지켰다. 그러더니 이렇게 말을 덧붙였다.

"당신은 쉽사리 내 동지들의 마음을 이해할 수 없을 거예요. 그들은 질적으로 다르거든요! 모국을 위해 목숨을 바치는 것은 그들에게 일종의 숭배yajna예요. 모국은 최고이자 가장 용감한 자식들의 희생을 받을 만합니다."

"당신들은 테러리스트라고 기술됩니다. 오늘날 당신의 행동을 어떻게 평가하시겠어요?"

도발적인 내 질문에 대한 그의 답은 이랬다.

"오늘날 테러리스트라는 말은 그 사람이 쓴 일종의 방법을 의미하지, 그 방법을 사용해서 얻으려는 목표를 의미하지 않아요. 그러니 그건 기만적인 용어지요. 혁명가들은 거대한 외국 세력을 상대로 테러리즘을 이용했습니다. 그들은 상징적인 대상을 갖고 있었지요. 그들이 비겁하게 거기에 의지하거나 무차별적 살인을 한 건 아닙니다. 일부 기득권자의 관점이나 대리인으로서 사소한 이득과 관련된 그 어떤 짓도 하지 않았고요. 공황 상태를 만들기 위해 무고한 사람을 죽이는 문제, 야비한 악귀나 영혼 없는 도깨비가 할 수 있는 그 행동을 가장 무정부주의적인 꿈에서도 그들은 상상한 적이 없고요. 중요한 건 행동 뒤에 숨어 있는 의식의 질과 동기입니다."

"현재의 트렌드에는 어느 정도 책임감을 가지나요?"

"우리는 그 점에 대해 아주 솔직해야 합니다. 평상시에도 테러리즘은 늘 존재하지 않았나요? 총이나 폭탄이 나오기 이전에도 도적이나 칼을 휘두르는 노상강도의 형태로 말이지요. 잔시 왕국의 왕비는 칼을 썼습니다. 만약 어떤 범인이 칼을 쓴다면 잔시의 왕비에게 선례를 남겼다고 비난할 건가요?"

신비한 숲을 찾아서 1

수십 년 전이었다. 단다카라니아의 벼랑에 위치한 제이포르에 도착하기 전에 생애 처음으로 비지아나가람에서 산길을 택했다. 비단 같은 안개 속에 은빛 개울을 담은 골짜기, 무성한 녹색 숲, 잠자는 오두막 등 다채로운 광경을 보며 우리는 지그재그로 달렸다.

부족민들의 봄 축제가 한창이었다. 한 무리의 춤추는 소녀들이 우리가 탄 자동차를 가로막았는데, 우리가 준 동전 한두 개에 즐거워하면서 바위와 숲 속으로 춤을 추며 사라졌다.

나는 제이포르를 "조용한 작은 도시"라고 적었다. 한때 인도에서 가장 유명했던 주간지 《일러스트레이티드 위클리 오브 인디아》에 '당신이 모르는 인도'라는 제목으로 연재를 할 때였다. 최근 그곳에 다시 갔다가 아침에 일어나서 그 표현을 기억하곤 혼자 쓴웃음을 지었다. 이른 새벽에 고성의 마이크 소리가 내 잠을 깨웠기 때문이다. 가게 주인도 그 시간대에 고객이 있을 거라고 여긴 건 아니었을 것이다. 그저 하루가 시작되기 전에 적절히 녹음된 노래를 틀어서 무력감을 떨치는 동시에, 세상을 떠난 존경하는 아버지가 마을 사람들의 가슴 속에 깊이 헌신하라고 당부한 가르침을 실천한 것뿐이었을 것이다.

도시는 더 이상 조용하지 않았다. 수많은 개발로 주변의 산과 숲이 무정하게 파괴되었다. 서쪽 끝에 예전의 왕이 살던 왕궁과 동쪽 끝에 왕의 이름을 딴 대학을 가진 제이포르의 간선도로는 밤새도록 수많은 자동차 행렬로 북적였다.

조용함은 도시가 만든 두 번째 희생물이었다. 그 첫 번째 희생물은 수백 년 전 거주지가 만들어질 때 생겼다. 왕은 호수를 파라고 지시했다. 여러 날, 여러 주일 동안 더 넓게 더 깊게 파는 공사가 진행되었으나 물은 한 방울도 나오지 않았다. 왕은 주술사에게 자문을 구했고, 은밀하게 해결책을 얻은 왕은 사제에게 그 비밀을 일렀다.

새벽녘에 사제는 구덩이의 중심에 가부좌를 틀고 앉아서 뭔가 의식을 치렀다. 그러고는 경사면을 기어올라 구덩이를 나왔다. 그때 한 소녀가 그곳을 지나갔다. 사제는 소녀를 두루 살폈다. 사실 소녀는 그 장소의 초자연적 수호신을 달랠 수 있는 모든 신성한 징후를 가진 듯이 보였다.

"자, 소녀야. 저 구덩이 아래로 내려가서 내가 실수로 놔두고 온 그릇 좀 가져다줄래?"

사제는 구덩이의 밑을 가리키면서 소녀에게 청했다.

귀여운 소녀는 미소를 짓고 쉽게 구덩이 안으로 미끄러져 들어갔다. 소녀가 그릇을 집으려고 몸을 수그리는 순간 물이 솟구쳐올라 소녀를 뒤덮었다. 호수는 물로 채워졌다. 불가사의한 존재가 만족했던 것이다.

호수는 지금도 자꾸 늘어만 가는 시민들의 생명수가 되고 있다.

제이포르에서 말칸기리까지는 거의 하루 종일 운전해야 하는 거리였다. 우리는 부족민이 사는 마을을 지나갔는데, 이 마을 여자들은 옷을 입지 않고 허리 아래를 여러 가지 복잡한 장신구로 감쌌다. 우리가 들렀던 날은 한 주에 한 번씩 열리는 장날이었는데, 아직도 물물교환이 이뤄지고 있었다.

보리수와 여러 종류의 나무가 그늘을 만드는 산꼭대기에서 열리는 장은 오후가 되면 거래가 모두 끝났다. 그래야 장날 손님들이 어두워지기 전에, 짐승들이 먹잇감을 찾아 돌아다니기 전에 집으로 돌아갈 수 있었다.

여자들은 아무렇지도 않게 돌아다녔다. 나는 카메라를 들었다. 즉시 서너 명의 젊은이가 다가와 도전하듯 말했다.

"사진을 찍어서 뭘 하려고요?"

우릴 안내하는 사회사업가인 동행이 내게 그들의 말을 통역해줬다.

"그걸 생각해본 적은 없어요."

나는 더듬거렸다.

"반대한다면, 찍지 않겠어요."

"사진을 팔지 말아요. 종이로 나오지 않게 해줘요."

"그럴게요."

내가 대답하자 그들은 이해했다는 듯이 고개를 끄덕이고 돌아섰다(물론 나는 약속을 지켰다).

사람들 사이를 막 벗어났을 때 탐험 장비를 착용한 연구자라는 사람들 둘이 우리에게 말을 걸었다. 여섯 대의 카메라가 그들의 어깨에 매달려 있었다.

"사진을 찍으려고 도시에서 멀리 이곳까지 왔어요. 근데 저들이 사진을 찍지 못하게 하네요. 돈을 준다고 해도 안 된답니다. 선생님은 운이 좋았어요. 우리를 위해 사정 좀 해주실래요?"

내 동행이 젊은 부족민들에게 간청하려고 다가갔다가 곧 침울한 얼굴로 돌아왔다.

"제 말을 들으려고도 하지 않아요. 그들의 대화로 알게 된 것은 여러분이 타고 있는 자동차 바퀴에 구멍을 내고 카메라를 박살내겠다는 거예요. 죄송한데요, 여러분의 머리도 박살내겠답니다."

내 동행은 그 멋쟁이 연구자들에게 되도록 정중한 목소리와 몸짓으로 이야기를 전했다. 그들은 재빨리 지프에 올라타고 속력을 내며 사라졌다.

해발 195미터의 풍성한 티크 삼림에 자리한 말칸기리는 이제 작은 도시가 되었다. 지역민들은 도시의 이름이 대서사시 《라마야나Ramayana》(인도의 고대 시인 발미키가 쓴 산스크리트어로 된 대서사시—옮긴이)에 나오는 말야반타기리의 변형이라고 주장했다. 그들의 주장은 인근 마을 발리멜라가 《라마야나》에 나오는 바나라 왕 발리의 기억에서 비롯되었다는 데 근거를 두었다.

그렇기는 해도 몇 킬로미터 떨어진 곳에서 흐르는 고요하고 수줍은 타마사 강을 놓칠 수는 없었다. 그 둑에 인도의 첫 번째 시인이자 《라마야나》의 여주인공 시타와 그녀의 쌍둥이 아들 라바와 쿠샤의 보호자인 발미키(이 작품을 쓴 저자의 이름이자 시타가 숲에서 만난 현인으로, 그의 암자에서 시타는 남편 라마의 아들인 쌍둥이를 낳는다—옮긴이)의 운둔처가 있었다.

독자들은 이곳 부족민과 대화를 나누거나 말칸기리에서 보내는 귀중한 시간을 통해 《라마야나》가 문학적으로 서사시일 뿐 아니라, 이 숲에 사는

발미키와 시타.

《라마야나》 전장화.

원주민의 역사와 정교하게 연계된 사실적 사건의 고리라는 점을 확신하게 될 것이다. 단다카라니아는 《라마야나》에서 많은 일이 일어난 장소였다. 주인공 라마의 임시 거처이자 수르파네카가 라마에게 말을 건 곳이었다. 악마의 우두머리인 카라와 두샤나가 망하고 마리차가 죽었으며 시타가 납치되고 자타유가 죽은 장소이기도 했다. 그 밖에도 많은 사건이 이곳에서 있었다. 그러나 《라마야나》에 나오지 않는 그 사건들에 대한 부족민들의 집합적 기억은 그들의 삶의 방식을 통해 살아남았다. 예를 들면 일부 부족 여자들이 옷을 입지 않는 이유는 무엇인가에 대한 것도 그렇다.

어느 날 시타는 타마사 강에서 목욕을 하다가 자신을 훔쳐보며 낄낄거리는 한 무리의 여인들을 보았다. 시타는 화가 나서 물었다.

"여인으로서 지금 자연의 여신과 하나가 된 나를 이해하지 못하는가?"

회개한 여인들은 다시는 옷을 입지 않겠다고 맹세했다. 그래서 수천 년이 지난 지금도 여인들은 만약 옷을 입게 되면 자신과 온 부족민에게 저주를 받을 거라고 믿는다.

우리가 타마사에 도착한 것은 해 질 녘이었다. 모든 것이 조용한 고대의 강은 가을 하늘처럼 맑았고, 강변에 빛나는 조약돌을 품은 매혹적인 자태를 드러냈다. 보름밤이 머지않아서 나는 달이 뜰 때까지 거기에 머물고 싶었으나 안전하지 않다는 경고를 받고 돌아섰다. 그러나 바위에 기대 숲을 바라보며 강과 숲의 기원에 대한 전설을 회상할 시간은 충분히 가졌다.

아주 옛날에 이 지역은 단다카 왕조의 지배를 받았다. 그 왕조의 마지막 왕은 사냥하러 숲을 헤매는 젊은 식도락가였는데, 어느 날 호수에 나타난 아리따운 처녀에게 잠시 마음을 빼앗겼다. 그는 처녀에게 다가가 함께 왕궁으로 가자고 했으나, 처녀는 허락하지 않았다. 그러나 왕의 간청을 여러 번 받자, 처녀는 나지막하게 절차에 따라 먼저 자기 아버지를 만나서 청혼하라고 대답했다.

그런데 젊은 왕은 참을성이 없었다.

"어떤 아버지든 나와 같은 사위를 둔다면 영예롭게 여길 것이다."

이렇게 거만하게 소리친 왕은 처녀를 강제로 끌고 가려다가 실패하자 와락 끌어안았다. 처녀는 저항하다가 왕의 품을 벗어나 도주하여 자신이 겪은 모욕을 아버지에게 일렀다.

처녀의 아버지는 다름 아닌 성자 수카라차리아였다.

"뭐라고!"

그는 벌떡 일어났다.

"왕은 스스로 지배할 능력이 없다는 걸 증명했도다! 왕의 처신은 나랏일의 비정상을 상징한다. 이제 혼란함이 그의 영토를 뒤덮게 될 거야. 그의 왕국이 불에 타 없어지게 하자!"

활활 타오르는 불길이 그 지역을 삼켰다. 수카라차리아는 그곳을 떠났고, 그의 딸은 호수에 몸을 숨겼다. 불길이 꺼졌을 땐 왕국의 모든 것이 재가 된 뒤였다.

계절풍이 불어오자 산에서 물이 시작되어 호수로 흘러들어갔다. 호수는 곧 물이 넘쳤고, 넘친 호수 물이 타마사 강이 되었다. 이제 황무지는 숲이 되었다. 은둔자들은 그 숲을 단다카 왕조의 기억을 담은 단다카라니아라고 불렀다.

신비한. 숲을.
찾아서. 2.

한때 단다카라니아(인도 중동부에 자리한 자연 지역으로, 이름은 '악마 단다크가 산다는 숲'에서 유래했다. 평원, 고원, 숲, 모래벌판 등이 있으며 숲에는 사라수나무가 많음—옮긴이)는 오늘날의 오디샤, 마디아프라데시, 안드라프라데시, 마하라슈트라 주에 걸쳐 있었다. 즉 고다바리 강과 나르마다 강 사이의 여러 산맥 중에서 이스턴가트 산맥과 여러 강(밤사다라, 마트샤쿤다, 사바리, 인드라바티, 나가발리, 타마사 강)을 품었다. 악마가 출몰하던 그 숲은 한편으론 성자들이 은거하던 곳이고, 다른 한편으론 수많은 신화적·역사적 사건이 있었던 곳이다.

여러 다른 부족(파라자, 본다, 산탈, 사바라, 마리아, 곤드 등)이 점차 면적이 줄어드는 이 숲에서 최근까지 수천 년간 평화롭게 공존했다.

부족들은 짐승을 두려워하지 않았다. 그러나⋯⋯.

한밤중이었다. 별이 듬성듬성 박힌 하늘에는 구름 몇 조각이 어둑한 산봉우리를 밝히고 있었다. 자동차 엔진이 고장 나는 바람에 우리는 산길 중간 지점에 멈췄다. 몇 개의 불빛이 왼쪽 수천 피트 아래서 번쩍이는 건 그곳에 부족 마을이 있기 때문에 특별한 일이 아니었다. 그러나 깜빡이는 불빛 하나가 산봉우리에서 오른쪽으로 내려오는 건 내 친구 람나드 판다(부족 지역인 코라푸트 출신으로 저명한 오리야어 작가이자 편집자)에게도 기이해 보였다. 그는 도로의 오른쪽으로 가로질러 가서 그 불빛이 다가오기를 기다렸다. 잔가지로 만든 횃불을 든 한 부족민 여인이 주름진 70대의 얼굴을 드러냈다.

여인은 미소를 지으며 내 친구의 질문에 답했다. 아들이 산 위에서 경작을 하는데 작물을 지키려고 거기서 밤을 보낸다는 것이었다. 오늘도 여느 때처럼 저녁을 가져다주려고 올라갔더니 아들이 열병이 나서 누워 있기에 지금껏 돌봐주다가 아들이 잠든 후 내려오는 중이라고 했다.

"뭔가…… 무섭지 않아요?"

"뭐가요?"

"짐승이요. 호랑이라든가……."

"호랑이가 왜 무섭지? 인간이 더 무섭지 않나?"

여인은 멋진 말을 남겼다는 걸 의식하지 못하고 다시 아래로 걸어 내려갔다.

모든 변경 지대의 삼림은 세월이 지나면서 줄어들었다. 문명은 부족들이 사는 세상으로 완강하게 침투했다. 이러한 상황은 인도의 마지막 베테랑 문관 중 한 명인 노론하의 설명에서도 잘 드러난다.

나를 포함한 비부족민이 부족민에게 그 땅이 어떤 의미인지 이해하는 건 거의 불가능하다. 그들의 삶은 땅의 삶과 분리될 수 없다. 땅은 그들에게 인간의 탄생을 선사한 모신이고, 그렇기 때문에 탯줄을 자를 수가 없는 것이다. 만약 출산율이 줄고 농작물이 흉작이면 모신이 그들에게 화가 났기 때문이고, 그래서 만약 흉조가 시킨다면 인간의 희생으로 그들의 잘못을 바로잡아야 한다. 희생은 그들의 복지를 위해서가 아니라 그들로 인해 고통받는 대지 여신의 안녕을 위해서다. 만약 희생으로 부족민이 목을 매야 한다면 그렇다. 그들은 목을 매야만 한다.

그러므로 땅을 잃게 되면 부족민의 내면에 있는 어떤 것, 그를 사람으로 만든 어떤 것이 사라진다. 문명이 부족민을 덮칠 때 가장 먼저 사라지는 것이 그들의 땅이다. 부족민은 돈을 받고 땅을 팔더라도 그 땅이 새로운 땅주인이 지불한 금액을 무화할 만큼 충분하거나 더 많은 걸 생산할 때까지 땅과 잠시 헤어지는 거라고 여긴다. 나는 레흘리 지방의 곤드 부족민이 자신의 땅을 샀던 한 상인의 회계사 앞에서 다 죽어가는 눈으로 "내가 받은 100루피를 갚을 만큼 그 땅에서 충분한 걸 얻었나요?"라고 묻는 걸 보았다. 그는 10년 전에 그 땅을 팔았다. 그런 상황에 익숙한 회계사는 간단히 "아직"이라고 대답하고는 하던 일을 계속했다. 나이가 약간 든 그 곤드 부족민은 죽어가는 눈으로 말없이 돌아갔다.

그 부족민도 요청할 대체 부지나 도끼를 써서 개간할 땅이 있다면, 어쩌면 정글을 달리던 100년 전의 좋은 시절이라면 그런 생각은 하지 않았을 것이다. 그러나 오늘날 그가 받은 돈은 수중에 들어오자마자 빚을 갚아야 하기에 무의미하다. (……) 이제 부족민의 땅(가장 나쁜 토지만 남았다)을 원하는 것은 개인이 아니라 국가다. 관개시설을 만들려면 댐과 운하를 건설해야 하고 그러기 위해서는 땅이 필요하다. (……) 그 땅에서 철과 석탄이 발견되면, 국가의 필요에 따라 개발이 요구된다. 하지만 그 땅은 원래 부족민의 것이다.

새로운 철도가 처녀림을 가르고 지나가지만, 그곳도 부족민의 땅이다. 문명은 수세기 동안 하지 못하던 것을 달성했다. 즉 부족민과 그들이 사는 땅 사이를 연결하던 탯줄을 잘랐다. 내겐 해결책이 없다. 나는 그저 비극을 전할 뿐이다. 내가 본 비극은 그 곤드 부족민의 죽어가는 눈빛에 생생하게 담겨 있었다. — 노론하, 《어떤 바보가 전하는 이야기A Tale Told by an Idiot》

이때는 1940년대였다. 지금은 상황이 더 나빠졌다. 얼마 전에 엘윈Verrier Elwin이 이런 글을 남겼지만, 삼림은 점점 더 보기 드물어진다.

여행자들이 바스타르 고원을 향해 이동하자 전원 지대에는 그에 대한 노래가 퍼지기 시작했다. 노래하며 일하는 나무꾼들의 딱딱한 미소가 그를 반겼다. 스카이라인은 기괴하게 포개진 바위로 인해 흐트러졌다. 주위는 온통 상록수인 사라수나무 숲이다.

— 엘윈, 《부족 세계The Tribal World of Verrier Elwin》

나는 쌓여 있는 바위 더미와 목재 더미를 보았으나 상록수인 사라수나무 숲은 거의 보지 못했다. 바그라 폭포(수천 개의 작은 은빛 폭포가 즐겁게 쏟아져 내리는 그 태고의 장관을 본 마지막 사람들 중 하나가 '나'라는 소리를 들었다. 왜냐하면 그 폭포들도 곧 다른 프로젝트에 의해 없어질 것이기 때문이다) 주변에서 한창 불에 태워져 쓰러지는 나무를 사진으로 찍기 위해 멈췄다. 젊은 노동자는 내가 그 섬뜩한 광경을 사진에 담는 동안 도끼를 들고 포즈를 취하고는 대가를 요구했다. 그는 영악해져야 한다는 걸 배운 모양이다.

나는 예전 바스타르 왕국의 수도 자그달푸르로 가는 길에 갑자기 생겨난 시장에서 사냥꾼이자 장사꾼인 한 사람에게 물었다.

"숲의 중심을 마지막으로 본 것이 언제인가요?"

"숲의 중심이요?"

그는 씩 웃었다.

"선생님, 지금 단다카라니아의 중심에 서 있습니다."

그가 두 팔을 넓게 벌려 내게 시장이 확대되었다는 걸 깨닫게 만들었다.

***

사라부는 또한 자신의 끝없는 고통과 부족의 고통을 기억했다. 마을 이장인 그는 천으로 허리 아래만 둘러 가렸고, 머리털은 구릿빛으로 숱이 많고 부스스했으며, 항상 담뱃잎을 씹는 모습이었다. 그가 믿는 종교 콘드는 동생이 왕(권위자)이고, 형을 백성(파라자)이라고 가르쳤다. 동생은 교묘했고 부정직한 방식으로 형에게서 왕국을 빼앗았으나, 그는 그 일을 마음에 담지 않았다. 그는 용서를 배웠다. 그는 다소 충동적이고 남을 의식하지 않았으나, 산처럼 키가 컸고 하늘처럼 넓고 트인 마음을 가졌다.

이 글은 근대 오리아어 문학계에서 존경받는 고피나트 모한티가 부족민의 생활을 다룬 대하소설 《파라자Paraja》(영문본도 있다)에서 인용한 것이다. 부족 지역인 코라푸트 군의 부군수 고피나트는 때로 주민들과 함께 먹고 춤추며 잠도 잤는데, 그러다가 삼림지대 한가운데서 길을 잃은 적도 있다. 걱정이 된 상관이 잃어버린 '리빙스턴'을 찾기 위해 한두 명의

'스탠리'를 보내지 않으면 안 될 정도였다(영국의 탐험가 데이비드 리빙스턴은 아 프리카 탄자니아 우지지에서 열병에 걸려 사경을 헤매게 되었는데, 이때 역시 영국의 탐험가인 헨리 모턴 스탠리가 이끄는 수색대를 만나 목숨을 건질 수 있었다고 함—옮긴이). 그러나 고 피나트는 그러는 동안에도 부족민의 분쟁을 해결하거나 각종 행사를 주 관하느라 바쁘게 지냈다.

1950년대에 내 외삼촌은 코라푸트의 군수이자 세무서장이었는데, 어 느 날 긴급한 일로 고피나트를 불렀다. 때는 아직 밤 9시밖에 되지 않은 밤이었지만 겨울이라 전 지역이 으스스한 침묵 속에 잠들어 있었다.

"내 지프의 헤드라이트가 당신 외삼촌 집 대문을 비추자 성이나 사원 앞을 지키는 석상처럼 대문 앞에 두 개의 이상한 조각상이 서 있는 게 보 였지요. 순간 많이 놀랐어요. 그 석상들이 움직였거든요. 나는 곧 그들이 '명예로운 임무'를 마친 한 쌍의 호랑이라는 걸 알게 되었지요."

언젠가 고피나트가 내게 이렇게 설명했다.

이후 많은 것이 변했다. 코라푸트에는 1958년에 세워진 단다카라니아 발전위원회 본부가 있다. 단다카라니아(단다크+아라니아)에서 이제 아라니 아(숲)는 기억이 되었다.

부족민의 관대함은 그들이 벵골인 피난민을 받아들일 때 다시 한 번 증 명되었다. 앞에서 언급한 노론하가 1940년대에 쓴 글을 다시 참고해보자.

동벵골에서 피난 온 사람들이 단다카라니아 프로젝트라는 이름으로 정착 할 때(대다수가 바스타르 군에 자리를 잡았다), 나는 H. M. 파텔에게 부족민에게 무 슨 일이 일어날 것 같으냐고 물었다. 그는 지역 개방, 학교, 도로, 병원, 문명의 모든 살림을 통해 부족민이 받게 될 수혜에 대해 낙관적이었다. 나는 의구심을 보였다.

"그러나 그들의 땅은 어떻게 되나요? 그들이 경작하는 것은요? 지금이 문제가 아니라 인구가 늘어나면 어쩌지요?"

아무런 답이 돌아오지 않았다. 이런 근본적인 문제에 답은 없었다. 부족민은 늘 기아에 허덕여서 출생률이 낮다. 그 누구도 그들이 죽거나 사는 것에 관심을 두지 않아서 사망률도 높다. 당연히 그들에게 남겨진 약간의 숲과 황량한 산에는 인구가 적다. 그러나 지난 25년간 사회적 의식의 자각으로 부족 인구는 증가했다. 언젠가 그들이 땅을 원할 때가 되어도 그들에게 남겨질 땅은 없을 것이다.

—《어떤 바보가 전하는 이야기》

그러나 사람들이 자각한 진정한 관심 덕분에 부족민의 토지를 안전하게 보호하는 법률이 통과되었다. 단다카라니아 발전위원회는 한편으론 피난민의 재활을 지휘하고, 다른 한편으론 부족민의 몫을 보호하고 증진하는 역할을 수행했다. 단다카라니아 발전위원회가 접근이 어려운 지역에 진입하면서 예전의 노련하고 아주 잔인했던 뱀파이어들(대금업자)은 지역에서 쫓겨났다. 물론 새롭고 보다 노련한 착취자가 활발하게 비즈니스에 탐닉하는 것까지 막을 수는 없었다. 새로운 착취자 중에는 정치인과 부족민의 해방자로 가장한 테러리스트가 있다. 새로 생긴 이들 이방인은 부족민의 순진함을 이용하여 그들에게 21세기적 폭력으로 가는 쉬운 방법을 가르친다.

문제는 폭력에 대한 부족민의 태도가 다른 사람들과 아주 다르다는 점에 있다. 고통받은 사람과 죽은 자에게 자신의 희생을 개의치 않는 그들은 자신의 행동이 다른 사람에게 공포를 준다는 점을 이해하지 못한다. 일단 어떤 단체나 이상에 충성심을 키운 부족민은 반드시 복수로 그걸 증명한다.

신비한. 숲을.
찾아서. 3.

자그달푸르로 가는 길이었다. 그곳은 마지막 왕에 대한 부족민들의 전설적인 충성심이 폭력으로 얼룩진 마지막 무대였다.

치트로코테에서 떠나온 길은 먼지가 날렸지만 상쾌했다.

나는 흥미로운 것(마리아 부족이 붉은 개미를 채집할 때 보이는 섬세함, 일부 부족민이 태고의 여신 몰리에게 경배하는 것)을 볼 때마다 차를 멈췄다. 어린 여자아이가 비스듬히 기대어 손바닥으로 컵을 만들어 리본 같은 폭포 물을 받아 마셨다. 소녀 옆엔 염소가 있었다. 염소가 물을 마시는 동안에 이름을 알 수 없는 색이 고운 새가 그 등에 앉았다. 내가 카메라를 드는 순간 새는 날아가 버렸다. 지나가는 부족민 부부가 우리를 보고 미소를 던지며 착한 사람임을 내보였는데도 새는 우리가 마음에 들지 않았던 모양이다.

우리가 자그달푸르에 도착하여 전 왕가의 쇠락한 왕궁을 본 것은 늦은 오후였다. 단다카라니아의 중심에 있는 바스타르 왕국은 약 250년 전에 오디샤에서 온 왕자 달파드 데브가 세웠다. 인드라바티 강변에 있는 왕국의 수도 자그달푸르는 번영 뒤에 혼란이 오기 전까지는 좋은 곳이었음이

틀림없다.

바스타르의 마지막 왕에게는 아들이 없었다. 마유르브한지 왕가의 프라풀라 찬드라 반지 데오는 바스타르의 공주와 결혼하여 이곳에서 여왕의 남편으로 살았다. 그러나 자신을 왕으로 인정해달라고 영국이 통치하는 인도 정부에 올린 그의 간청은 무위로 돌아갔다. 케임브리지 대학에서 박사 학위를 받은 그는 고고학에 애정을 쏟았다. 학생 시절 그의 강의를 들은 적이 있는 내게 그는 침착하고 학문적인 사람이라는 이미지로 남아 있다. 그러나 왕위 계승자인 그의 큰아들 프라빈 찬드라는 다른 종류의 인물이었다. 그는 왕국이 인도연방에 가입한 후 자신이 왕의 이름을 유지할 순 있으나 더 이상 왕권을 행사할 수 없다는 사실을 받아들이지 못했다.

프라빈 찬드라는 돈키호테처럼 행동했다. 1959년 그의 아버지가 델리에서 죽었을 때 그는 유해를 자그달푸르로 모셔오는 것에는 전혀 관심을 두지 않았다. 그러나 그의 애견이 죽었을 땐 온 도시가 역사상 가장 성대한 장례식을 지켜보았다.

누군가에게 화가 나면 프라빈 찬드라는 다른 사람이 자신의 기분이나 행동을 눈치채기 전에 이미 칼을 뽑아 불운한 상대의 팔을 깨끗이 잘라버리곤 했다. 한동안 그는 유부녀에게 마음이 끌렸다. 그는 돈을 주어 그녀의 남편을 멀리 보낸 뒤에 성급히, 어쩌면 진심으로 그녀와 결혼했다. 사제는 칼로 위협을 받으며 결혼식을 서둘러 끝내야만 했다. 나중에 마디아프라데시 주지사가 그에게 축하 인사를 건네자, 그는 "그 여자는 그저 내 시녀예요! 내가 언제 결혼했나요?"라고 되받았다.

그의 기행과 뻔뻔함은 날이 갈수록 심해졌다. 마침내 인도 정부의 참을

성도 한계에 달했고, 그는 곧 위상을 박탈당했다. 그의 남동생은 평민의 신분을 권유받았고, 아주 내키지 않아했지만 결국은 받아들였다.

그때까지 프라빈 찬드라의 특권에는 인도연방 가입 동의서에 따라 내탕금과 '왕'이라는 이름, 여러 다른 권리가 포함되어 있었다. 그러한 특권과 여러 이익 보따리가 사라지자, 그는 자신이 초자연적 힘을 가졌다고 선언했다. 프라빈 찬드라는 아무리 위대한 힘도 자신의 탄트라적인 주문 앞에서는 완전히 궤멸된다고 떠들었다. 흘러내리는 긴 머리를 가진 그는 이마의 중심에 인상적인 붉은 점을 찍는 걸 좋아했다. 그를 경이로워하는 '백성들'은 프라빈이 나타나면 늘 그 앞에 엎드렸다. 그는 그 관습을 즐겼다.

프라빈은 늘 정부를 곤란하게 만들었고, 백성들은 그런 그를 영웅으로 여겼다. 대다수 백성들은 자기들의 왕국이 영국의 지배를 벗어났을 뿐만 아니라 토착 왕국에서 자유와 민주주의 국가로 획기적으로 변화했다는 사실을 알지 못하는 무지렁이였다.

부족민들은 어느 운명의 날, 아침부터 활과 몽둥이와 도끼와 창을 들고 왕궁 앞에 모여들기 시작했다. 그 아수라장을 누가 만들었는지는 알려지지 않았다. 군중은 그들이 받드는 왕의 위엄과 신성함이 위험에 빠졌고, 그래서 자신들이 그를 구해야 한다는 모호한 믿음을 가지고 있었다.

프라빈이 그들의 도움을 받아서 이루려고 한 것은 무엇이었을까? 그가 국가기관에 혼란을 주기 위해 이 무서운 군중을 풀어놓았다는 것은 의심의 여지가 없었다. 그들에게는 '마하라자(대왕)'를 위해서라면 최대한 희생할 수 있는 준비와 열정이 있었다.

군 행정 당국은 군대를 전부 소환했다. 군대는 군중이 프라빈이 정해놓은 어떤 타깃 쪽으로 나아가지 않도록 막았다. 당국은 군중에게 해산하라고 말했으나 그들은 꼼짝하지 않았다. '왕'에게 충성하는 사람들이 점점 도시로 몰려들었고, 긴장은 폭발 직전에 이르렀다.

긴장이 폭발한 것은 프라빈 찬드라의 측근이 부족민 지도자들에게 '왕'이 거는 주문이 경찰의 총알을 빗방울처럼 무력하게 만들 것이라고 장담했을 때였다. 갑자기 한 무리의 경찰에게 부족민들이 쏜 화살이 소나기처럼 쏟아졌다. 경찰은 공포탄으로 대응했다. 잠시 무서운 정적이 흘렀다. 그때 누군가 외쳤다.

"봤지? 총탄이 우리들 머리카락 하나 건드리지 못하는 걸. 우리 대왕이 정말 천하무적의 주문을 거신 거야!"

놀라운 기적을 선사한 '대왕'에게 보내는 힘찬 환호성이 주변을 흔들었다. 마법사 대왕이 경찰을 허수아비로 만들 거라고 확실히 믿은 부족민들은 갑작스럽게 폭력적으로 경찰을 공격했다.

경찰은 이번에는 진짜 총알로 응수했다. 왕궁 앞은 지옥이 되었다. 총알 소리와 무서운 비명과 울음소리가 도시를 뒤덮었다. 부족민 지도자들과 부하들은 뒤쪽에 벽이 있는 왕궁의 앞뜰로 후퇴했다. 다른 사람들은 흩어졌다. 그러나 경찰은 왕궁 안으로 총을 계속 쏘는 듯이 보였다.

모든 것이 잠잠해지자 경찰은 왕궁 주변의 벽으로 둘러싸인 곳으로 들어갔다. 죽거나 죽어가는 사람들이 여기저기에 큰대자로 누워 있거나 흩어져 있었다. 그 가운데 총탄이 수없이 박힌 프라빈 찬드라의 시체가 보였다.

그건 살인이었을까? 냉혹한 살인이 아니라면 온정의 살인이었을까? 목격자로부터 진술을 듣고 싶었던 나는 두 사람을 찾아냈다.

"부족민들이 경찰에게 활을 쏴서 보복을 받은 건 분명하지만, 대왕을 죽인 점에 대해선⋯⋯."

전 시장은 뭔가 불길함을 암시했다.

"그때까지 이 장소는 초록의 잔디밭과 정원으로 둘러싸여 매력적으로 보였어요."

거의 황폐해진 왕궁의 이곳저곳으로 우리를 안내하던 가이드가 말했다. 이제 왕궁은 그 찬란했던 과거를 기리는 덩굴식물 하나 없이 비참하게 방치된 채 놓여 있다. 프라빈 찬드라의 동생도 세상을 떠났다. 그 두 사람의 부인들은 재산을 두고 다투었다.

화환이 걸린 프라빈 찬드라의 사진이 어둡고 먼지 쌓인 접견실을 장식하고 있었다. 그보다 더 어두운 표정의 한 경비원이 건물을 관리하는 중이었다.

우리가 인터뷰할 다음 인물, 왕족이 받들던 단테시와리 여신의 사제에게 질문을 던질 필요는 없어 보였다. 유령의 눈을 가진 그는 이렇게 큰 소리를 질렀다.

"그들이 우리의 대왕을 죽였어요. 살인자들!"

얼마 전에 '성자'를 자칭한 한 사제가 자신이 프라빈 찬드라의 망령에 사로잡혔노라고 주장했다. 많은 추종자들을 거느리게 된 그는 새롭게 법과 질서의 문제를 야기했다. 그가 제안한 숭배 의식은 금지되었다. 나는 그 사제의 목소리에서 같은 망령(멀리 떨어지고 죽어가지만)의 메아리를 들었다.

인도 문화유산의 영예로운 상당 부분인 거대한 단다카라니아도 멀리, 저 멀리 지평선으로 물러가는 메아리처럼 여겨졌다. 부족민들은 그 유산 없이 사는 걸 배우고 있다. 그러한 상황이 그들에게 가져올 문화적, 정체성의 위기 속에서도 말이다. 단다카라니아 주변과 그 숲 속에서 사는 사람들은 남은 것이 무엇이든 간에 그것에 대해 무자비하다.

후기

나는 자그달푸르에서 받은 인상기를 내가 편집하는 월간지 《헤리티지》에 실었다. 어느 날 남부 지방의 퐁디셰리에서 어떤 사람이 내 어깨를 두들겼다.

"마노즈 씨, 경찰이 그날 왕자를 노리고 총을 쏜 것이 아니라는 걸 말해야겠어요. 프라빈이 죽은 것은 부하들 가운데 서서 경찰에게 공격을 지시했기 때문이지요. 물론 경찰은 화살이 날아오는 방향으로 총을 쏘았습니다."

키가 크고 품위 있는 한 신사가 웃는 얼굴로 나지막하고 온화한 목소리로 알려줬다.

"어떻게 그걸 아세요?"

"제가 그 조사위원회의 유일한 회원이었거든요."

나를 일깨워준 그 사람은 지금은 고인이 된 비나이 초드리 판사였다.

침묵. 공주의.
그림자. 1.

1820년대 인도에 있던 영국인 제임스 토드는 이렇게 말했다.

> 지구상의 어떤 민족이 라지푸트(인도 중부와 서북부, 특히 라자스탄 지역에 살던 원주
> 민—옮긴이)처럼 그렇게 수세기 동안의 위압적인 절망 속에서 문명의 외관,
> 즉 조상들의 관습과 정신을 유지할 수 있으며 단일한 특성을 지킬 수 있겠
> 는가? 그들은 열정적이고 무모하지만, 필요하다면 참을성과 명백한 냉담성
> 으로 물러나 복수할 기회를 도모한다. 라자스탄은 인류 역사에서 야만성이
> 가하거나 인간 본성이 입히는 모든 잔학함을 견딘 사람들의 유일한 사례를
> 보여준다. (……) 땅에 엎드리지만 압박에서부터 솟아올라 재앙을 용기를
> 북돋우는 숫돌로 만든다.

이 영국인 정치요원이 그 경이로운 사람들과 그들의 과거에 매혹되어
쓴 《라자스탄의 연대기와 유물The Annals and Antiquities of Rajasthan》에는 여
러 가지 사실적 오류가 있을 것이다. 그러나 영국인이 인도 제국의 어떤

지역에 대해 쓴 책 중에서 이보다 더 독자의 마음을 사로잡는 책은 없다.

만약 토드가 라자스탄의 신화와 로맨스로 색을 입힌 역사의 장대한 풍경을 생각해냈다면, 역사가 아널드 토인비는 우다이푸르에 대해 정확히 똑같은 초대장을 제시했다고 할 수 있다.

"나는 늘 우다이푸르가 세상에서 가장 아름다운 장소라고 생각했지만, 그림과 사진은 그에 대해 적절한 단서를 주지 않는다. 직접 눈으로 보아야만 그걸 받아들일 수 있다. 나는 오늘 직접 우다이푸르를 보았다."

내가 우다이푸르에 도착했을 때는 온화하고 상쾌한 오후였다. 의도적으로 대학에서 강연을 하기 하루 전에 도착했기에 공항에서 누가 나를 환영하리라곤 기대하지 않았다. 그러나 내 친구가 도시에 안락한 게스트하우스를 가진 기업가에게 연락을 취했고, 도시에서 떨어진 곳에 사는 그가 보낸 자동차가 나를 태우려고 공항에서 대기하고 있었다. 차에 탄 운전사는 가슴에 내 이름과 대여섯 개의 다른 이름을 적은 명찰을 달고 있었으나, 그래도 나는 운이 좋다고 여겼다.

"저는 선생님이 원하시는 대로 따르겠습니다. 오늘 하루 종일이요."

그는 내게 인사를 건네면서 그렇게 알렸다. 그 말이 기뻤던 것은 다음 날까지 나를 초청한 대학에 연락을 취하고 싶지 않았기 때문이다. 많이 배운 교수들과 동행하는 것보다 운전사와 학술적이지 않은 활동을 하거나 도시를 돌아다니는 것이 훨씬 편안할 것이다.

운전사는 내 의사를 기다렸다. 그러나 내가 점심을 먹은 후 다시 운전을 시작한 그는 입장을 완전히 바꾸었다. 젊은 이 라지푸트 운전사는 내가 그의 처분을 받는다고 믿는 것 같았다. 그는 자신이 가고픈 곳으로 차를 몰았고, 라지푸트족에 대한 신화와 금언을 유창하게 늘어놓았다. 하지만 난 그것이 좋았다. 나는 그가 하는 대로 받아들이고 느긋해했다.

운전사는 우다이푸르 왕국을 다스리던 옛 왕들의 기억과 연관된 모든 유적으로 내 관심을 끌어들이려고 애썼다. 그러나 내가 인상적인 근대 건물에 대해 물으면 그는 그저 어깨를 으쓱이며 "선생님, 그런 것들은 정부가 과시용으로 만든 겉멋만 든 쓸모없는 건물이에요"라고 대꾸했다.

"당신의 왕이 이 왕궁들을 하나씩 호텔로 바꾼 걸 이해합니다. 그런데 당신은 그걸 어떻게 생각하시오?"

한순간 그의 넘치는 향수를 참지 못한 내가 도발적으로 물었다.

"우리가 좋아하고 싫어할 처지인가요? 물론 선생님은 조상이 남겨준 재산을 마음대로 처분하시겠죠? 안 그래요?"

"내 재산이 당신 조상의 세금으로 지은 건 아니지 않나요?"

젊은 운전사는 염치없이 실용적이고 자신에게 불필요해 보이는 질문에 답할 준비가 안 된 듯했다. 한순간 침묵을 지키던 운전사는 갑자기 천둥소리를 내더니 울퉁불퉁한 도로가 지그재그로 이어지는데도 위험하게 운전대를 놓고는 두 손을 마구 흔들면서 말했다.

운전사가 말하려는 요지는 이랬다.

'내 조상들은 옛날에 왕의 리더십 아래 싸우다가 죽었다. 그 조상이 자랑스러운 것은 보통 사람을 영웅으로 만들었기 때문이다. 그런 영광과 비교할 수 있는 물질적 부가 있단 말인가? 가치가 변했다는 건 사실이다. 그러나 그래서 어쨌다는 건가? 내 혈관 속을 흐르는 피의 색깔과 질을 자랑스러워하는 걸 지구상에 그 누가 막을 것인가?'

"현재의 왕을 봤나요?"

내가 물었다.

"그럼요! 그런데 여기서 머무시는 기간이 짧아요. 많은 사람들과 어울리시지도 않고요. 오늘날의 정치를 좋아하지 않으시거든요."

"그걸 어떻게 알아요?"

"우리가 우리 왕에 대해 몰라야 되나요?"

"아니요, 방금 그가 많은 사람들과 어울리지 않는다고 말해서요."

"왕이 왜 어울려야 해요? 얼마 전까지 군주였지 않나요?"

나는 그의 주장이 막다른 골목에 왔다는 걸 깨달았다. 그에게 왕은 개인이 아니라 상징이자 전통이었다. 그의 머릿속에서 왕이란 용어는 바파 라왈에서 라나('왕'이라는 뜻—옮긴이) 프라타프에 이르는 유명 인물의 평균, 그들 사이의 보통 정도 되는 많은 인물에 부합했다.

전설에 따르면, 라마의 쌍둥이 아들 중 하나인 라바는 그때 라바푸라라고 불리던 수도를 오늘날의 라호르에 세웠다. 그 왕조의 분파가 구자라트의 인도르로 이동했다. 수 세대가 지난 뒤에 그 왕조의 자손 아파라지트는 반란을 일으킨 빌 부족에게 살해되었다. 그의 아들 바파는 라자스탄으로 도주했고, 치토르가르를 점령하여 메와르 왕국의 수도로 삼아 왕조를 세웠다. 그 수도는 16세기에 우다이푸르로 옮겨졌다.

나는 운전사가 상징처럼 여기는 마지막 왕을 며칠 뒤에 스리 오로빈도의 아슈람(은둔처, 암자. '영적인, 지적인 은거'라는 뜻의 아슈라마ashrama에서 유래함—옮긴이)이 있는 퐁디셰리에서 만났다. 학식이 많은 그는 잘난 체하지 않았고 오로빈도의 아슈람을 방문하기 위해 참을성 있게 줄을 설 줄도 알았다.

메와르 왕국의 프라타프 왕.

　메와르 왕국이던 땅에서는 당연히 전설적인 인물이 많이 나왔다. 그러나 내 기억을 차지하는 것은 프라타프 왕과 네 명의 여성이었다. 그들 중 세 명은 라니('왕비'라는 뜻—옮긴이) 파드미니, 미라 바이(라지푸트 공주로 메와르 왕국의 황태자와 결혼함. 크리슈나 신을 숭배해 많은 서정시를 남겼다—옮긴이), 다트리 판나로 이미 잘 알려진 여인들이다. 그러나 네 번째 여성인 크리슈나 쿠마리 공주를 기억하는 사람은 드물다.

공주의 슬픈 얼굴이 오래된 왕궁의 어둑어둑한 측면과 구석에서 나를 괴롭혔다. 물론 그 얼굴은 뛰어난 미모를 그린 그림이 존재하지 않아서 전설에 따른 상상으로 만들어졌다. 그러나 좀 더 어두운 미로를 걸어가는 데도 유령과 같은 그 용모는 점점 선명해졌다.

어느 날 아주 다른 종류의 어둠이 그 어여쁘지만 슬픈 공주를 완전히 덮어버렸다. 그때는 19세기였다. 빔싱 왕의 딸인 크리슈나 쿠마리 공주는 16세가 되었을 때 벌써 전설이 되었다. 그런 미모는 라자스탄에서 일찍이 본 적이 없었다. 뛰어난 재능을 가진 화가의 그림에서도 찾을 수 없을 정도의 아름다움이었다.

자이푸르 왕국의 재상이 메와르의 왕을 방문해서 자신이 모시는 왕이 공주와 결혼하고 싶어 한다고 말했다. 그러한 전갈이 부적절한 건 아니었고, 공주의 아버지는 마땅한 예를 갖춰 청혼을 받아들였다. 그러나 자이푸르의 재상은 그날 밤에 잠을 이룰 수가 없었다. 마르와르 왕국 마운 왕의 사절이 공주의 아버지에게 자신의 왕도 공주와 결혼할 마음이 있다고 전하는 걸 봤기 때문이다.

"그대가 좀 늦었구려."

메와르 왕이 정중하게 대답했다.

마르와르 왕의 사절은 고개를 끄덕이고 한숨을 쉬더니 떠났다. 사흘이 지나지 않아서 마르와르 왕국의 군대가 메와르 왕국을 침입했다는 소식이 날아왔다. 당시 메와르 왕국의 군사력은 쇠락하고 있었다.

자이푸르는 경계 태세에 들어갔다. 메와르와 자이푸르의 연합군이 쳐들어오는 마르와르 군대에 맞서 강하게 저항했으나 결국 실패했다. 마르와르의 마운 왕은 우다이푸르로 진격하여 왕궁에서 멀지 않은 곳에 진을 쳤다. 그러고는 "내가 자이푸르 왕에게 승리했으니 공주를 내게 넘겨주시오!"라고 주장했다.

그러나 자이푸르 왕은 마르와르 왕의 주장에 코웃음을 치고 군대를 동원하여 마르와르의 수도를 포위했다. 마운 왕은 자신의 왕국으로 서둘러 돌아갈 수밖에 없었다. 그는 왕궁을 지켰으나 온 수도가 약탈을 당했다. 나중에 그의 친척들이 왕위를 찬탈하려고 음모를 꾸몄음이 드러났다. 불행한 마운 왕은 자살을 결심했다. 그러나 그는 그 결심을 큰 소리로 선언했고, 그 말을 들은 지지자들이 단단히 잡지 않은 단도를 그의 손에서 낚아챘다.

침묵. 공주의. 그림자. 2.

마운 왕은 그 무렵 철학자이자 가이드인 무슬림 총독 아미르 칸과 친구가 되었다. 토드의 견해에 따르면, 아미르 칸은 '인도가 배출한 가장 악명 높은 인물'이었다. 마운 왕 덕분에 주머니가 두둑해진 칸은 마운 왕에게 반대하여 반란을 시도한 마르와르의 귀족들을 지지하는 것처럼 행동했다. 음모자들은 자신들의 모임에 들어온 새로운 이의 명예를 위해 우정의 잔치를 열었다. 음악과 춤이 한창일 때 명예로운 손님인 칸의 부하가 숨겨 두었던 칼을 빼들어 마운 왕의 비방자들을 도살했다. 무고한 안내인과 마부에 이르기까지 음모를 꾸몄던 측은 모두 죽임을 당했다.

이제 적의 위협에서 안전해진 마운 왕은 자살하려는 충동에서 벗어나 다시 크리슈나 쿠마리 공주에게 관심을 돌렸다. 그러는 동안에 자이푸르 왕국의 군대는 회군했다. 그러나 마운 왕의 의도가 드러나자 자이푸르 왕도 공주와 결혼하겠다고 다시 나섰다. 두 왕국의 지배자들은 잘 고른 사절단을 우다이푸르의 궁정으로 계속 보냈다. 꽃과 시적 언어에 담아 사절단이 전하려는 메시지는 이랬다. '만약 메와르의 왕이 한쪽 왕을 공주의 배필로 정한다면, 다른 쪽 왕이 수도 우다이푸르뿐만 아니라 메와르 왕국을 유린하는 신성한 의무를 가진다'는 것이었다.

메와르 왕은 어떻게 해야 할지 결정을 내릴 수가 없었다. 딸의 미덕, 즉 아름다움과 부드러움, 재치가 아버지에게 그러한 위기를 가져온 적은 결코 없었다. 그때 예를 표하기 위해 왕을 방문했던 세속적이고 실용적인 분별력으로 유명한 한 귀족이 왕의 귀에 속삭였다.

"두 명의 신랑감 중에서 한 명을 적으로 만들어 메와르 왕국을 위험에 처하게 만들 건가요?"

"그럴 순 없소. 현재로선 우리가 그들보다 군사적으로 약세요."

"제가 많이 생각을 해보았는데요."

귀족의 어조는 연민에 젖어 있었다.

"그러나 빠져나갈 방법이 없지 않소?"

왕은 걱정으로 몸이 여위어 보였다. 찾아온 귀족은 미소를 지었다.

"전하, 방법이 있습니다, 있어요."

그는 왕에게 장담했다. 사실 그는 고도의 창의적 해결책을 갖고 있었다.

"이렇게 되면 마르와르 왕국과 자이푸르 왕국이 서로 싸우거나 전하와 다툴 이유가 없어집니다."

그는 또 다른 냉소를 지어 보였다.

"아니야, 난 결코 그렇게 할 수 없소."

왕이 외쳤다. 귀족은 이해한다는 듯이 고개를 끄덕였다.

"전하가 반드시 그렇게 해야 한다고 말씀드렸나요? 하지만 왕족 중의 누군가는 해야 합니다. 우리의 사랑스러운 공주를 안전하게 보내려면 평

호수에서 바라본 우다이푸르의 시티 팰리스.

범한 자객을 믿을 순 없지요."

방문한 귀족은 다름 아닌 아미르 칸이었다. 앞에서 인용한 토드의 그에 대한 평이 맞아떨어지는 순간이었다. 마운 왕은 상황이 정상으로 돌아오자 메와르의 왕이 공주를 자이푸르 왕에게 보낼 것이라고 의심했고, 그것은 마르와르 왕국의 위신에 끔찍한 타격이 될 것이었다. 그래서 마르와르의 사절인 아미르 칸이 이런 연민의 조언을 했던 것이다.

그러나 누가 그 계획을 실행할 것인가? 왕족의 그 누구도 이 계획에 동의하지 않았다. 왕궁의 나이 든 여인들은 사적으로는 그 계획의 필요성을 인정했다. 그러고는 슬피 울었다. 시간이 없었다. 마르와르와 자이푸르는 메와르 왕의 의도를 우려하고 있었다. 첩자들이 가져온 정보에 따르면, 양국의 왕은 우다이푸르로 새로운 진군을 준비하고 있었다.

달밤이었다. 공주는 테라스에서 산책 중이었다.

"혼자 있고 싶어."

공주가 말하자 시녀가 물러갔다.

공주는 문득 어떤 그림자를 보았다. 한 남자가 돌기둥 뒤에 몸을 감추고 몰래 공주에게 다가오는 중이었다. 공주는 깜짝 놀랐다. 자신이 머무는 왕궁에 이방인이 갑자기 등장할 가능성은 전혀 없었다.

공주는 침입자를 따라잡아서 놀라게 만들었다.

"자완 아저씨가 아니에요?"

남자는 친척이자 아버지의 측근인 자완다스였다.

자완다스는 순진무구한 공주의 말을 듣자 가슴이 서늘해졌다.

"오, 우리 예쁜 공주님!"

이렇게 외친 자완다스는 유령을 본 사람처럼 몸을 떨면서 공주의 발밑에 엎드렸다. 다이아몬드가 박힌 단검이 그의 손에서 떨어졌다. 포근한 달밤, 고요한 테라스, 순수한 공주의 모습이 그 끔찍한 무기를 그의 손에서 떨어뜨리게 만들었다.

공주는 그 번쩍이는 물건을 잠시 응시하더니 놀라지도 않고 말했다.

"무슨 일이에요, 아저씨? 뭔가 무서운 것으로부터 날 보호하려고 여기에 오셨죠? 분명히 그럴 거예요."

그렇게 물었으나 공주는 뭔가 불길함을 느끼기 시작했다.

눈물을 흘리던 자완다스는 자신이 수행해야 하는 임무(오래된 우다이푸르의 메와르 왕국을 위해서 공주를 해쳐야 하는 임무)를 고백했다.

"나를 용서해라, 조카딸아!"

그는 큰 소리로 울면서 도망쳤다.

그러나 그건 한 사람의 범죄가 아니었다. '겁쟁이'가 실수한 범죄로 왕궁의 분위기는 점점 무거워졌다. 크리슈나 쿠마리 공주는 삶의 즐거움을 잃었다. 이제 그 삶은 저주받은 공기를 마시면서 지탱되었다.

뭔가 결심한 공주는 자기 처소로 들어가서 시녀들을 불러 독약을 준비하라고 명했다. 사정을 이해한 시녀들은 울면서 독이 든 잔을 공주에게 올렸다. 공주는 독배를 마셨으나 죽음은 아름다운 그녀를 쉽사리 데려가지 않았다. 세 번이나 시녀들이 바친 독배를 든 공주는 네 번째 독약을 마시고야 눈을 감았다.

공주가 죽었다는 소식은 아침 햇살을 따라 퍼져 나갔다. 마르와르 왕국과 자이푸르 왕국에서는 사절을 보내 그 사실을 확인했다. 공주의 일화를 들려주던 이야기꾼은 그 사절들이 꽃다발을 가지고 왔는지는 말하지 않았다. 양국 사절들은 두 나라의 왕이 다툴 근거가 사라졌다는 사실을 확인한 뒤에 떠났다. 그들은 그저 흘낏 한 번 보고도 희미한 미소를 띤 공주의 얼굴보다 아름다운 얼굴은 세상에 없다고 확신했다.

***

내가 오래된 왕궁을 빠져나왔을 때는 이미 해가 진 뒤였다. 공주가 스스로 독배를 든 장소인 크리슈나 마할을 빼면 여러 개의 기념관을 봤지만 기억나는 것이 하나도 없었다.

나는 멍하니 앉아 앞에서 말한 네 명의 메와르 여성을 생각했다. 그녀들의 삶은 당대 남자들에게 슬픈 가르침을 남겼다. 파드미니 왕비의 고난은 그녀의 남편이 무장도 하지 않고 경호도 없이 알라딘 힐지 술탄에게 작별을 고하려고 성문 밖으로 나가면서 더더욱 커졌다. 교활한 술탄이 왕을 납치하여 왕비에게 몸값을 요구했던 것이다. 미라 바이는 보호자인 남자들에게서 오히려 괴롭힘을 받았다. 다트리 판나의 고귀함과 희생은 반비르를 불쌍한 인물로 만들었다. 무엇보다 남성 보호자에 대한 가장 날카로운 가르침은 침묵 공주 크리슈나 쿠마리에게 주어졌다.

운전사는 프라타프 왕의 동상이 세워진 언덕을 둘러싸고 있는 아름다운 공원으로 나를 데려갔다. 나무로 만든 승강장 모티 마그리에서는 고급 호텔로 바뀐 왕궁이 섬처럼 보이는 유명한 우다이푸르 호수가 내려다보였다. 아름다운 저녁 풍경이 펼쳐졌다. 1559년 이 언덕에서 우다이 싱 왕은 도시를 세울 영감을 얻었다고 전해진다.

세상의 모든 클라이맥스엔 반전이 숨어 있다. 도시를 떠나기 전에 공항에서 《우다이푸르의 초대Udaipur Invite》라는 책을 한 권 샀다. 시청이 펴낸 그 책에는 '가장 오래되고 가장 큰 것들'이 소개되어 있었다. 다음은 거기에서 인용한 것이다.

> 인도에서 가장 오래되고 최초이며 가장 고대적이면서도 가장 근대적인 것, 가장 길고 가장 크며 가장 위대하고 가장 독특한 것, 가장 다목적이고 가장 무서운 것, 가장 아름답고 가장 장대하며 가장 매력적인 것은 우다이푸르와 그 주변에 있다.

그 책엔 아라발리 산, 가장 원시적인 지질학적 형성, 감브히리 강, 초기 인류의 거주지, 승리의 탑 등이 언급되었다. 그러더니 갑자기 다음과 같이 예상치 못한 황홀경에 빠진 글이 이어졌다.

> 우다이푸르 시의 시장(1946~1954)과 장관(1952~1954), 라자스탄 주의 주수상(1954~1971)을 지내고 지금은 마이소르의 주지사로 재직하는 수크하디아 씨는 수많은 덕을 가진 다재다능한 공인이었다.

책의 서문을 장식한 수크하디아는 그의 고향 시청이 자신을 세상에서 가장 오래되고 최초이며 가장 고대적이면서도 가장 장대한 존재라고 평했다는 사실을 알고 있었는지 궁금하다.

거대한.
비극. 1.

우다이푸르에서 내가 머문 게스트하우스는 높은 지대에 자리한 곳으로, 나만 혼자 2층에 있었다. 나는 그때까지 크리슈나 쿠마리 공주와 황혼에 물드는 호수 풍경에서 빠져나오지 못했다. 아주 오랫동안 발코니에 앉아서 초현실주의적인 모습의 구름이 떠 있는 하늘을 바라보았다.

한밤중이 되자 도시를 덮었던 거미줄 같은 불빛이 점점 희미해졌다.

침대에 누울 때쯤에는 치토르가르에 가려던 희망을 거의 다 접었다. 언제 대학 측과 접촉할지(내가 아직 도시에 도착하지 않았다고 여길 것인데) 알 수 없었고, 또한 오후가 되기 전에 그들이 치토르로 오가는 여행을 주선해줄 것인지를 언제 말해야 할지도 알 수 없었다. 변덕스러운 바람 탓에 창문의 얇은 덮개가 자다 깨다를 반복하는 내 몽롱한 정신과 장단을 맞추듯 흔들렸다. 잠이 깰 때마다 내 마음속엔 크리슈나 쿠마리 공주와 치토르가 교대로 떠올랐다.

저녁식사를 할 때 아래층에 투숙한 젊은 기업가는 내게 이렇게 말했다.

"치토르요? 돌로 만든 해골에 관심이 없다면 실망하실 텐데요."

그러나 그는 현실적이고 신중했다.

"네, 위로 올라가는 입구에 가게가 하나 있는데, 거기서 만들어 파는 따뜻한 젤레비(기름에 튀긴 단 과자―옮긴이)가 1등급이었어요. 맛있더군요. 그렇지 않았어?"

그는 긴 식탁의 맞은편 끝에 앉은 아내와 딸에게 묻더니, 다시 나를 돌아보며 덧붙였다.

"암소 버터기름이 잔뜩 스며들어 있더군요."

"내가 그걸 먹었다고요? 내가 언제 젤레비를 먹던가요?"

그의 아내가 짜증이 밴 목소리로 반박했다.

"맞아! 그래! 물론 당신은 그걸 먹지 않았어."

남편은 즐거운 듯이 아내의 말에 동의했다.

"아내가 당뇨가 있어서요."

그는 목소리를 낮추더니 내게 털어놓았다. 그러더니 다른 생각이 났는지 "난 도라에게 물었어!"라고 딸을 가리켰다.

그러나 두 가지 일을 동시에 민첩하게 해내는 걸 보여주는 그의 딸 도라는 밥을 먹으면서 영화 잡지를 보고 있었다. 그녀의 마음은 아빠를 돕기엔 너무 멀리 영화의 도시 뭄바이에 가 있었다.

"도라에게 물었어!"

아내는 씩씩거리며 같은 말을 했다.

여행 중인 그 가족에게 인사를 마치고 계단을 올라가다가 새로 온 매니저 솜부다스를 만났다. 그는 끝까지 상냥했으나 끊임없이 힘이 들어가 긴장한 모습이었다.

"여자도 당뇨로 고생하나요?"

그는 한 통의 경이로움을 질문 속에 쏟아 넣으며 내게 물었고, 나는 즉시 불확실성의 소용돌이에 빠졌다. 아, 여자도 당뇨로 고생하느냐고?

"여자는 그러지 않아야 하지만, 당신이 봤듯이 비만은 일어나지 않아야 할 많은 것을 일어나게 하지요."

나는 간신히 이렇게 대답했다.

"제 생각이 틀렸나요?"

"글쎄요, 우리 생각이 언제나 옳다고 기대해선 안 되지요. 예를 들어볼까요? 나는 얼마 전까지 여자는 대머리가 안 되는 줄 알았답니다."

나는 고백하는 투로 말했다.

그의 눈이 촉이 높은 백열전구처럼 확 커졌다.

"여자도 대머리가 된다고요?"

그의 긴장지수가 놀랄 만큼 높아졌다.

"좀 더 알려준다면 엘리자베스 여왕도……."

"엘리자베스 여왕도요? 선생님은 머리카락이 없는 여왕의 정수리를 보셨어요?"

"내가 말하는 건 엘리자베스 1세가 아니라 16세기 영국의 대머리 여왕을 말하는 거예요."

"이보세요, 선생님!"

난 그 소리가 안도의 탄식인지, 조물주의 섭리에 대한 항의인지 분간할 수가 없었다. 그러나 어린애 같은 그 젊은이는 처음 만나는 순간부터 내게 호감을 주었다.

치토르 성채. 오른쪽 위에 뾰쭉 솟아오른 것이 승리의 탑.

"내일 아침 치토르행 버스에 태워드릴게요, 걱정 마세요."

그는 두 번이나 그렇게 말했다. 그러나 난 크게 좋아할 수가 없었다. 만약 강의 시간까지 돌아오지 못한다면 어쩔 것인가?

난 이미 쿰브 왕이 세운 승리의 탑(1458)을 빼곤 치토르의 모든 유적이 폐허라는 걸 알고 있었다. 그럼에도 나는 사연이 많은 그 산정에서 잠시라도 시간을 보내고 싶었다. 내 호기심을 자극한 것은 시스터 니베디타의 영감을 불러일으키는 회고였다.

거의 한밤중이었다. 우리가 처음으로 치토르 성에 들어간 때는 달이 보름달에 가까워질 무렵이었다. 출발지의 마을을 비추던 불빛은 꺼졌고, 아주 길이가 긴 산은 하늘에서 고립되어 어둑한 모습으로 서 있었다. (……) 그걸 보기 위해 새로 도착한 여행자들은 7세기 전에 파드미니의 결혼 행렬이 친정 방향을 향해 마지막으로 멈췄을 때 귀환 중인 호송대가 보았듯이 오늘 밤에 치토르를 볼 것이다. (……) '연꽃 같은' 파드미니는 멀고 먼 친정아버지의 요새를 출발한 긴 여행의 마지막인 그날 밤 잠을 이루지 못했다. (……) 알 수 없는 미래가 그 장대한 금의환향의 영광 속에서 파드미니를 움츠러들게 하고 한숨을 쉬게 만들며 그 앞에 놓인 길을 가로질러 그림자를 던졌기 때문일까? 시인들은 그녀 앞에 누운 거대한 비극의 요람 위로 아무런 말도 하지 않았을까?

—《동양의 한 고향에서 온 연구 Studies from an Eastern Home》

메와르 왕국의 왕 라왈 라탄 싱의 왕비 파드미니의 전설은 시스터 니베

디타처럼 오랫동안 수천 명을 매혹했다.

널리 알려진 것은 델리의 술탄 알라딘 힐지와 관련된 이야기다. 그는 파드미니 왕비가 아름답다는 소문을 듣고 매료되어 그녀를 소유하기 위해 온갖 노력을 거듭했다. 그런데 그것이 실제 역사일까? 민담에 천재성을 가진 사람들이 지어내 덧붙인 이야기(전설)가 아닐까? 그러나 전설은 그 널리 알려진 스토리를 강조하지 않아도 가치를 무시할 수 없게 만든다.

술탄은 첫 번째 치토르 원정에서 산정에 자리한 성채를 타격해 무너뜨리는 데 실패했다. 그는 전설적인 그 미인을 흘끗이라도 볼 수만 있다면 기꺼이 퇴각하겠다고 제안했다. 물론 그 제안은 받아들여지지 않았다. 그러나 타협은 이뤄졌다. 술탄은 호수 한가운데 있는 작은 성에서 그 성과 마주한 다른 성의 벽에 걸린 거울을 통해 왕비를 보게 되었다. 파드미니 왕비는 자신을 흠모하는 술탄이 볼 수 있게 거울에 얼굴이 비치도록 자세를 취했다.

모든 건 끝났다. 그러나 이 전설에서 드러나지 않은 점은 거울에 비친 얼굴이라도 왕비의 모습을 술탄에게 보여줄 이유가 없다는 것이다. 술탄이 본 거울 속의 얼굴은 아름다운 시녀의 얼굴이었다.

오만한 알라딘 술탄을 상대로 한 이 정당해 보이는 속임수는 엄격하게 비밀로 지켜졌을 것이다. 수백 년 뒤에 내게 이 비밀을 말해준 사람은 자신도 모르게 목소리를 낮췄다! 모든 것이 사실이라면, 파드미니 왕비가 거울 앞에 섰다는 이야기보다는 이 비밀이 더 타당성 있어 보인다. 시녀는 마다하지 않았을 것이고, 어쨌든 힐지 술탄은 그 사실을 알지 못했을 것이다.

파드미니 왕비가 거울에 비쳐 보이도록 자세를 취했다는 호수 위의 성.

힐지는 자신에게 베푼 왕의 정중함에 압도되었다. 혹은 압도된 것처럼 행동했다. 그는 도로 양쪽에 있는 사원에 들어가 기쁨과 경이로움을 표시했고, 간격을 두어 라지푸트의 용맹성과 메와르 왕국의 번영에 지극히 감탄하면서 라탄 싱과 포옹한 후 함께 마지막 성문을 향해 걸어갔다.

그때 라탄 싱은 힐지와 자신이 왜 친구가 아니라 적이 되었을까 이상하게 생각했을 것이다.

메와르의 왕 라탄 싱은 힐지 술탄이 왕비의 모습을 보려고 무장하지 않은 채 혼자 치토르 성을 방문하자 자신도 무기와 경호원 없이 술탄을 마지막 성문까지 배웅하는 것이 옳다고 생각했다.

술탄과 치토르 성의 주인이 나란히 서서 산 아래 멀리 펼쳐진 넓은 벌판과 과수원, 작은 마을에 대해 이야기를 나누는 동안 해가 넘어갔다.

골짜기로 이어진 경사면은 짙은 덤불로 뒤덮였다. 배반의 힐지 술탄이 준비한 대로 도마뱀처럼 기어오르던 연녹색 옷을 입은 남자들이 무력한 왕을 덮쳤고, 메와르 왕국의 평야에 진을 친, 넓은 마당과 왕궁 같은 숙소가 있는 힐지 술탄의 임시 주둔지로 데려갔다.

그리고 전갈이 왔다. 힐지 술탄은 살아 있는 파드미니가 오지 않으면 남편을 죽이겠다고 협박했다. 불빛이 많아서 마치 떠 있는 섬처럼 보이는 산정의 성에 있던 사람들은 그날 밤 한숨도 자지 못했다. 임시 막사에서 몇 분마다 산정을 올려다보던 힐지도 잠을 이루지 못했다. 술탄의 군인들은 왕의 군대가 성에서 내려오지 않는지 경계를 펼쳤다.

거대한.
비극. 2.

새벽이 밝자 말을 탄 두 사람이 파드미니 왕비의 전갈을 직접 가지고 왔다. 힐지의 뜻을 받아들이겠으며, 책력에 따라 이틀 뒤 밤 9시가 두 사람이 평생의 결합을 맺기에 상서로운 시간이라고 전했다. 파드미니는 자신의 위상에 맞게 예식에 따라 수행단을 데리고 힐지에게 항복할 것이며, 그러는 동안 볼모로 잡은 왕은 명예롭게 대해줘야 한다는 말도 전했다.

힐지는 기뻤다. 그는 막사를 꾸미는 데 전력을 쏟았다. 두려움은 없었다. 산정에 있는 성을 정복하는 데는 실패했으나 그의 막강한 군대가 평지의 전투에선 쉽사리 메와르 왕의 군대를 패배시킬 것이라고 생각했다.

치토르 성의 라지푸트 군대는 귀족의 집에서 가마를 다 거둬들였다. 마침내 3일째 해가 진 다음에 700개의 가마 행렬이 잔잔한 음악 소리와 간간히 소라고둥을 부는 소리가 들리는 가운데 산의 경사면과 그 아래 풀밭을 따라 천천히 내려왔다.

수많은 횃불이 옆으로 늘어선 경이로운 가마 행렬을 보는 힐지의 가슴은 한 시골 출신 라지푸트의 말 그대로 "개구리처럼 뛰었다".

행렬은 술탄이 주둔하는 경내로 들어왔다. 호송대 대장인 키가 크고 잘 생긴 왕의 사촌 고라가 말에서 내려 힐지에게 인사했다.

"술탄이시여! 내 소중한 여동생 파드미니 왕비가 남편과 마지막으로 잠깐 만나고 싶답니다. 왕비는 자신의 첫 번째 부탁을 술탄께서 정중하게 수락하시길 기대합니다."

힐지는 잠시 망설였다.

고라는 온화하게 웃었다.

"왕비가 여기 왔다는 걸 혹시 의심하시나요?"

고라가 신호를 보내자, 한 시종이 첫 번째 가마의 보석으로 꾸민 가리개를 걷은 뒤 등불을 들어올렸다. 부끄러워하는 여인의 옆모습을 본 힐지는 만족했다. 저번에 거울을 통해 본 바로 그 얼굴이었다.

3세기 전, 영국인 극작가 크리스토퍼 말로는 '트로이의 헬렌'에 대해 "이 얼굴이 수천 개의 선박을 출항하게 만들고 일리움(트로이)의 높은 탑들을 불태운 얼굴이었는가?"라고 적었다. 파드미니는 700개의 가마와 더불어 그것에 비교할 만한 큰 혼란을 가져왔다. 그 에피소드의 결과는 치토르의 높은 탑을 불태우는 것으로 끝난다. 그러나 일리움의 파괴와 달리 그 비극은 라지푸트에 혼합된 비극이었다. 그것은 사회적, 정치적 불운에 대한 정신적 승리였다.

힐지의 눈을 부시게 만든 얼굴, 힐지가 거울로 본 그 얼굴은 경탄할 만큼 아름다웠지만, 그 얼굴의 주인은 파드미니가 아니라 가마에 탄 유일한 여성, 용감한 시녀의 얼굴이었다.

환상에 빠진 힐지는 파드미니가 감옥을 방문하도록 허락했다. 왕이 간

혀 있는 감옥의 문이 열리자마자 점잖고 겸손한 고라가 귀청이 떨어질 정
도로 소리를 질렀다. 그러자 1400명의 군인들이 700개의 가마에서 일제
히 뛰쳐나왔다. 수행하던 2800명의 시종도 군인으로 변모했다. 가마에
숨겨놓았던 칼을 뽑아든 그들은 힐지의 주둔지를 초토화했다.

고라 장군의 첫 번째 임무는 왕과 파드미니로 위장한 시녀를 치토르 성
으로 안전하게 도피시키는 일이었다. 힐지는 고라가 그 일에 정신이 팔린
틈을 타서 사냥개처럼 도주했다. 고라는 교활한 악한이 탈주했음을 알자
마자 군사들을 불렀고, 그들이 오기 전에 먼저 추적을 시작했다. 도망가
는 힐지와 그의 군사들은 문득 멈췄다가 혼자 추격해오는 고라를 보고는
그를 죽었다. 고라의 군사들이 한순간 힐지를 붙잡았으나, 그 한순간은
숙명이었음이 드러났다. 힐지는 어둠을 뚫고 사라졌다.

힐지의 군사들은 한 시간 만에 전멸했다. 라지푸트 군사들은 지도자 고
라의 시신을 들고 성으로 돌아갔다.

고라에겐 친한 친구인 바달이라는 젊은 귀족이 있었다. 그는 친구의 복
수를 다짐했다. 이야기꾼들에 따르면, 완벽하진 않았으나 그 모든 음모를
집행한 주인공은 다름 아닌 파드미니 왕비 자신이었다. 힐지의 굴욕과 패
배는 기뻐할 일이지만, 왕과 왕비는 그가 다시 쳐들어올 거라고 확신했다.

예상대로 힐지는 전보다 다섯 배나 많은 군대를 이끌고 다시 쳐들어왔
다. 무서운 기세로 힐지의 군사들이 치토르 성을 에워쌌다. 매일 수천 명
의 라지푸트가 죽었다. 치토르의 마지막이 다가왔고, 라지푸트는 그 사실
을 잘 알았다. 그러나 타협이나 협상은 없었다.

매일 두 명의 라지푸트 귀족이 군사를 이끌고 죽을 때까지 성을 방어했

다. 음산한 일상이 어김없이 이어졌다. 마침내 라왈 라탄 싱과 바달의 차례가 왔다. 모두 그날이 전투의 마지막 날임을 알았다. 파드미니 왕비는 내전의 작은 창문을 통해 두 영웅의 최후를 바라보았다. 마당에는 장작더미가 준비되었다. 왕궁 안 여인들은 파드미니를 따라 기도를 올리곤 불타는 장작더미로 뛰어들었다. 불은 마당 전체를 태웠고, 시녀들은 테라스에서 불 속으로 뛰어내렸다. 거대한 불기둥이 솟아오르면서 연기가 하늘로 치솟았다. 모든 성문을 연 마지막 라지푸트 군대는 지휘자도 없이 다가오는 적군을 향해 달려들었다. 그들은 많은 적을 죽였으나 결국은 짓밟혀 죽었다.

음침한 침묵이 성 위로 내려앉았다. 탑 위에 걸린 연기가 만들어낸 버섯구름과 하늘에 떠도는 몇 점 구름이 대규모 화장 더미의 깜빡거림과 석양빛을 받아 무시무시한 색을 띠었다.

여러 장군들에게 둘러싸인 힐지는 불확실성과 두려움, 약간의 희망이 섞인 불안한 얼굴로 조용해진 성으로 들어갔다. 1년 전의 그는 성안의 장대한 풍경을 부러운 눈으로 바라보면서 그 길을 지나갔다. 치토르 성이 함락되길 바랐으나, 그가 바란 것은 그 이상이었다. 첫 번째 욕망은 실현되었고, 두 번째 욕망이자 가장 좋아하는 욕망도 이뤄질 것이라고 확신했다.

그러나 힐지는 그렇게 끔찍한 침묵과 연기를 일찍이 본 적이 없었다. 불타는 시체 냄새가 백단 향과 사향, 다른 향 냄새 속에서 마치 그곳의 공기를 차지하려고 경쟁이라도 벌이는 듯하여 토할 것만 같았다.

힐지는 어지러움 속에 모든 걸 토하고 말았다. 그는 팔을 두 장군의 어깨에 의지하고 내전으로 들어갔다. 마지막 불길이 그를 조롱하듯이 확 일었다가 세찬 바람이 불자 꺼져버렸다. 이야기꾼들은 술탄이 그때 거의 정신이 나갔다고 전했다. 그때부터 힐지는 보통 때 웃거나 미소를 보이지 않았다. 만약 그가 웃었다면, 그것은 갑작스럽고 불길한 사나운 웃음이었다.

알라딘 힐지 술탄이 1302년 최초로 치토르를 공격했고, 1303년 마지막 공격으로 성을 함락했으며, 파드미니 왕비가 스스로 목숨을 끊은 것(사티 의식)은 역사적 사실이다. 그 밖의 일화들이 그저 전설이라고 주장하는 사람들은 이렇게 말한다. 첫째, 술탄이 파드미니 왕비가 성을 내려와 그의 욕망에 굴복했다고 믿는다는 점이 그럴싸하지 않다. 둘째, 술탄이 700개의 가마를 봤다면 의심했을 것이다. 셋째, 그 일화가 사실이라면 파드미니의 승리를 기념하는 기념물이 남아 있어야 한다.

그러나 이 전설을 실제 역사라고 주장하는 사람들의 근거는 이렇다. 첫째, 술탄이 왕을 납치한 유일한 목적은 파드미니 왕비를 갖기 위해서였다. 당대의 가치관으로 볼 때 왕의 목숨을 구하기 위해 왕실의 어른들이 한 여성의 희생을 결정하는 건 조금도 이상하지 않았다. 술탄에게 파드미니는 하나의 미인, 향락의 대상이었다. 그는 왕비를 자신의 의지를 갖고 움직이는 여성, 극적 전략을 지휘하는 능력을 가진 인물로 여기지 않았다.

둘째, 메와르의 왕비를 700대의 가마가 수행한다는 것은 더구나 예식 행렬일 경우 결코 과한 것이 아니었다. 〈타임스〉의 종군기자 윌리엄 하워드 러셀이 목격한 것처럼, 19세기에도 인도에 있던 영국 관리들은 수백 명의 시종을 데리고 다녔다. 그들은 힌두스탄(힌두교의 땅이라는 뜻. 인도를 의미함—옮긴이)에서 그렇게 하는 것이 위상의 문제라는 걸 알았다. 어쩌면 700개의 가마는 과장일지 모른다. 가마의 수가 얼마든, 술탄은 자신에게 아부하는 그 행사를 의심쩍은 눈으로 볼 기분이 아니었을 것이다. 술탄의 군대는 막강했고, 그에겐 더구나 라탄 싱이라는 인질이 있었다. 라지푸트 군인들이 자신들의 왕을 위험에 빠뜨릴 수 있을까? 게다가 가마 안의 가짜 파드미니가 곧 자신의 품으로 올 것이라고 확인까지 해주었는데 말이다.

셋째, 파드미니의 승리는 겨우 1년 정도 지속되었다. 승리를 불멸로 만들 기념물을 지을 시간이 부족했을 것이다. 또는 그런 기념물은 라탄 싱의 굴욕을 후세에 기억하게 만들기 때문에 만들지 않았을지도 모른다. 그 대신 사람들은 노래와 연극, 상상이 가미된 다양한 전설을 보다 영구적이고 영감을 주는 기념물로 만들었다.

알라딘 힐지는 힐지 왕조의 창업자이자 자신의 후원자이고 삼촌이며 장인인 잘라딘을 무자비하게 살해했고, 데바기리의 왕비 카말라 데비의 왕위를 빼앗은 인물이다. 지독하게 탐욕적이고 야심 가득한 문맹자 알라딘은 파드미니 왕비를 욕망하여 결국 죽음으로 몰 만한 성격이었다. 후손들은 전설을 통해서 왕비의 죽음과 치토르의 함락에 대해 복수했고, 언급되고 행해진 그 모든 것은 어느 정도 사실에 부합했을 것이다.

우다이푸르에는 밤새 산들바람이 불었다. 내 창문 밖에 서 있는 그림자를 본 것은 새벽이 오기 한 시간 전이었다. 창문 가리개를 젖히자 솜부다스가 쟁반을 들고 서 있었다. 나는 서둘러 문을 열었다.

"아주 일찍 일어났네요!"

"우리 요리사가 늦게 나옵니다. 제가 선생님께 차 한잔 만들어드리려고요. 치토르에 가셨다가 저녁까지 돌아오시려면 일찍 출발하셔야 해서요."

솜부다스의 설명이었다.

"고맙구려. 그런데 치토르엔 갈 수 없을 것 같아요."

솜부다스는 미소를 지었다.

"괜찮아요. 잠자리에 드신 뒤에 선생님을 모실 차가 도착했거든요. 부팔사가르에서 왔답니다."

부팔사가르에 거주하는, 이름 모르는 팬이 걸어온 전화를 받은 일이 생각났다. 내 일정을 물어보기에 별다른 생각 없이 치토르에 가보고 싶다면서 그곳으로 떠나는 일반 버스의 시간표를 물어봤지만, 그가 친절하게 차를 보내리라곤 기대하지 않았다.

내가 그 자동차에 오르자 젊은 운전사가 멋지게 인사를 건넸다. 그도 역시 라지푸트였다!

비할. 데. 없이.
뛰어난. 사람.

새벽녘 우다이푸르에서 치토르로 가는 길은 운율을 가진 긴 서정시를 통과하는 느낌이었다. 그 시의 마지막 구절은 환한 푸른색 지평선을 배경으로 윤곽을 드러낸, 치토르 성의 실루엣을 가진 아라발리 산 너머로 떠오르는 태양이었다.

나는 무성한 녹색의 덤불과 덩굴을 뚫고 성을 향해 지그재그로 올라가다가 물건 파는 가게, 버려진 초소, 부서진 아치형 입구를 만났다. 수백만 개의 말굽과 승자의 물결을 향해 웃음과 비명이 진동했던 역사의 통로는 시간 속으로 사라졌다.

차에서 내리자마자 가이드들이 다가왔다.

"가이드의 도움 없이 성안의 여러 유적을 이해하긴 어렵습니다."

그중 한 사람이 말했다.

"여기서 얼마나 계실지 말씀만 하시면 제가 거기에 맞게 골라서 안내할게요."

다른 가이드의 말이었다.

가이드는 분명히 도움이 되지만 개인적인 사유와 회고, 향수를 방해한다. 난 그들을 지나쳤다.

"제가 도와드릴까요?"

입구의 바위에 앉아 있던 여윈 중년의 사내가 퀼런을 끄고 일어나더니 군모로 보이는 낡은 모자를 벗었다. 그는 군인이었으나 따라야 할 것에 복종하지 않아서 군대에서 나오게 되었고, 그 후에도 우연히 잡은 자리나 그 밖의 모든 특권을 상실했다. 산 아래에서 가게를 운영하는 조카가 그에게 먹을 것과 거처를 제공하지만 푼돈이나마 용돈을 벌기 위해 가이드 일을 하려고 애쓰는 사람이었다. 그는 과거를 후회하지 않고 미래에 대한 큰 기대도 없다고 말했다.

"아크바르(인도 무굴 제국의 3대 황제. 가장 위대하다고 평가받음—옮긴이) 황제가 선생님에게 보라고 남긴 건 무엇이죠?"

거대한 폐허의 입구에 서서 그가 물었다.

"이 요새를 지은 사람은 예술과 건축을 고려하지 않았어요. 안전과 전략적 관점에서만 설계했지요. 평상시라면 치토르 성은 어떤 적도 물리칠 수 있습니다. 그러나 무굴 제국의 아크바르 황제가 쳐들어왔을 땐 이미 그 전성기가 지났지요. 과도한 야망을 가진 그 외국인 침략자는 돌멩이 한 개도 남기지 않았습니다. 선생님은 그런 그를 '위대하다'고 가르치나요?"

"이보시오. 바부르(인도 무굴 제국의 창건자—옮긴이)를 외국인이라고 부를 순 있지만, 아크바르를 왜 그렇게 부르죠? 바부르는 자신에게 튼튼한 왕관을 씌워준 이 나라를 싫어했어요. 하지만 인도에서 태어난 아크바르는 인도를 좋아했고, 그 유산을 기꺼이 배우려고 했지요. 어떻게 20세기 잣대로 16세기 인물을 판단합니까? 야망과 무자비함이 역사의 가장 눈부신 요소라고 생각하진 않나요? 진보 세력이 많은 걸 했지요? 알렉산드로스처럼 자질이나 광란을 가진 한 개인이 이룬 거지만요. 안 그래요?"

난 위대한 무굴 황제를 위해서가 아니라, 가이드의 약을 올리려고 아크바르를 변호했다. 그러나 가이드는 즉시 전략을 바꿨다.

"미라 바이가 그렇게 반복적으로 괴롭힘을 당할 죄를 저질렀던가요?"

흔치 않은 그 가이드는 그런 질문으로 고객을 도발했다. 가이드는 양팔을 허리에 대고 나를 주시했다.

"글쎄요. 내가 생각하기에 미라 바이는 당대 사람들에겐 너무 현대적이고 지나칠 정도로 대단했어요. 크리슈나 신에 대한 사랑에 빠져서 잡다한 군중에게 둘러싸인 채 황홀경으로 노래하고 춤추며 왕실 물품을 날려버리는 왕비의 행동이 당신과 나에게도 정상적이라고 할 순 없지요."

가이드는 귀를 기울여 들었으나 아무런 반응을 보이지는 않았다. 나는 더 이상 그에게 당하고 싶지 않았다.

"자, 선생. 이제 가이드의 임무를 시작하시지요."

그는 가이드 일을 시작했다.

"저기 어두운 지하실을 보세요. 저기와 여기 마당에서 파드미니를 중심으로 왕궁 여인들을 화장할 화염에 불타오르는 장작불이 지펴졌어요. 치토르는 그런 대참사를 한 번도 아니고 세 번이나 겪었습니다. 저기 2층의 호화로웠던 내전의 잔해를 보세요. 거기에서 비할 데 없이 고귀한 유모인 다트리 판나가 왕자를 지키려고 자기 아들을 희생했답니다. 그 이름을 들어보셨나요?"

바부르 황제가 정원 조성을 지휘하는 모습.

평상복을 입고 서 있는 아크바르.

누가 그 사람을 모르겠는가? 그러나 난 그가 아는 일화를 듣고 싶었다. 가이드는 힌디어로 이야기를 시작하더니 자신도 모르게 중간에 유창한 영어로 말을 바꾸었다.

가이드는 그 사건이 16세기 후반에 일어났다고 했다. 비크람 왕의 왕비가 아기를 낳은 후 사망했다. 유일한 왕위 계승자인 어린 왕자는 왕비가 아끼던 유모 판나에게 맡겨졌다. 판나는 왕자 우다이 싱보다 몇 달 먼저 태어난 자기 아들을 밤마다 왕비의 처소로 데려와서 두 아기를 함께 돌봤다.

어느 날 판나는 자정이 가까운 무렵 두 아이에게 젖을 먹이고는 자장가를 불러서 잠을 재웠다. 그때 갑자기 바깥채에서 억눌린 괴성 같은 소리가 들렸다. 시종이 급박하게 달려와 왕조의 서자인 반비르 왕자가 비크람 왕을 암살하고, 지금 왕비의 처소로 오고 있다고 알려주었다.

판나는 반비르가 노리는 다음 암살 대상이 어린 왕자라는 걸 깨달았다. 자신과 왕권을 다툴 경쟁자를 없애기 위해서였다. 시간이 없었다. 판나는 아기 왕자를 요람에서 들어 시종의 팔에 안기고 먹을 것이 든 바구니를 들려주면서 왕자를 데리고 산 아래의 한 장소로 가라고 지시했다. 그러고는 자신의 아들을 보석으로 꾸민 왕자의 요람에 눕혔다.

곧 반비르가 들이닥쳤다. 그의 칼에는 아직 왕의 피가 남아 있었다. 그는 경멸의 눈빛으로 판나를 보다가 밀쳐내더니 요람에 누운 아기의 가슴에 칼을 꽂았다. 판나는 반비르의 사악한 웃음소리가 복도에 울릴 때 정신을 잃었으나 곧 의식을 되찾고는 왕자를 돌보려고 산 아래로 달려갔다.

판나는 우다이 싱 왕자를 업고 밤새 걸어서 데올라 족장의 성에 도착했다. 그녀는 왕자를 숨겨달라고 호소했으나 잔인한 반비르의 분노를 사지 않으려는 족장은 미안하다면서 사양했다.

먹지도 자지도 못해 지쳤지만, 판나는 다시 걸음을 재촉하여 아라발리 계곡에 사는 빌족의 작은 마을에 이르렀다. 충직한 빌족은 그녀를 카말마르의 성으로 데려갔다. 판나는 치토르와 자신이 겪은 비통한 일을 아샤 샤 족장에게 털어놓았다.

"족장님, 사람들이 여기서 저를 본다면 말이 많아질 겁니다. 족장님의 넓은 품에 왕자님만 받아주신다면 저는 곧 떠날 것입니다."

판나는 말을 이었다.

반쯤 벌린 족장의 팔이 흔들렸다.

"아들아, 네 망설임이 부끄럽지 않느냐? 마라타 부족의 관대함은 어디로 갔느냐? 용기 있고 충직하며 희생적인 이 여인 앞에서 네가 벌레처럼 하찮게 여겨지지 않느냐?"

족장의 뒤에서 강력하게 권유한 사람은 그의 늙은 어머니였다.

아샤 샤는 두 팔을 활짝 벌려서 어린 왕자를 받았다.

판나는 잠시도 지체하지 않았다. 해는 이미 졌다. 판나는 사람들이 왕자를 돌보는 사이에 몰래 빠져나와 알지 못할 운명 속으로 사라졌다.

우다이 싱이 10대가 되자 여러 족장과 귀족이 한 명씩 그를 찾아와서 충성을 맹세했다. 처음엔 은밀하게 이뤄졌으나 반비르의 세력이 기울자 점점 더 공개적이 되었다. 관습에 따르면, 왕이 베푼 연회에서 왕이 어느 정도 먹은 그릇을 귀족에게 권하면 그건 명예였다. 어느 날 스스로 왕위에 오른 반비르가 이런 행동을 한 귀족에게 했다가 퇴짜를 맞았다. 반비르는 그 모욕에도 복수를 할 수가 없었고, 그것은 그의 운명을 봉하는 신호였다. 이 소식이 퍼지자 우다이 싱은 치토르로 행진했고, 반비르는 도주했다.

카말마르를 떠난 판나에게 무슨 일이 있었는지 정확하게 알려진 사실은 없다. 그녀는 비극이 발생한 치토르로 돌아오지 않았다.

제임스 토드와 다른 연대기 작가에 따르면, 그것은 사실 비극적 희생이었다. 왜냐하면 우다이 싱은 판나가 그렇게 지킬 만한 인물이 아니라는 사실이 드러났기 때문이다.

"판나의 위대성은 자신에게 맡겨진 아이가 그럴 만한 가치가 있느냐 없느냐와는 관련이 없습니다."

가이드가 결론적으로 말을 끝냈다.

가이드의 영어는 나무랄 데가 없었다.

"모국어가 뭐예요?"

내가 물었다.

"내 모국어는 혼종 힌디어지만, 내 아버지의 모국어는 영어예요. 아버진 영국인과 인도인의 혼혈이거든요. 나는 아버지가 자랑스러워요. 그러나 스스로 인도인이라고 부르는 나도 자랑스러워요."

나는 가이드가 자랑스러웠다. 몇 년 뒤에 나는 치토르에 가려는 친구에게 그 사람을 만나라고 추천했다. 그러나 그는 더 이상 거기에 없었고, 옮겨간 주소도 남기지 않았다.

크리슈나의
신부.

침묵과 고독이 치토르의 폐허 위에 주문을 건 것처럼 보였다. 관광객은 드문드문 보였다. 쿰브 왕이 무굴 제국으로부터 성을 수복한 사실을 불멸로 만들기 위해 세운 승리의 탑을 제외하면, 장엄한 산정에서 인상적인 유적을 찾아보긴 어려웠다. 자신의 기억에 생생하게 남아 있는 과거가 아닌 한 사람들이 그곳을 재미없게 여기는 것도 당연하다.

나는 미라 바이의 작은 크리슈나 사원 베란다에 앉았다. 이제 내 친구이자 철학자가 된 가이드도 계단에서 쉬었다. 한 벵골인 부부가 지나갔다. 남편이 미라의 노래를 큰 소리로 부르고 있었다.

"나에겐 그리드하르 고팔(크리슈나 신의 어린 시절 이름—옮긴이)만 있을 뿐, 아무도 없네."

"여보, 여길 봐요. 미라 바이의 연약한 고팔(연약하다는 것은 어린아이를 지칭하는 것임—옮긴이)을 겁주지 말고요!"

아내가 남편에게 경고했다.

"아내들은 남편의 재능을 인정하지 않아."

남자가 탄식했다.

미라 바이의 일생에 관한 이야기는 전설로 변형되었으나, 다행히 크리슈나의 다른 연인 라다처럼 망가지진 않았다. 미라는 역사적인 인물이고 라다는 바크티 종파에 속하는 신자들의 황홀한 경험에서 나온 신화적, 아니 포스트 신화적 인물이다. 신비한 세상에서 만들어진 라다는 물리적 실체가 없다. 라다는 크리슈나의 플루트가 나타내는 영원한 부름에 대한 영적 반응을 상징한다.

아뿔싸! 우리의 끝없는 로맨틱한 조제와 영화계의 풍성함 덕분에 크리슈나와 라다의 관계는 얼마나 웃음거리가 되었던가!

역사가들은 미라의 일생에 대해서는 대략 동의하지만, 그 시기에 대해서는 의견이 갈라진다. 대다수는 미라의 탄생을 1547년으로 받아들이지만, 일부는 1498년까지 소급한다.

조드푸르에서 태어난 어린 미라는 어느 날 신부의 결혼식 행렬을 보게 되었다. 네 살인 미라는 어머니에게 물었다.

"소녀에게 신랑이 꼭 있는 거라면 내 신랑은 어디에 있어요?"

"왜? 물론 그리드하르 고팔이 네 신랑이지!"

어머니는 가벼운 농담처럼 대답했다(미라는 어머니의 이 말을 진짜로 믿고 한평생 크리슈나를 연모함─옮긴이).

며칠 뒤에 비슈누 신을 따르는 한 성자가 미라의 집을 찾아와 일주일간 머물렀다. 그는 작은 크리슈나 신상을 지니고 있었다. 몸이 좋지 않은 그는 어린 미라에게 그 신상을 향해 기도를 올려달라고 했다. 미라는 곧 신상에 깊이 몰두해서 잠자리에 들 때면 신상을 작고 안락한 자신의 침대 옆에 두고 잤다.

성자가 미라의 집을 떠나는 날이 왔다. 날이 어두워지자 그는 미라의 침대 옆에 놓인 크리슈나 신상을 집어 들고 길을 나섰다. 얼마 후 신상이 없어진 걸 알게 된 미라의 얼굴은 흑색이 되었고, 울면서 먹는 것도 거부했다. 미라를 달랠 방법은 없어 보였다.

새벽 무렵 성자가 미라의 집으로 다가오는 것이 보였다. 미라의 방으로 간 성자는 말없이 크리슈나 신상을 침대 옆에 두었다. 멀리 떨어진 사원에서 머물던 그가 전날 밤 눈물범벅이 된 미라의 얼굴을 꿈에 보고는 즉시 발걸음을 재촉해 미라에게 돌아온 것이다.

미라는 신상을 받고 감사의 눈물을 흘렸다. 미라는 그때부터 크리슈나 신상을 사원에 모실 때까지 그 곁을 떠나지 않았다.

"당신이 보는 것은 그 신상을 찍은 사진이에요."

사원의 사제가 내게 알려줬다.

"그 신상은 어떻게 되었어요?"

"그건 메와르의 전 왕에게 있습니다."

그는 변명하듯이(신상이 사원에 있어야 하는데 왕이 가지고 있으므로—옮긴이) 대답했다.

아마도 그 작지만 귀중한 신상을 별다른 보호 없이 사원에 두는 것은 현명한 일이 아닐 것이다. 인근 사원들에서 잃어버린 여러 신상이 자부심 강한 서구의 개인 컬렉션에서 모습을 드러내곤 하기 때문이다.

"왕의 소유이니, 신상이 안전하길 바랍니다."

가이드를 바라보며 내가 말했다.

크리슈나 신을 위한 미라 바이의 춤.

"왕 자신만큼 안전하겠지요."

가이드가 말하며 이렇게 덧붙였다.

"사실 왕들이 가졌던 것은 늘 안전하지 못했어요. 프라타프 왕을 생각해봐요!"

그러나 프라타프 왕을 생각할 시간은 나중에 있을 것이다. 나는 미라바이에 대한 내 지식과 사제의 지식을 따져보려고 앉았다. 실망이 나를 비껴갔다.

미라는 유아 시절 아버지를 잃었다. 미라의 할아버지는 지배하는 왕족은 아니지만 귀족이었다. 메와르의 나이 든 왕이 언젠가 조드푸르를 지나다가 우연히 어린 미라를 보았던 모양이다. 그는 미라를 몹시 마음에 들어하며 왕자인 보즈라지와 결혼시키자고 제안했다. 왕은 육체적인 매력보다 영적 우아함을 가진 미라에게 끌리는 드문 관점을 가진 능력자였다.

왕의 바람은 이뤄졌고, 곧 보즈라지는 왕위에 올랐다. 전통적으로 칼리 여신을 숭배하던 보즈라지는 미라가 받드는 크리슈나로 개종하여 왕궁 옆에 그 사원을 세웠다. 그의 행동은 왕가 친척들의 불만을 샀다. 보즈라지는 황홀경에 빠져 한밤중에 사원으로 달려가는 미라의 기이한 성향을 막으라는 요구도 묵살했다.

하지만 이렇게 미라를 보호해주던 온화하고 양심적인 보즈라지는 젊은 나이에 죽고 말았다. 왕위를 이은 그의 동생 라탄 싱도 보즈라지처럼 미라의 행동에 관용적이었다. 미라는 때로 호기심 많은 군중이 주변에서 지켜보는 가운데 24시간 내내 사원에서 노래하고 춤추거나 그저 신상을 응시하곤 했다.

라탄 싱은 암살되었고, 이제 왕위는 아주 다른 성격을 가진 왕의 동생에게 넘어갔다. 왕조의 위엄을 맹세한 왕과 질투심 많은 왕의 여동생은 미라 바이에게 기행을 멈추라고 소리쳤다. 미라의 가장 감동적인 서정시에 따르면, 그들은 심지어 미라가 마실 음료에 독약을 섞기까지 했다. 그러나 해를 끼치진 못했다.

미라 바이는 평화롭게 왕궁을 떠나기로 결심했고, 크리슈나의 땅 브린다반에 들렀다가 드와르카로 갔다. 이야기꾼들에 따르면, 메와르 왕국에서는 고함 소리가 들렸고 사람들은 미라를 향한 왕가의 개탄할 만한 행동을 그럴 만하다고 받아들였다. 널리 알려진 이야기에 따르면, 라지구르를 대표로 한 사절단이 드와르카로 가서 출가한 미라에게 고향으로 돌아가라고 설득했다. 그러나 미라는 귀향하는 대신에 드와르카디시 사원 내의 가장 깊은 성전으로 사라졌다.

무굴 제국의 아크바르 황제가 1567년에 치토르를 공격했다. 라지푸트는 사인다스와 자이물의 지휘를 받으며 성을 방어했다. 하루가 저물면 자이물은 횃불을 들고 성벽 개축하는 일을 감독했다. 그때 총기 사용법을 배운 아크바르가 총으로 자이물을 쏴 죽였다. 다음 날엔 침략자와 맞서 싸우던 사인다스가 전사했다.

성안의 여인들은 다시 장작더미를 쌓아 불을 피우고 그 속에 몸을 던져 자살했다. 성을 지키다가 무기 없이 남겨진 1000여 명의 군인도 대규모 장작더미의 불길에 횃불을 지펴서 손에 들고 산 아래에서 몰려오는 적군을 향해 불사태가 되어 굴렀다. 그렇게 그들은 최후의 1인까지 목숨을 걸고 상당수의 무굴 군대를 죽였다.

메와르 왕국의 역사에서 마지막 섬광처럼 빛난 프라타프 왕은 타협을 모르는 영웅적 행동으로 수백만 명의 상상력을 자극했으나, 선조들이 세운 성을 끝내 되찾진 못했다.

"선생님, 치토르는 어땠나요?"

산정에서 내려오는 도중에 나를 데려간 운전사가 물었다.

"답하기 어렵네요."

"선생님이 답하지 않으셔도 그곳을 좋아했다는 것을 압니다. 저는 이 길을 수백 번 넘게 지났는데요. 앞으로 수백 번을 더 지난다고 해도 행복할 겁니다."

운전사는 현재 라지푸트의 상황을 개탄하면서 몹시 감정적이 되었다.

우리가 탄 차는 사람들이 많이 모인 시장을 지나갔다. 젊은이 몇몇이 도로 한복판에서 수다를 떨며 웃고 있었다. 그런데 차가 거의 닿을 정도로 가까이 다가가도 비키지 않았다. 운전사가 소리를 지르자 그중 한 명이 한 발짝 물러나면서 흔하디흔한 욕지거리를 던졌다.

운전사는 차를 멈추고 복수하듯이 후진 기어를 넣었다. 젊은이들 가까이에 차를 댄 운전사는 시장의 그 누구보다 크고 음산한 목소리로 사과를 요구했다.

젊은이가 한 명밖에 없었다면 사정은 달라졌을 것이다. 그러나 그에겐 대여섯 명의 일행이 있었다. 즉시 일행의 대장처럼 행동하며 욕설을 내뱉은 젊은이가 운전사에게 있는 힘을 다해 대들 듯이 자동차를 세게 쳤다.

나는 소대장 뒤에 숨은 군인이었다.

"나는 라지푸트 후손이야!"

이렇게 소리친 운전사는 차에서 내리더니 자신의 손목시계를 빼서 내
게 넘겼다. 그것은 싸울 준비가 되었고, 내가 정신적으로 지지해주길 바
란다는 신호였다.

나는 차에서 내려 운전사에게 저 젊은이가 나쁜 의도로 그런 건 아닌
것 같고, 그 욕설은 많은 사람이 잘 쓰는 말이니 무심코 나왔을 것이며,
저 젊은이는 아마도 자기 아버지나 할아버지가 운전석에 앉았어도 그렇
게 말했을 거라고 달랬다.

"나는 라지푸트 청년이에요!"

운전사는 고집이 셌다. 상대방 중에 라지푸트가 없다는 증거는 어디에
도 없었다. 더구나 대여섯 명의 라지푸트가 아닌 그 젊은이들이 한 명의
라지푸트를 박살 내지 말라는 보장도 없었다.

나는 젊은이들에게 평화를 요청했다. 화해가 이뤄진 것은 내가 설득을
해서가 아니라 내가 사용하는 이상한 힌디어에 대한 그들의 연민 덕분이
었다.

운전사는 손목시계를 받아서 다시 차고는 감사하다는 말과 함께 다시
운전을 계속했다. 우리는 둘 다 침묵에 빠졌다.

"할디가트로 가나요?"

내가 불안한 침묵을 가르며 물었다.

운전사는 속도를 줄였다.

"그러시다면, 거기로 갑니다!"

"아니요, 난 모임이 있어서 우다이푸르로 돌아가야 해요."

"그렇다면 왜 하필 여기서 할디가트를 말씀하셨나요?"

"무슨 의미죠?"

나는 되물으면서 그를 쳐다봤다. 우리 차는 네거리에 멈췄고, 할디가트는 왼쪽이라는 화살표가 눈에 들어왔다.

"선생님은 할디가트로 가실 운명이에요. 제가 프로그램에 늦지 않도록 잘 모실게요."

운전사는 차를 왼쪽으로 돌렸다.

푸른. 말을. 탄.
사람.

할디가트로 가는 길은 돌이 많아 울퉁불퉁했고, 크고 작은 자갈이 전속력을 내는 자동차 밑에서 툭툭 튀어올랐다. 라지푸트 운전사는 자신을 프라타프 싱 휘하의 장군으로 여기는 듯했다.

아라발리 산악 지대의 높은 산과 계곡, 그 사이로 난 구불구불한 좁은 할디가트의 고갯길은 초록이 무성해서 피로 얼룩진 전투보다는 동화나 용맹한 로맨스의 배경처럼 보였다. 할디가트는 할디(강황─옮긴이)처럼 보이는 땅 색깔 때문에 그런 이름이 붙었다고 한다. 사실 그곳은 다른 종류의 에피소드가 처음으로 탄생한 요람이었다. 즉 바바니 바타차리아가 "집단적인 영웅 행위가 아주 길게 이어져서 그것이 수단이 아니라 목적처럼 되어버린" 전쟁이라고 말했던 바로 그 다른 종류의 전쟁이 일어난 장소였다.

골짜기에 사는 빌 부족은 야생동물이 해치지 못하도록 프라타프 싱의 아이들을 바구니에 담아 매달았던 높은 가지의 나무를 아직도 구별할 수 있다. 왕은 돈이 없어서 군인들에게 봉급을 줄 수가 없었다. 그럼에도 2만 5000명의 군인들은 숲 속의 임시 요새 카말니르를 지키며 늘 경계를 늦추지 않았다. 그들이 거기에 있는 것은 허약한 왕이었던 우다이 싱(프라타프 싱의 아버지)이 치토르를 무굴 제국에 빼앗겼기 때문이다.

용맹한 행동은 할디가트의 변방에서 일어났다. 프라타프 왕의 아들 쿠마르 아마르 싱이 청년 부대의 도움을 받아 칸 카난 압둘 라힘과 그 가족을 포위했을 때였다. 아크바르 황제의 측근이자 귀족인 칸은 아내와 아이들에게 사냥의 기분을 알려주려고 그곳에다 진을 쳤다. 그는 적군이 근처에 있다는 사실을 몰랐다. 어쨌든 함정에 빠진 칸은 가족을 버리고 혼자 도망쳤다.

쿠마르 아마르는 칸의 가족을 붙잡아서 프라타프 왕에게 데려갔다. 무굴 측에 큰 몸값을 요구할 수 있는 인질이었다. 그러나 프라타프 왕은 칸의 아내를 자매라고 부르면서 그 가족을 안전하고 안락하게 호송하여 칸의 진영으로 돌려보냈다.

프라타프 왕의 부하도 고귀하고 용감하긴 마찬가지였다. 언젠가 프라타프가 외삼촌 라오 반과 난푸르에서 함께 살고 있을 때 무굴 군대가 라오 반의 성채를 대포로 쏴 불태웠다. 총을 가지고 적군과 대결할 수 없다는 걸 깨달은 라오 반은 화살과 칼을 가지고 적군과 싸웠다. 그는 왕과 그 가족이 안전한 곳으로 도피할 때까지 적을 저지하다가 죽었다.

아크바르 황제는 자신에게 유리한 조건을 내세워 프라타프 왕에게 끊임없이 화친을 제안했다. 치토르 성을 되돌려줄 테니 아크바르를 황제로 인정하고 상징적인 조공을 적어도 한 번은 바치면서 영주로서 그곳을 다스려야 한다는 조건이었다. 이미 다른 라지푸트 왕들이 그것을 받아들이지 않았던가. 그리고 자이푸르 왕 만 싱은 이미 자기 여동생을 아크바르와 결혼시키지 않았던가!

프라타프는 아크바르의 제안을 가지고 온 사신들을 친절하게 맞았으나, 그의 답변은 정중함을 가장하지도 않고 대담하며 솔직했다.

"평화를 원한다면 라지푸타나(라지푸트의 영토라는 뜻─옮긴이)에서 물러가시오. 왜냐하면 우리가 메와르뿐만 아니라 무굴이 점령한 다른 왕국들까지 해방할 것이니까요. 전하에겐 후회만 남을 겁니다."

아크바르에게 불굴의 프라타프는 도전의 대상이자 이해할 수 없는 사람이었다. 프라타프는 만 싱과 같은 왕들에게 자신들이 소인배라는 걸 일깨워주었다. 라지푸타나의 백성들 사이에서는 프라타프의 지명도가 점점 더 높아졌다.

사실 프라타프는 메와르 영토의 상당 부분을 무굴로부터 성공적으로 탈환하는 중이었다. 그의 휘하 군인들은 이념에 고무되어 기묘한 열정을 가지고 싸운 반면에, 무굴의 군대와 그들과 연맹한 라지푸트 지휘자들은 죄책감에 젖어서 기계적으로 싸웠다.

자이푸르의 만 싱은 대담한 조치를 취했다. 카말니르를 통과해야만 하는 상황을 만든 것이다. 만 싱은 여행하는 도중에 프라타프의 요새를 방문하여 '카말니르에서 프라타프를 만나고 싶다'는 메시지를 보냈다. 하지만 만 싱은 프라타프의 답변을 기다리진 않았다. 만 싱과 그의 일행은 프라타프의 요새에서 점심을 먹으려 했으나 요새의 곳간엔 돈이 없었다.

"어떻게 왕실의 곳간이 비겠어요? 왕조가 수세대 동안 모아서 채운 돈이 어딘가 남아 있지 않을까요?"

만 싱의 재상인 빔샤가 물었다. 사실 그는 만 싱 왕이 쓸 수 있도록 자이푸르의 조상이 남긴 움직일 수 있는 재산 전부를 싸움터로 가져온 터였다.

만 싱이 마침내 카말니르에 도착했고, 프라타프의 아들이 나와서 만 싱을 맞았다.

"아버지께서 건강이 좋지 않으십니다."

왕자가 손님을 식당으로 안내하면서 알렸다. 호화로운 음식이 손님들을 기다렸다. 일부 손님은 다른 방에서 접대를 받았다.

"주인이 나를 만나는 걸 피하는데도 음식을 먹는 것이 내 위엄을 지키는 일인가?"

마음이 상한 만 싱이 물었다.

"여동생을 튀르크인에게 바치며 희생할 때 전하의 위엄은 어디에 봉했던가요?"

프라타프가 만 싱 앞에 등장하면서 말했다.

"만약 내가 그런 희생을 했다면, 그건 당신 같은 사람을 지키기 위해서였소."

프라타프가 웃었다.

"아니오, 만 싱. 그것은 당신 자신을 지키기 위해서였소. 백성과 시대를 속일 순 있을지 몰라도 후세를 속일 순 없을 거요."

만 싱은 격노해서 자리를 박차고 나갔다.

"그 오만함과 뻔뻔함의 대가를 반드시 치르게 할 거요."

그는 소리를 질렀다.

"나는 이미 그 대가를 치르고 있소. 그리고 죽을 때까지 그 대가를 갚는 걸 자랑으로 여길 거요."

프라타프 왕이 말을 이었다.

"나는 내게 주어진 의무를 지키는 것이지, 나를 지키는 것이 아니란 말이오."

우리는 계곡의 한가운데에 섰다. 거기엔 만 싱과 프라타프가 이끈 군대의 위치를 보여주는 정교한 지도와 그들의 전략에 대한 그래픽 묘사가 전시되어 있었다.

만 싱은 광대한 무굴의 군대를 이끌고 아크바르의 아들 살림 왕자와 그 군대의 조력을 받으며 1576년 6월 18일 프라타프를 공격했다. 아이러니하게도 프라타프의 동생 샤크타도 만 싱이 통솔하는 한 부대의 장군이었다.

전투는 잔인했고 유혈이 낭자했다. 만 싱의 군대가 프라타프의 군대보다 수적으로 우세했으나 프라타프는 체타크라는 이름의 푸른 말을 타고 자신의 상징인 금빛 태양이 보이는 깃발을 머리 위로 흔들면서 거의 다 아마추어인 용맹하고 날랜 군사들을 지휘하여 만 싱을 한 번 이상 퇴각하게 만들었다. 살림 왕자는 프라타프의 검으로부터 간발의 차이로 도망쳤다.

말을 사랑하는 사람들이 부러워하는 푸른 갈기를 가진 라지푸타나 최고의 명마 체타크는 날아다니는 듯 이동했다. 그러나 체타크의 앞다리가 만 싱의 코끼리에 얹힌 순간 코끼리 등에 탄 만 싱이 칼을 휘둘렀고 체타크는 칼에 찔렸다. 마침내 무굴의 포병대가 도착하면서 만 싱의 군대가 유리해졌다. 프라타프에겐 포병이 한 명도 없었다.

적군이 프라타프를 향해 다가갔다. 그는 쉽게 눈에 띄었는데, 이는 그가 든 깃발 때문이었다. 만 싱의 군대는 왕의 족장 만나흐가 그 깃발을 잡

푸른색의 명마 체타크를 탄 프라타프 왕.

아채서 높이 들고 있다는 걸 몰랐다. 적군은 그를 죽였고 자신들이 전설적인 적장을 죽였다고 확신하고 환호성을 질렀다.

프라타프는 도주했다. 체타크는 발굽에서 피가 흐르는데도 왕을 싣고 질주했다. 그를 알아본 두 명의 적장이 따라갔다. 개울이 나왔다. 지친 체타크가 그 개울을 뛰어넘을 수 있을까? 체타크는 개울을 뛰어넘은 뒤, 그러니까 생애 마지막으로 큰 업적을 이룬 뒤에 멈추었다. 프라타프가 말에서 내렸다. 체타크는 "히이힝" 하고 울더니 쓰러졌다.

왕을 추적하던 족장들은 신이 났다. 최고의 전리품이 자기들 것임이 분명했다. 그러나 갑자기 번갯불처럼 칼이 번쩍이더니 그들의 머리가 떨어져 개울로 굴러들어갔다.

칼을 들고 있는 사람은 예상치 못했던 샤크타였다. 형의 용맹이 늘 그를 압도했고, 그래서 배신했던 그는 후회했다. 그는 형을 자기 말에 태워서 데려갔다.

할디가트 전투는 끝났지만, 아크바르 황제에겐 끝이 아니었다. 프라타프가 1597년에 죽을 때까지 끊임없이 위대한 무굴 황제를 괴롭혔기 때문이다.

나를 태우고 온 운전사는 체타크가 숨을 거두었던 장소에 세워진 기념탑에 급히 만든 꽃다발을 조용히 올려놓았다.

1과. 4분의. 1인. 사람.

1897년에 마크 트웨인은 자이푸르에 대해 이렇게 적었다.

> 도시 자체가 호기심이다. 이 도시는 우리가 본 다른 도시와 다르다. 도시는 작은 탑이 있는 높은 벽에 갇혀 있다. 도시는 30미터 이상의 폭을 가진 직선 도로로 정확하게 여섯 부분으로 나뉜다. 주거 단지에는 아치 모양의 건축물이 전면에 길게 보이고, 기둥과 장식이 많이 들어간 작고 예쁜 발코니가 여기저기서 그 직선을 깬다. 정교하고 안락하며 유혹적인 횃대와 부챗살 모양의 장식 그리고 많은 가옥의 전면은 이상하게도 붓으로 그려져 있다. 그리고 그것들 전부가 딸기 아이스크림 같은 부드러운 색깔을 띤다. 그 누구도 중심 도로의 저 멀리까지 내려다볼 수 없고, 이것들이 진짜 집이고 그곳이 야외라고 믿을 수가 없다. 누구나 그곳이 비현실적이고 그림 같으며 연극의 한 장면 같다는 인상을 받는다.

내가 자이푸르로 처음 떠난 것은 1967년 겨울밤이었다. 나를 초대한 관리는 델리 역사까지 바래다주면서 에어컨이 있는 최상급 열차 객실로 모시겠다고 다짐했다(인도는 우리와 같은 추운 겨울이 아니므로 늘 에어컨이 작동함―옮긴이) 기차가 출발하자마자 나는 그 사람이 덜 친절했으면 좋았을걸, 하는 마음이 들었다. 에어컨이 바깥의 추운 기온과 맹렬히 경쟁했기 때문이다.

침상에 깔린 얼음처럼 차가운 담요 위에서 오랫동안 흔들린 끝에 간신히 잠들었던 나는 문을 두드리는 소리에 잠이 깼다. 기차는 벌써 자이푸르에 도착했고, 나를 초대한 사람의 대리인이 그 이른 아침에 나를 찾기 위해 문을 두들기고 있었다.

나는 당황했다. 그러나 더 크게 당황할 일이 남아 있었다. 차표를 어디에 두었는지 주머니와 가방을 아무리 뒤져도 없어서 출구를 빠져나갈 수가 없었던 것이다. 검표원은 곤경에 빠진 내 모습을 즐기는 듯한 태도로 서 있었다. 다행히 상급 직원이 나를 구해주었다.

"에어컨이 있는 칸에는 승객이 두 사람뿐이었어요. 제가 다 검표했는데 모두 진짜 표였습니다."

그는 확인을 해준 뒤에 나를 데리고 밖으로 나왔다.

게스트하우스에 들어가서야 차표를 바지 뒷주머니에 두었던 것이 생각났다. 나는 그 상황을 철학적으로 여기려고 했지만, 글자 그대로 기억력이 좋지 않은 사람은 뒷주머니를 가질 권리가 없다는 진실을 넘어서지 못했다.

여러 해가 지난 뒤 레이먼드 챈들러의 《안녕, 내 사랑Farewell, My Lovely》이란 책을 훑어보다가 "그녀가 내게 미소를 보내자 내 뒷주머니를 느낄 수가 있었다"라는 문장을 발견하고는 문득 몇 년 전 인상을 찌푸리던 검표원과 게스트하우스의 추운 아침을 더 춥게 만들었던 그때의 느낌이 생각났다. 델리로 돌아오는 여행에서 우연히 그 검표원을 다시 만난 나는 되찾은 그 '분실물'을 진심으로 전해주었는데, 그는 눈에 띨 정도로 얼굴을 찡그렸던 것이다. 아, 그렇다. 모든 것엔 그걸 위한 시간이 있게 마련이다. 사랑할 시간, 죽을 시간, 차표를 제시할 시간 말이다.

"선생님의 첫 번째 일정은 9시에 여자 대학에서 강연하시는 겁니다."

누군가 알려줬다.

"첫 번째라니요? 그럼 두 번째 일정도 있나요?"

"두 번째 일정은 점심식사 후에 대학교에서, 세 번째 일정은 저녁에 직원들 대상으로 강의가 있습니다. 선생님이 델리로 돌아가시는 열차는 밤 12시에 출발합니다."

그럼에도 나는 도시를 얼마간 훑어보는 걸 포기하지 않았다. 첫 일정과 점심을 먹기 전에 두어 시간이 남을 것이다. 그러나 학장은 강연이 끝난 뒤에 내가 절망적인 한숨을 여러 번 내쉬고 분홍색 건물에서 창을 통해 동경하는 시선을 보였음에도 차 한잔을 대접하겠다며 나를 놔주지 않았다. 아뿔싸! 찻잔이 담긴 쟁반이 나왔을 땐 이미 점심을 먹기 위해 게스트하우스에 갈 시간만이 남아 있었다.

점심식사에 합류한 대학 교수들은 친절하고 관대했다. 그러나 강연장을 향해 걸음을 떼자마자 뒤로 처져서 자기들끼리 귓속말을 하곤 했다. 내가 곁눈질을 하면 그들은 미소를 지었다. 혼란스러웠지만 나는 내 호기심을 가사 상태에 둘 수밖에 없었다.

나를 다음 모임 전에 잠시 쉬라고 게스트하우스에 데려다줄 때 그들의

'바람의 궁전'이라는 뜻의 하와 마할 궁전.

기분은 다시 행복하고 공손한 분위기로 돌아갔다. 마침내 내가 말문을 열었다.

"선생들, 내가 잘못 봤다면 용서하세요. 여러분이 아까 강연장으로 돌아갈 땐 모든 분이 마치 경찰서에 끌려가는 사람처럼 우울하게 보였습니다!"

"사실입니다. 우리에겐 두려움이 있었어요. 선생님의 강의가 힌디어를 위해 싸우는 사람들의 항의를 받지 않고 수년 만에 열린 첫 번째 영어 강의였거든요."

그들이 설명했다.

"얼마나 다행인지요!"

달이 떴고, 세 번째 모임이 끝난 뒤엔 너무 늦어서 나와 친절한 친구까지 추위를 헤치고 여기저기 돌아다닐 용기가 나지 않았다. 오래지 않아 우리는 여름에 이름을 붙였음이 분명한 하와 마할 궁전 앞에 서 있었다. 곡선의 지붕과 아름다운 돔을 가진 5층짜리 궁전에는 구멍을 내어 돌로 가린 반원형 창문이 있었는데 경이로웠다. 왕비와 후궁, 공주와 시녀들은 이 창을 통해 길거리에서 벌어지는 축제 행진을 내려다보았을 것이다. 오늘날엔 거리의 관광객이 여인들의 반짝이는 눈을 뒤에 숨기지 않은 그 창문을 올려다본다.

"이건 이 도시를 세운 사와이 자이 싱 2세의 손자 사와이 프라타프 싱이 만들었어요."

"사와이는 왕이란 뜻인가요?"

자이푸르를 처음 방문한 한 강사가 물었다.

"그 단어는 통치자에게 붙이는 이상한 칭호예요. 그러나 18세기의 가치로는 이상하지 않았지요. 자이 싱이 왕위에 올랐을 땐 겨우 13세였어요. 무굴 황제 아우랑제브는 10대의 그에게 좋은 인상을 받자 '사와이', 즉 1과 4분의 1이라고 외쳤습니다. 자이 싱이 성인보다 낫다는 의미였지요. 자이 싱의 수행단은 그 말을 영예롭게 여기고 왕조의 칭호로 썼습니다."

역사학 교수가 우리에게 설명했다.

"그걸 우습다고 말씀하시나요? 그렇게 말했던 이의 성격을 볼 때 그 칭호는 터무니없어요!"

그의 동료가 평했다.

"난 왕에게 그 칭호가 없었다면 좋았을 거라고 생각해요."

자이 싱 2세(1699~1744)는 학자이자 탐구자였다. 그는 일부 서구 도시의 도시 계획뿐만 아니라 고대 인도의 건축학 도서까지 독파한 뒤에 자신의 이름을 딴 자이푸르를 세웠다. 그런 뒤에 수도를 암베르에서 그가 세운 신도시로 옮겼다.

자이 싱 2세는 다섯 개 지방(자이푸르, 델리, 바라나시, 우자인, 마투라)에 천문대를 세웠다. 어떤 왕도 천문학에 관심을 두지 않을 때였다. 그중 우자인과 마투라에 있던 것은 사라졌다. 델리에 있는 천문대가 가장 유명하지만, 거의 다 대리석으로 만들어진 자이푸르의 천문대가 보다 정교하고 크기도 크다. 자이 싱은 널리 알려진 에스파냐 출신 천문학자 하비에르 드 실바를 고용했으나, 프로젝트를 인도의 상황에 맞추기 위해 델리의 무하마드 사이와 마하라슈트라의 사므라트 자그나트의 재능도 놓치지 않았다.

그러나 자이 싱의 정치적 야심이 과학적 탐구를 덮었다. 고대 인도에서 왕 중의 왕, 즉 대왕이 되려는 왕은 말 한 마리를 풀어놓고 그 뒤를 군대

자이푸르를 세운 자이 싱 2세.

가 뒤따르게 했다. 말이 마음대로 돌아다니다가 다른 왕의 손을 타지 않고 원래 주인에게 돌아오면 그의 우월성이 확실하다고 여겨졌다. 자이 싱은 그 전통을 되살리려는 기이한 초조감을 갖고 있었다.

토드의 판단에 따르면, 자이 싱의 말은 멀리 가지 않았다. 만약 그 말이 멀리 사막으로 들어갔다면 라토르 부족이 자기들 마구간으로 그 말을 몰아넣었을 것이다. 그럼에도 자이 싱은 말의 귀환을 의기양양하게 축하하고 희생 의식을 치른 뒤에 그 동물의 동상을 만들었다.

자이 싱은 다른 지방의 지배자 바지 라오와 함께 무굴 제국에 대한 충성의 맹세를 끊을 음모를 꾸미다가 1743년에 세상을 떠났다.

분홍색, 도시,
이야기,

자이 싱의 죽음에 대한 슬픔이 채 가라앉기도 전에 서로 자기가 잘났다면서 왕권을 주장하는 왕자들이 나타났다. 자이 싱이 법적으로 결혼한 왕비들과 낳은 자식은 28명이었고, 그 가운데 이시와리 싱과 마드호 싱이 가장 힘이 셌다. 이시와리의 어머니는 조드푸르 왕국의 공주였고, 마드호의 어머니는 메와르 왕국에서 시집을 왔다. 두 왕자는 외가의 세력을 등에 업었으나 메와르가 약세였고, 결국 이시와리가 왕권을 잡았다.

승자는 왕위에 오르자마자 승리의 탑을 건설하는 데 모든 관심을 기울였다. 왕권을 강화하는 데 전력을 쏟았더라면 좋았을 것이라는 자각은 너무 늦게 들었다.

마드호는 변장한 채 귀족의 동정심을 사고 장군을 부추기면서 도시를 떠돌았다. 7층으로 마무리된 승리의 탑이 높아지고 모래밭에 그 그림자가 짙게 드리워질수록 왕궁으로 귀환하려는 그의 결심도 확고해졌다. 마드호는 모래를 한 줌 집어 들고 복수를 맹세했다.

마드호는 곧 홀카 왕가의 지원을 받아 자이푸르를 공격했다. 이시와리의 군대는 소탕되었다. 퇴각하는 이시와리의 눈에는 자신이 그토록 아끼던 승리의 탑이 가장 참을 수 없는 존재로 보였다. 그것을 스카이라인에서 지울 수는 없었다. 그래서 그는 먼저 자신의 눈을 멀게 했다. 좌절감에 빠진 그는 이윽고 스스로 불에 타서 죽었다.

마드호 싱은 승리의 탑을 허물 것인지, 아니면 거기에 라이벌의 굴욕적인 장면을 장식할 것인지를 두고 고민했다. 그러나 더 좋은 생각이 난 그는 탑을 내버려두었다. 후세는 그 탑을 이시와리라트라고 불렀다.

1875년은 자이푸르 역사에서 전환점이었다. 영국의 앨버트 공이 이 도시를 방문해서가 아니라, 당시 왕이던 람 싱이 그 왕실 손님에게 분홍색 시장을 보여주기로 결정했기 때문이다. 혹시 람 싱이 셰익스피어의 희곡 《로미오와 줄리엣》에 나오는 "나는 예절의 정수pink of courtesy(핑크는 완벽의 뜻―옮긴이)랍니다!"라는 대사를 읽었던 걸까? 나는 라자스탄의 전통에서 분홍색이 환대의 색깔이라는 말을 들었다. 이후 분홍색은 자이푸르의 색깔이 되었다.

나는 지난 수십 년 동안 새롭고도 오래된 자이푸르를 여러 번 방문했다. 현재 도시에서 멀리 떨어진 '호랑이 성'이라는 뜻의 나가르 구르의 폐허, 그 아래 다른 무덤들 속에 자리한 자이 싱 자신이 직접 디자인한 자이 싱 기념비, 너른 공간을 가진 람니와스 공원, 아차리아 비야쿨이 혼자 세운 인도학 박물관, 시티 팰리스로 알려진 찬드라 마할 그리고 산 위에 있는 어마어마한 암베르 성을 다 돌아보았다.

분홍색이 섞인 화강암 암반 위에서 번영을 구가한 여러 왕의 통치로 점점 늘어난 구불구불한 거대한 성벽은 수천 개의 작은 거울이 반짝이는

자이푸르의 암베르 성.

이국적인 대리석 궁전의 온갖 장식과 디자인으로 가득한 전당을 지키고 있다.

"중세에 세워진 성 가운데 안락함과 안전이 이렇게 신중하게 조화를 이룬 사례는 찾아보기 어렵습니다."

일행 중의 누군가 말했다.

이탈리아인 여행가 마누치에 따르면, 라지푸트 왕들은 전쟁에 몰두하여 전쟁터에서 죽는 것에 매혹되었고, 그래서 '그들이 질병으로 죽는 경우는 드물었다'. 아마도 마누치가 '그들이 한마음이었다면 모든 부족과 인종을 섬멸했을 것'이라고 적었다면 그 말도 옳았을 것이다. 그러나 라지푸트 왕들은 각자 자신만의 생각이 있었고, 결국 무굴 제국이 문어발처럼 팽창하고 라지푸트를 무자비하게 통제할 수 있게 만들었다. 보다 단순하게 말한다면, 그들은 개인적인 큰 이기심을 가졌다는 공통점이 있었다.

그러나 여기 암베르 성에서는 라지푸트와 무굴 제국 간에 고상한 공존을 달성하려는 높은 수준의 비정통적인 노력이 한 번도 아니고 두 번씩이나 이뤄졌다.

아크바르 황제는 암베르 왕국의 비하리 말 왕의 공주를 기쁘게 왕비로 맞았고, 그 사이에서 살림 왕자(나중의 자한기르 황제)가 태어났다. 그리고 살림 왕자가 아직 10대일 때 비하리 말의 양자인 바그완 다스의 딸과 왕자의 결혼이 주선되었다. 왕자의 회고록을 보면, 살림 왕자는 공주의 갑작스러운 죽음으로 한동안 마음이 어지러웠다고 한다.

안타깝게도 암베르 왕국의 비정상적 결혼에 대한 관대함의 기억은 아우랑제브의 욕망, 광신도적인 사명을 달성하기 위해 나선 황제에 의해 날아갔다. 아우랑제브 황제는 암베르 왕국 주변에 있는 66개의 힌두 사원을 불태웠다. 그와 함께 엄청난 양의 고대 필사본도 사라졌다.

영국의 통치가 라지푸타나의 왕들 간의 불화를 끝냈다. 그들은 새로운 지배자에게 충성을 맹세하기 위해 다시 서로 다투었다.

"어떻게 백성들이 자이푸르가 인도연방에 편입되는 것을 받아들이게 되었나요?"

내가 자이푸르인 전문가에게 물었다.

"우리와 같은 엘리트는 변하는 시대에 적응합니다. 1956년 루이스 마운트배턴 전 인도 총독이 델리를 방문하고 라젠드라 프라사드 대통령이 그를 국빈 만찬에서 접대할 때 우리는 기뻤어요. 자이푸르의 전 왕인 쿠마르 씨가 경호대의 부관 자격으로 대통령 뒤에 서 있었거든요. 그 모습은 공화국의 상징인 대통령에 대한 충성을 통해 새로운 인도에 그가 헌신한다는 걸 의미합니다."

나중에 자이푸르 왕조의 또 다른 에피소드에 대한 마운트배턴 경의 반응을 읽었을 때 나는 그 자이푸르인 전문가가 생각났다.

마운트배턴 부인의 친한 인도인 친구이자 그 자식들의 신탁 관리자인 라즈마타가 감옥에 들어갔을 때였다. 라즈마타는 불법으로 금을 소장한 혐의를 받았다. 일부에서는 그가 총리의 정적이 아니었다면 그런 혐의를 받지 않았을 거라고 말했다. 마운트배턴은 라즈마타의 입장에서 분개했고 그녀의 탄원을 위해 최선을 다했지만 좋은 결과를 얻지는 못했다. 그는 1966년 인도를 방문한 뒤에 "내가 인도에 올 때마다 그 일이 내 심금을 울릴 것이다"

라고 적었다. 10년 뒤에 그는 전망이 우울해지자 자신이 인도에 다시 가는
걸 견딜 만할지 모르겠다고 말했다.

—《마운트배턴: 공식 전기Mountbattern: The Official Biography》

암베르 성에서 내려오는 도중이었다.

"선생님, 뛰어난 제 낙타를 타보세요!"

나이 들었으나 아주 민첩한 남자가 때 묻은 터번을 쓰고 미소를 지으며
나를 불렀다. 목소리를 낮춘 남자는 마치 비밀을 전해주듯이 말했다.

"이 낙타는 영물입니다. 길일인 오늘 이걸 타시면 행운을 얻고 부자가
되실 거예요."

"이보시오, 아저씨. 성경 말씀을 모르오?"

나는 그에게 물었다.

"부자가 천국에 들어가는 것보다 낙타가 바늘구멍에 들어가는 것이 더
쉽다고 했는데, 나를 더 나쁜 사람으로 만들 셈이오?"

"제가 천국을 생각할 시간이 어디 있겠어요? 제가 번 푼돈으로 하루가
저문 뒤 아궁이에 불이라도 지펴야 하지 않겠어요?"

난 그에게 이렇게 말하고 싶었다.

'그렇다면 왜 당신이 그 낙타를 타고 부자가 되지 않소?'

그러나 그건 너무 무례한 말일 것이다. 나는 잠시 낙타를 탔다. 결국에
는 그의 상술이 우리가 맞닥뜨리는 각종 상품과 안락함을 파는 세련된 상
인들의 상술보다 겸손하고 고상했다.

시간보다
오래된
도시

연약한. 손바닥.
자국.

조드푸르를 향해 자이푸르 상공을 날아가는 작은 비행기 안에서 키는 작지만 멋진 양복을 차려입은 남자를 우연히 만난 지 벌써 30년이 더 지났다. 그러나 그 남자, V. V. 존 교수의 얼굴과 재치 있는 미소는 잊을 수가 없다. 교육자이자 뛰어난 인도-앵글로인 작가로 나중에 소수민족위원회의 위원인 된 그는 내가 발라소르 대학 학생일 때 그곳에 부임한 지 얼마 지나지 않은 학장이었다. 그를 보자마자 군수인 멋쟁이 '남편'이 이끄는 축구팀을 상대로 골을 넣은 자선 경기에서 영국 여성으로 분장한 그의 모습이 곧바로 떠올랐다.

내가 존 교수의 동료인 역사가 M. N. 다스 교수의 동생이라고만 소개했을 때도 그는 잭팟을 터뜨린 것처럼 소리를 질렀다. 그는 내가 쓴 작품의 정보를 다 알고 있다는 걸 입증하여 나를 당혹스럽게 만들었다.

"지금부터 자네는 내가 책임질게."

그는 '승리의 기쁨'을 나누는 우리를 재미있어하며 조용히 지켜보는 승객들은 아랑곳하지 않고 비행기 납치범 같은 음성으로 선언했다. 그는

자신의 좌석을 내 옆자리의 승객과 바꾸고, 온갖 배려를 다해 나를 압도
했다.

"조드푸르 대학 총장의 임기가 끝나면서 드디어 자유의 맛을 느끼게
되었네. 자이푸르에서 하루를 더 보내고 싶었는데 한 친구가 조드푸르의
어떤 행사에 참석해달라고 전화를 했지 뭔가. 끔찍한 전화선이 소리를 잡
아먹는 바람에 그가 하는 말의 4분의 1도 알아듣지 못했다네."

그가 말했다.

비행기가 조드푸르로 접근할 때 타르 사막의 변방에서 가장 눈을 사로
잡는 광경은 분홍색과 붉은색 대리석으로 빛나는 우마이드 바완 왕궁이
었다. 메와르 땅의 마지막 왕 우마이드 싱이 1929년에 세운 우마이드 바
완은 조드푸르 왕국이 다른 왕국처럼 인도연방에 가입 조약을 체결하도
록 압력을 받던 무렵에 완공되었다. 완공하기까지 연 3000명의 노동력과
500만 루피가 들었다. 자신의 조건에 응하도록 정부를 협박하고 공포를
주려던 마지막 왕의 절망적인 행위는 인도 현대사에서 가장 극적인 점강
법의 하나였다.

영국인 조언자에게서 영향을 받은 조드푸르의 왕 한완트 싱 전하는 조드푸
르 왕국이 지리적으로 파키스탄과 연결되므로 자신이 파키스탄 대통령인
진나와 더 좋은 조건으로 협상할 수 있다고 생각했다. 국민회의당에 적대
감을 가진 그는 왕국의 힌두 백성들이 힌두 왕인 자신에게 어떤 반응을 보
일 것인지에 대해서는 무시했다. 그는 파키스탄과 국경을 맞댄 자신의 친
구 자이살메르의 왕과 함께 진나 대통령과 비밀리에 만남을 가졌다. 진나

우마이드 바완 왕궁. 지금은 호텔로 개조되어 사용되고 있다.

는 무슬림 국가에 합류하겠다는 생각을 가진 자존심 강한 두 명의 힌두 라
지푸트 왕이 찾아오자 영광스럽게 여겼을 것이고, 그래서 그들이 내세우는
조건이 무엇이든 다 받아들일 태세였다. 그러나 조드푸르의 왕은 진나가
백지를 내놓고 원하는 조건을 적으라고 말하자 용기를 잃었다. 백성의 반
응에 대한 두려움이 충동적인 그의 정치적 자살을 막았다. 마운트배턴 총
독은 조드푸르의 왕이 어떻게 장엄한 마지막 제스처로 결국 굴복했는지를
이렇게 기술했다.

"나는 서재에서 메논에게 조드푸르의 왕으로부터 가입 동의서에 서명을 받
으라고 말한 후 자리를 떴다. 바로 옆에 있는 아내의 서재에서는 하이데라
바드 왕국의 사절단이 협상을 벌이는 중이었다. 내가 자리를 뜬 사이에 젊
은 조드푸르의 왕은 총을 꺼내더니 메논에게 만약 그가 가난한 조드푸르
사람들을 배신한다면 개처럼 쏴 죽이겠다고 말했다. 그러나 그는 거기에
서명했다."

— 만마트 나트 다스Manmath Nath Das,

《인도의 독립과 분단Partition and Independence of India》

그건 평범한 총이 아니라 만년필 속에 감추어진 총이었다. 마운트배턴
의 전기를 쓴 필립 지글러는 이렇게 기록했다.

총은 마운트배턴에게 넘겨지고, 결국 그 총은 마운트배턴과 여러 왕들이
멤버인 '매직 서클'의 '마술사들' 모임으로 인계되었다.

존 교수는 공항에서 자신을 마중 나온 부부를 내게 소개했다. 그들은 교육 관리인 비나 다스굽타와 변호사인 그녀의 남편이었다. 그제야 존 교수의 자이푸르에서의 일정을 단축시킨 조드푸르 행사가 무엇인지 알게 되었다. 내가 저녁에 강연하게 될 모임의 사회를 맡은 사람이 바로 그였다.

다음 날 아침 창밖으로 거리를 내다보며 앉아 있는데 작은 결혼식 행렬이 내 눈을 잡아끌었다. 신랑은 열 살이나 열한 살쯤 되어 보였다. 허리에 칼을 차고 머리에 터번을 쓴 신랑이 장식된 말을 타고 신부의 집으로 가는 길이었다. 그 광경은 눈부신 옷을 입고 즐기기 위해 계단 위에 모여 있는 수백 명의 화려한 여자들과 경쟁을 하는 듯 보였다.

그리 멀지않은 어느 집에서는 대여섯 살 된 여자아이가 신부로 탈바꿈하려고 준비하는 중일 것이다. 법의 손길(조혼금지법—옮긴이)이 진행 중인 그들의 운명에 끼어든 지는 얼마 되지 않았다.

E. M. 포스터는 조드푸르에 대해 이렇게 적었다.

이곳은 다른 지방에서라면 잔인하다고 생각될 행동이 영예로 여겨지는 영웅적인 행위의 나라다. 유럽에서 영웅 행위는 기쁨을 가져오는 대신 박물관으로 살금살금 들어간다. 하지만 여기서는 영웅 행위가 살아 있는 마법으로 존재한다.

—《인도에서 떠돌기Adrift in India》(1914)

여행에서 이틀의 말미를 얻은 나는 교외로 나갔고, 심지어 가깝지 않은 작은 마을에 가서 어른들과 이야기도 나누었다. 그들 중 한 사람은 예전의 마르와르 왕국인 그 지역이 세상에서 가장 개화된 사회였다고 확신했다. 오래된 것은 모두 좋았는데, 현재 전해진 것은 물거품처럼 덧없었다.

"우리는 우리 문화, 삶의 방식, 전통을 사랑합니다."

그는 장담했다.

"하지만 여러분의 아이들은 곧 그 전통을 잊을 텐데요."

"왜 잊지요?"

그가 내 말을 가로막았다.

"어쩔 수가 없으니까요. 추세가⋯⋯."

"만약 내가 할 수 없다면, 만약 내가 어쩔 수 없다면, 그건 다릅니다. 옛날엔 라마의 통치가 있었지요. 그 시대는 갔어요. 어쩔 수 없지요, 그 누구도. 그렇다고 우리가 라마의 통치 아래 살던 사람들보다 더 운이 좋거나 행복한가요? 우린 우리 전통과 유산을 흠모합니다. 그것이 전부예요. 비록 우리가 그걸 다 잃을 운명이라고 해도요."

나는 언젠가 예술가 크리샨 칸나의 《라자스탄 일기Rajasthan Diary》에서 자기들의 유산을 고집스럽게 사랑한 한 사례를 읽었다. 건축가 필립 존슨과 물크 라지 아난드 박사가 어떤 사원에서 건축 조사를 하고 있을 때였다. 필립 존슨은 자신들을 둘러싼 호기심 가득한 마을 사람들 속에서 한 노인이 지닌 정교한 예술품 지팡이에 시선이 꽂혔다. 필립은 그것을 사기 위해 수백 달러를 주겠다고 말했다. 노인은 재미있다는 미소를 지으며 팔지 않겠다고 대답했다. 필립은 영리한 그 노인이 더 나은 가격을 흥정한다고 여겼다. 그래서 계속해서 더 비싼 값을 제시하다가 마침내 노인이 바라는 가격대로 돈을 내겠다고 약속했다.

노인은 잠시 흔들리는 듯이 보였으나 옆에 있던 구경꾼더러 영어로 설명해달라고 말하고는, '이 지팡이는 집안의 가보이며 따라서 팔 생각이 전혀 없다'고 대답했다. 그렇게 라자스탄의 평범한 농부는 돈벼락을 걷어찼다.

조드푸르에서 돌아온 뒤 얼마 지나지 않아서 나는 그곳 출신의 암리타 데비에 관한 감동적인 이야기를 들었다. 그 이야기를 들려준 사람은 치프코 운동(치프코는 '지키기'라는 뜻의 힌디어—옮긴이)의 리더인 순다르랄 바후구나다. 치프코 운동은 1730년대에 일어났다. 어느 날 조드푸르의 왕이 새 궁전을 건설하라고 명령을 내렸다. 신하들은 궁전을 지을 적당한 목재를 구하러 다니다가 비시노이족(비시는 20, 노이는 9다. 그들은 전통적으로 29를 구성단위로 물건을 센다)이 사는 마을에 도착했다. 신하들은 좋은 나무들을 골랐고, 그걸 도끼로 베기 시작했다.

암리타 데비는 그 소리를 듣고 깜짝 놀라 집에서 뛰쳐나왔다.

"무슨 짓을 하는 건가요? 우린 나무를 절대로 자르지 않는답니다. 다른 사람이 그렇게 하도록 내버려두지도 않고요!"

그녀는 경고했다.

"나무들은 신성해요!"

그녀의 호소는 소용이 없었다. 그녀는 나무를 껴안았다. 도끼가 가차 없이 그녀의 머리를 내리쳤다. 그녀의 세 딸도 어머니처럼 나무를 껴안고 항의하다가 죽임을 당했다. 이 소식이 들불처럼 퍼져 나갔고, 곧 수백 명의 비시노이가 모여들어서 각자 나무들을 껴안았다.

왕이 그곳에 도착했을 때는 이미 363명의 머리가 잘려서 먼지 속으로

나무를 보호하려다 죽임을 당한 암리타 데비와 그녀의 세 딸.

굴러간 뒤였다. 왕은 벌목을 멈추게 하고 그 기이한 행동을 후회하며 사람들에게 사죄했다. 암리타 데비와 그녀를 따른 사람들의 희생을 기념하는 축제는 지금도 매년 열린다.

도시 외곽 산 위에 있는 옛 성은 조드푸르에서 여전히 가장 중요한 기념물로 여겨진다. 15세기에 라오 조다가 세운 그 성은 중세의 성들이 보증하는 설비의 기념비적 기록이다. 거기엔 기억해야 할 많은 것이 있지만, 내가 기억하는 것은 벽에 새겨진 붉은 칠을 한 연약한 여러 개의 손바닥 자국이다. 그 자국들은 남편을 화장하는 불길 속으로 걸어 들어간 젊은 왕비들이 남기고 간, 자신들을 기억해달라는 시각적 속삭임이었다.

세계. 제일의. 퀴즈. 왕. 나라.

새벽에게 도전하듯 남았던 동쪽 지평선 위의 별들이 빛을 잃고 안개 속으로 사라지면서 형광 물질을 아무렇게나 뿌린 얼룩처럼 보였다. 철로 옆에 늘어선 나무들은 아직 잠에서 깨지 않았다.

구식 차량을 연결한 기차는 속도를 줄였다. 나는 아래쪽 침대에서 자는 승객들을 깨우지 않으려고 천천히, 조심스럽게 내려왔다. 그러나 두 승객은 침구에서 몸을 일으켰다. 70대로 보이는 나이 든 승객은 담요로 몸을 감싸고 머플러로 터번을 만들면서 내 침대 바로 밑 침대에 앉아 있었다. 눈을 감은 그는 무력감을 떨치려는 듯이 포갠 두 다리를 쉬지 않고 흔들었다. 그리고 그의 동행인 젊은 승객은 맞은쪽 침대에서 짐에 기대어 졸고 있었다.

"아들아, 네가 바보라고 말할 수밖에 없구나."

노인은 다리를 다시 세차게 떨면서 말했다.

"예!"

청년은 노인이 어떤 태도로 무얼 말하는지 깨닫지 못한 채 가장 정확한 발음의 힌디어로 대답했다.

'근데, 왜?'

노인은 아직 눈을 감고 있었다. 기차가 이미 비크람 왕과 베탈라로 알려진 기발한 영혼(세계적인 퀴즈 왕)의 전설을 가진 도시의 외곽에 들어섰기 때문에 나는 노인의 수수께끼 같은 말이 재미있었다. 당시 퀴즈 왕은 비크람 왕에게 불가사의한 이야기를 하나씩 들려주고 그 수수께끼를 풀라고 했다.

그러나 노인의 '비크람'은 대답할 기분이 아니었다. 청년의 머리는 큰 파도에 이어지는 그 절반 크기의 여파처럼 몇 번의 꾸벅임 뒤에 세차게 아래로 떨어졌다. 심하게 머리를 떨어뜨린 뒤에 잠시 눈을 크게 뜬 그는 주변을 살피고는 다시 꾸벅거리며 졸았다.

하차를 준비하며 같은 침대에 둘이 잠시 앉아 있는 동안 노인은 청년에게 삶의 아이러니에 대해 교훈을 늘어놓았다. 청년이 다른 침대로 자리를 옮겨갔는데도 노인은 그 사실을 알지 못했다. 청년을 대신하듯이 나는 방금 전에 들은 한 음절의 힌디어를 심문하는 투로 "예?" 하며 웅얼거렸다.

그것이 통했다. 노인은 천천히, 그러나 바위 같은 확신을 가지고 지혜를 늘어놓았다.

"아들아, 조물주가 남자에게 귀를 준 것은 자기 여자의 말을 들으라는 거야. 그러나 여자에게 귀를 준 것은 자기 남자가 하는 말을 꼬아서 들으라고 주셨단다."

나는 감탄과 깨달음을 느끼며 앉아 있었다. "칙칙폭폭" 하는 기차 소리가 들리는 안개 낀 아침에 들은 그 노인의 지식이 그때까지 과도한 부담을 졌던 두 귀를 통해 당연시했던 내가 가진 지식보다 결코 열등하지 않다는 걸 깨달았다.

"아버지의 횡설수설은 모두 헛소리예요! 일어나세요!"

청년은 현명한 자신의 카운슬러에게 이렇게 말하고는 두 사람의 짐을 들었다. 그제야 노인은 눈을 떴다. 일어난 그는 나를 의심의 눈초리로 바라보았다. 기차가 멈추자 그들은 내렸다.

내 목적지는 몇 분 더 걸려야 도착하는 다음 역이었다. 나는 긴장을 늦추지 않은 채 눈도 깜박거리지 않고 앉아 있었다. 어떤 장소를 그토록 보고 싶어 한 적은 일찍이 없었다. 눈길이 드디어 영어로 우자인, 힌디어로 우자이니라고 쓰인 전설적인 승강장에 닿자 갑자기 전율이 내 몸을 훑고 지나갔다.

우자인에는 볼일도, 친구도 없었다. 호텔을 잡은 뒤에 관심 있는 네 개의 고대 유적을 한가하게 돌아볼 생각이었다. 그것들은 그 주변을 중심으로 도시가 생겨난 마하카레시와르 사원, 우자인이 자랑하는 시인 칼리다사가 숭배하던 여신 칼리카(칼리)를 받드는 칼리카 사원, 어렸을 때 크리슈나 신이 교육을 받았다는 기숙학교 산디파니 아슈람 그리고 마지막으로 바르트리하리 동굴이었다.

시프라 강변에 자리한 우자인은 신화적 고대 유물을 간직한 도시로, 진리를 추구하는 사람들에게 구원을 내려주는 7대 성지의 하나로 여겨진다. 나머지 여섯 성지는 아요디아, 마투라, 카시, 푸리, 칸치 그리고 드와르카다. 아반티 왕국의 수도인 우자인은 때로 아반티카로 불렸고, 다라나가리(칼리다사 시대에 유명했던), 쿠샤스탈리, 카나카라스링가라는 이름도 갖고 있었다.

우자인은 또 쿰브 멜라(제일 큰 규모로 열리는 힌두교의 순례 축제—옮긴이)가 열리는 네 곳(하리드와르, 우자인, 나시크, 알라하바드—옮긴이) 중의 하나로, 축제가 열리면 수만 명의 숭배자들이 모여들었다.

종교 순례자가 아닌 사람들을 잡아끄는 우자인의 매력은 시인 칼리다사와 비크람 왕에 대한 기억에서 나온다. 그들과 관련된 직접적인 유적은 없지만, 비크람 왕의 형 바르트리하리 성자가 고행하던 동굴은 비록 동굴이 있던 언덕은 사라졌으나 도시 외곽에 있는 돌집에서 그 흔적을 찾을 수 있다.

수라트에서 이곳으로 여행을 결심한 동기가 갑작스러웠기 때문에 누가 나를 마중 나올 거라고 기대하지 않은 나는 열차가 승강장으로 미끄러져 들어갈 때 출입구에 서 있지 않았다.

나는 느긋하게 내렸다. 그러나 잰 발걸음으로 열차 칸을 들여다보는 한 신사의 모습이 아주 눈에 익다는 걸 어찌 놓칠 수 있겠는가.

"주무시는 줄 알았어요."

나를 껴안은 굽타 교수가 안도하는 목소리로 말했다.

"지금 다른 곳에 계셔야 하는 것 아니에요?"

내가 미안하다는 투로 말했다.

"이틀 전만 해도 다른 곳에 있었지요. 선생님의 친구가 수라트에서 한밤중에 선생님이 이곳으로 오신다고 전화를 했더군요. 걱정하지 마세요. 여기엔 회의도 없고 공식적인 일도 없습니다. 저는 그저 선생님이 우자인을 돌아보시는 걸 도우려는 마음뿐입니다."

그의 말은 겨울 아침에 뜨거운 물로 목욕을 마친 것처럼 나를 상쾌하게 만들었다. 우자인 대학 경영학과의 창립 멤버로, 지금은 퇴직한 굽타 교수는 도시의 엘리트들로부터 사랑과 존경을 한 몸에 받는 사람이었다. 서양에서 공부했지만 경영 원칙에 창의적인 인도의 성향을 가미한 그는 관련 주제로 읽을 만한 여러 권의 저서를 출간했다.

나는 칼리다스 아카데미에 짐을 풀었다. 나와 여러 다른 손님들의 식사는 굽타 교수의 집에서 날라져왔는데, 굽타 부인이 정성을 들여 만든 것이었다.

"제게 고맙다 마시고, 선생님을 안내해드리려고 제가 부른 가이드에게 감사하세요."

굽타 교수가 말했다. 나는 보다 구체적인 설명을 기대하면서 그를 쳐다보았다.

"가이드는 니감 씨예요."

교수는 내가 아카데미의 안락한 방에 자리를 잡자 말을 이었다.

"굽타 교수, 그 말을 들으니 생각나네요. 우자인에 사는 샤무순다르 니감 박사는 요즘 어디서 지내는지 아세요?"

"제가 말한 니감이 누구라고 생각하세요? 오늘 선생님을 안내할 가이드가 바로 샤무순다르 니감 박사랍니다. 우리 시대에 그보다 우자인을 잘 아는 사람은 없지요."

나는 기뻤다. 친절하고 공손하며 잘난 체하지 않는 니감 박사는 나를 데리고 여기저기로 운전하고 다니며 유물을 설명하고 숨은 전설을 소개하면서 이틀 내내 헌신했다.

바르트리하리 동굴에 도착한 것은 늦은 오후였다.

"니감 박사, 한동안 저 안에서 혼자 있고 싶어요."

나는 나타 요가(자신의 육체를 신의 몸으로 바꾸어 영원불멸을 추구하는 인도 고유의 수행법. 불교와 시바 신을 섬기는 시바파와 비교秘敎의 전통이 신비 경향과 결합된 특성을 보임—옮긴이) 수행자들의 기억이 새겨진 돌집 안을 슬쩍 들여다본 뒤에 말했다.

니감 박사는 망설였다.

"거기에 오래 앉아 있진 마세요."

그는 공손하게 경고했다.

"전 밖에서 기다릴게요."

내가 밖으로 나오자 그는 행복해 보였다.

"그런 믿음이 있어요. 거기에 오래 앉았던 사람은……."

"미친다고요?"

"그 비슷한데요."

그는 동의했다.

"그러나 그 불가해한 법칙이 선생님께 적용되게 할 순 없지요."

"고맙습니다."

그런 동굴에 오래 앉아 있는 사람이 정신을 잃는다고 믿는 것은 단순히 미신이 아니었다. 그런 분위기에서는 강력한 초자연적 형성물이 생기는데, 충분히 보호되지 않은 수련자들이 그걸 떨쳐버리거나 흡수하고 초월할 수는 없을 것이며, 그래서 그들, 즉 불가사의한 지식을 가진 사람들과 햄릿처럼 '자신의 철학 속에서 꿈꾸기보다 하늘과 땅에 더 많은 것이 있다'고 믿는 사람들의 의식에 부조화가 일어난다.

요가 수행자들.

"그러나 바르트리하리는 이 동굴에서 명상을 통해 의식의 조화를 회복했어요. 이 장소가 그를 미치지 않도록 막았지요."

"맞습니다."

니감 박사가 말했다.

"선생님은 바르트리하리의 이야기를 잘 알고 계시네요!"

사실 비크람 왕의 형인 바르트리하리의 전설은 인도의 민담 중에서 가장 매혹적인 것이다. 누구도 그것이 사실에 근거했다고 증명할 수는 없지만, 그 철학적 중요성은 논쟁할 필요가 없다. 궁극적 진리의 문제(인간이 깨달을 수 있는지 아닌지)는 잊어버려도 좋다. 그러나 평범한 의식을 가진 인간이라면 일상의 삶, 그렇게도 짧은 삶의 거래를 통해 진리로 보이는 것과 진짜 진리인 것을 구분할 수 있지 않을까? 그것이 옛날에(아마도 2000년 전에) 아주 흥미로운 일련의 사건이 극적으로 종결된 뒤에 바르트리하리를 괴롭혔던 질문이었다.

신비한.
과일의. 전설.

시프라 강이 바라보이는 바르트리하리 동굴에서 그리 멀지 않은 바위에 앉아서 아름다운 석양을 응시하며 니감 박사가 중얼거렸다.

"우리 발밑엔 무시되고 거의 잊혀버린 전설 속의 우자인이 있어요. 체계적으로 발굴을 하면 아마도 경이로운 문명이 밝혀지겠지요. 그러나……."

그가 말하는 '그러나……'를 이해하지 못할 건 없었다. 인도에는 근대적인 장소만큼 중요한 신화적, 역사적 장소가 많았다. 그래서 많은 모험가들이 발굴에 나섰다. 칼리카 전투가 있었던 토살리, 장대한 타밀어 서사시 《실라파티카람Silappatikaram》의 배경인 품부하르, 크리슈나가 세웠다는 드와르카에서 진행된 발굴은 모두 재원 부족으로 아예 발굴을 포기하거나 초기 단계에서 중단되었다.

나는 우자인 발굴이 과거 여러 단계에 대한 지식의 다이아몬드 광산이 될 거라는 니감 교수의 말에 동의했다. 그 발굴은 아버지 빈두사라 밑에서 이 지역 총독으로 근무한 아소카, 수도를 파탈리푸트라에서 당시 우자인으로 알려진 아반티카로 옮겼던 찬드라 굽타 왕과 같은 역사적 인물과 연결되었다. 크리슈나, 산디파니, 수다마와 같은 신화 속 인물과 비크람 왕과 그 궁정에 있던 나바라트나(아홉 명의 보물), 즉 위대한 시인이자 희곡 작가 칼리다사, 내과 의사 단반타리, 네 명의 시인(크샤판카, 산쿠, 가타카르파라, 베탈라바타), 천문학자 바라하미히라, 사전학자 아마라심하, 문인이자 문법 학자 바라루치와 같은 전설 속 인물을 제외해도 그렇다.

역사가들은 이 위대한 형제 바르트리하리와 비크람의 시대에 대해서도 논쟁을 벌이지만, 민화는 그 시대를 기원후 1세기까지 추적한다. 다음은 그 전설이 전하는 바르트리하리에 대한 내용이다.

재능 있는 시인이기도 한 젊은 왕은 인생을 즐겼다. 이는 그가 쓴 〈스링 가라 사타캄(사랑을 찬미하는 2행시의 시대)〉에서 잘 드러난다.

> 처녀들이 정복할 수 없는 심장이 있을까?
> 그녀들이 백조처럼 걸을 때, 그녀들의 팔찌가 짤랑댈 때
> 그녀들의 거들이 쨍그랑, 그녀들의 발찌가 땡그랑,
> 그녀들의 눈이 사슴 눈망울처럼 솔직하지만 소심할 때
> ― 바샴A. L. Basham 옮김

그러나 왕은 누구나 사랑하는 효율적이고 온정적인 통치자였다. 어느 날 왕을 만나기 위해 인근 숲에 사는 한 성자가 궁정으로 찾아왔다. 그 성 자는 초자연적 능력으로 유명했다. 그는 왕을 조용한 방으로 이끌고는 왕 이 한 번도 본 적 없는 과일을 바쳤다.

"이것이 뭔지 알려고 하지 마십시오."

성자는 말을 이었다.

"이 과일은 흔히 볼 수 있는 과일이 아니라 제가 완전한 성공을 거둔 실험에서 얻은 염력이 많이 든 과일입니다. 이걸 먹는 사람은 불로장생할 수 있는데요. 제 생각엔 전하만이 그걸 드실 만한 분입니다. 이 과일을 드시고 행복해지셔서 백성들이 태평성대를 누리게 해주십시오."

성자는 왔을 때처럼 홀연히 왕궁을 떠났다.

왕은 기뻤지만 거기엔 다른 이유가 있었다. 그는 왕비 중에서 가장 나이 어린 왕비를 세상의 그 누구보다 총애했고, 그녀도 같은 열정으로 자신을 사랑한다고 확신했다. 왕은 물론 상상할 수 있는 세상의 모든 호사를 그녀에게 선사했다. 그러나 그 왕비에게 뭔가 특별한 것, 세상의 그 어떤 사람도 자기 연인에게 해주지 못한 중요한 것을 자신이 주었는지에 대해서는 확신하지 못했다.

이제 그는 그걸 줄 수 있게 되었다. 마침내! 왕은 자신이 불로장생할 수 있는 기회를 그 진기한 운명을 얻게 될 왕비를 위해 행복하게 포기할 생각이었다.

바르트리하리 왕은 즉시 왕비의 처소로 가서 비밀을 가진 기적의 과일을 선물했다. 자신의 사랑을 분명하게 증명했다고 여긴 왕은 그 일을 다 잊어버렸다.

사흘이 지났다.

저녁 무렵 시프라 강변에서 한가하게 승마를 마친 왕이 궁으로 돌아오는데 베일을 쓴 한 여인이 나타나 왕에게 멈추라는 신호를 했다. 그곳은 도시와 숲의 경계로, 인근에는 아무도 없었다.

왕은 말에서 내렸고, 여인은 베일을 벗었다. 왕은 깜짝 놀랐다. 그 여인은 도시에서 가장 유명한 무용수, 뛰어난 재능을 자랑하는 무희였기 때문이다.

"왕이시여, 전하께 선물을 하나 바치고 싶습니다. 그런데 한 가지 조건이 있어요. 선물에 대해 아무것도 묻지 마십시오."

여인이 애원하듯이 말했다.

흥미가 생긴 왕은 그저 어정쩡한 미소만 지었다.

무희는 과일 한 개를 꺼내 왕의 손에 올렸다.

"그것을 먹는 사람은 불로장생할 겁니다. 제 생각에 그걸 드실 만한 분은 전하밖에 없습니다."

여인이 말했다. 그러고는 베일로 얼굴을 가린 채 왕이 그 놀라운 선물에 대해 더 물어볼 기회도 주지 않고 서둘러 가버렸다.

왕은 과일을 한참 동안 들여다보았다. 그건 분명히 지난번에 성자가 자신에게 주었던 바로 그 과일이었다.

당황한 왕은 곧바로 숲 속에 있는 왕실 별장으로 가서 왕실정보부 책임자 코트왈을 불렀다. 자신에게 일어난 이 수수께끼 같은 일을 다 설명한 왕은 "가능한 한 빨리 이 과일이 내게로 다시 돌아온 과정을 상세하게 알아보라"라고 지시했다.

코트왈은 이미 많은 걸 알고 있는 듯이 보였다. 어쨌든 그는 24시간 만에 간단한 보고서를 올렸다. 그 골자는 이랬다. 왕이 가장 나이 어린 왕비를 사랑한 것처럼 그 나이 어린 왕비는 어떤 젊은 귀족을 사랑했고, 그 사랑을 증명해 보이고 싶어 했다. 어느 날 왕에게서 신비한 과일을 받게 된 왕비는 자신에게 그 기회가 찾아왔음을 알았다. 왕비는 즉시 자신이 사랑하는 귀족에게 그 과일을 선물했다.

왕비가 미치도록 사랑하는 그 귀족은 무희에게 흠뻑 빠져 있었고, 그녀에 대한 자신의 사랑을 증명하기 위해 왕비에게 받은 과일을 무희에게 주었다. 그러나 신중한 무희는 자신과 자기 직업에 대한 환상이 없었고, 늙지 않는 걸 바라지도 않았다. 무희가 그 과일의 효과를 누릴 만한 인물로 선택한 사람은 바르트리하리 왕이었다.

정절을 지키지 않은 아내의 목을 자르는 데 만족하지 않고 저녁에 한 처녀와 결혼하고 다음 날 아침에 그녀의 목을 베어버린 《아라비안나이트》의 왕과 달리, 깜짝 놀란 바르트리하리 왕은 오직 한 가지 생각에만 몰두했다. 자신이 만약 4년 전에 죽었더라면 나이 어린 왕비가 자신이 그녀를 사랑하는 만큼 자신을 사랑한다고 믿으며, 즉 진실을 알지 못하고 죽었을 것이다. 이번에 자신은 진실을 발견할 수 있었지만, 보통의 재치와 지능을 가진 사람이 삶의 일상에서 일어나는 모든 진실을 항상 알 수 있을까? 만약 그렇게 작은 일에서도 진실을 포착하기 어렵다면 궁극적인 진실을 알기란 얼마나 어려울까?

바르트리하리 왕은 동생 비크람과 모든 재상과 귀족을 숲 속의 별장으로 불러서 왕관을 비크람에게 넘겨주었다. 그런 뒤 그들을 떠나서 금욕 생활을 시작했고, 진실이라는 수수께끼에 대해 명상했다. 우자인에서 바라나시로, 그 밖에 여러 장소로 옮겨 다니던 그는 12년간 하리드와르(하르드와르)의 한 동굴에 머물며 나타 종파의 대성자 고라카나트 밑에서 요가를 실천했다.

"전설이지만 아주 매혹적인 이야기예요!"

내가 평했다.

"역사와 신화가 분리될 수 없는 영역이 있어요. 한쪽에서 다른 쪽으로 옮기는 것은 불가능하지요. 크리슈나의 스승 산디파니 성자는 신화에 속하는데요. 그러나 그의 가계는 끊이지 않고 누구도 부정하지 않게 지금까지 내려옵니다. 현재 그 후손은 저명한 학자인 판디트 수리야나라얀 비아스지요. 이 경우에는 신화와 역사 사이 어디쯤에 선을 긋나요?"

니감 교수는 이렇게 묻고는 온화하게 말을 덧붙였다.

"저는 그게 필요한지도 의문이에요."

그 말은 내 생각의 메아리였다.

우리가 돌아본 바위와 덤불이 많은 그 지역은 아마도 바르트리하리 시대에는 숲의 일부였을 것이다. 원래의 동굴과 그 동굴을 중심으로 성장한 주거지는 홍수가 질 때마다 퇴적된 여러 층 아래에 묻혔을 것이다.

세월이 흘러도 변치 않는 도시의 맞은편 지평선으로 해가 넘어가고 있었다. 황혼 속 빛과 어둠의 어우러짐은 우자인에서의 신화와 역사의 만남처럼 마음을 달래주는 동시에 의미심장하게 다가왔다.

신의. 영혼을. 가진.
히말라야.

겨울의 리시케슈에서 이른 새벽은 방에서 나오기 힘든 시간이다. 특히 가장 달콤한 음악, 겨우 몇 미터 밖에서 흐르는 강물(갠지스 강)의 자장가 소리를 들으면서 잠을 잤다면 더욱 그렇다. 그 강물 소리는 인간의 잠재의식에 작동하여 꿈을 만들어낸다.

> 설원 아래로 어두운 숲이 펼쳐지네, 예리한 끈이 달린
>
> 뛰어오르는 폭포와 구름으로 베일을 쓴
>
> 아래쪽엔 분홍빛 오크나무, 엄청난 전나무 밭
>
> 꿩의 울음과 표범의 함성이 메아리치는 곳
>
> 바위 위 산양의 달가닥 소리 그리고 비명
>
> 맴도는 독수리들, 이들 평원 아래
>
> 산기슭엔 기도하는 양탄자처럼 빛나던
>
> 가장 신성한 제단들 중에서
>
> ― 에드윈 아널드, 〈아시아의 빛〉

그러나 "강가(힌두교에서 하천의 신을 일컫는 말, 특히 갠지스 강을 신격화한 호칭―옮긴이) 여신은 시바 신을 납치했다네"라고 외치는 소리가 아주 흥미로워서 나는 무시할 수가 없었다. 나는 곧 강둑으로 나갔다. 세 명의 젊은 사두(출가승 또는 성자―옮긴이)로 이뤄진 구조대가 끔찍하리만치 차갑고 강한 물살의 강물로 뛰어들었다. 그들은 용감했고 강가 여신의 장난기 많은 변덕스러운 물살에도 아주 익숙했다. 가트(강가나 호숫가에 계단 형태로 만든 지형―옮긴이)에 새로 세워졌다가 넘실거리며 부딪치는 강물에 떠내려간 인상적인 시바의 그림은 한 시간의 수색 후에 발견되어 강변으로 돌아왔다.

평원을 향해 달려가는 강가에서 솟구쳐 나온 형체가 불분명한 거대한 덩어리들은 그 봉우리만 희미할 뿐 하늘을 배경으로 여전히 어두운 윤곽을 보여주고 있다. 보이지 않는 빗방울이 나를 초현실적 차원, 즉 신과 여신이 사실상 남성과 여성인 곳으로 데려갔다.

히말라야에 대한 지리학적 설명으로는 그 산이 가진 영적 특성을 알 수 없다는 걸 그때 깨달았다. 히말라야는 복잡함, 자아, 무지, 폭력, 불안, 갈등과 투쟁이 지배하는 세상에 대한 대안적 웃음이자 진정한 웃음이었다. 히말라야는 아무도 꺾을 수 없는 신념과 악의 없는 숭고함의 세계였다.

히말라야는 깜짝 놀랄 정도로 경이롭지만 그렇게 충격적이진 않으며, 그 너머에 대한 지식의 영감을 불러일으킨다. 히말라야는 너무 커서 그 앞에 선 인간을 왜소하게 만들지만, 난쟁이와 같은 사람에게는 깔보는 대신 왜소증을 초월하라고 격려한다.

히말라야에 머무는 자유로운 영혼은 이 끝없이 장대한 자연이 아니라 잘 드러나지 않는 산맥 속에 산다고 한다. 시인 칼리다사는 히말라야의 갠지스 강 상류 지역 리시케슈.

보이지 않는 골짜기를 보이거나 보이지 않는 모습으로 시에 담았다. 그는 히말라야의 어떤 식물이 어떻게 밤에 형광 물질을 띠게 되는지, 그리고 간다르바와 키나라와 같은 작은 신들이 인간의 눈을 피해 어떻게 골짜기에 숨었는지도 노래했다. 가장 높은 봉우리 어딘가에는 요정들이 자주 꺾어가는 연꽃이 만발한 사프타르시라는 호수가 있다고 한다.

히말라야에 대한 내 친숙함(적어도 이번 생에서)은 신이 자주 나오는 장소에 한정되지만, 운 좋게도 자기만의 특별한 방식으로 신의 영혼을 지닌 그 산맥을 보는 능력자들을 만났다. 그들 가운데 한 사람이 러시아의 화가 스베토슬라프 뢰리히다. 스베토슬라프와 그의 아내 데비카라니는 말년에 인도 남부의 도시 방갈로르(뱅갈루루)의 숲에서 살았다. 그가 가장 아끼는 그림들을 보여주며 설명할 때, 그리고 그 그림들을 《해리티지》에 게재하도록 허락해주었을 때 나는 한순간 저 멀리 히말라야의 동굴 속에 앉아서 무아지경에 빠진 수백만의 신들을 바라보며 명상하는 즐거운 환각 상태를 경험했다. 나는 동료이자 스베토슬라프의 측근인 아디티 바이시스트에게 그의 말을 녹음해달라고 부탁했다.

내게 어떤 장소가 중요하게 여겨지도록 만드는 것은 그 장소가 지니고 전하는 영적 메시지인데요. 히말라야 산맥은 위대한 인물과 고대 인도의 성자가 수천 년간 대를 이어온 경이로운 사상의 흔적을 가지고 있어요. 우리는 그 사상이 살아 있다는 것을 압니다. 우리는 여기에 와 높은 곳에서 경이로운 방식으로 반사되는 '영원한 사상'의 광채를 직접 받습니다. 이런 이유로 히말라야 산맥은 그 기슭과 신성한 봉우리에 새겨진 위대한 사상과 에너지를 지니고 있어요. 진정으로 민감한 사람만이 이러한 진동을 느끼고 받는데요. 세계를 돌아다니며 아름다운 산맥을 수없이 봤지만, 히말라야 산맥에 집중된 것 같은 부유함을 가진 산맥은 없더라고요. 다른 산맥엔 히말라야가 지닌 것과 같은 영적 존재가 없어요. 그것이 모든 차이를 만듭니다.

예전에 히말라야를 잠시 방문했을 때 나는 그 훌륭한 세상의 낯선 지역을 지치지 않고 탐험하는 어떤 사람의 다른 견해를 들은 적이 있었다. 그는 벵골어 문학에서 고전으로 일컬어지는 책을 쓴 프라모드 쿠마르 차토파디아이다. 나는 그의 이야기를 듣는 것이 좋았다. 유명 작가인 그는 스베토슬라프 뢰리히와 달리 오직 히말라야에만 집중하진 않았다. 그가 히말라야로 길고 외로운 여행에 나선 것은 산 자체 때문이 아니라, 그 산에 머무르는 알려지지 않았거나 덜 알려진 탄트라 수행자와 요가 수행자에게 매혹되어서였다. 그는 여러 명의 수행자를 만났다. 그리고 탐험 도중에 뜻하지 않게 겪었던 여러 경험 중에서 특별히 한 가지는 놀라웠다.

우리는 고무크가 갠지스 강의 원류라고 믿었다. 그러나 정말 그런가? (결국 아마존 강의 진짜 원류는 로렌 매클린타이어가 1971년에 발견했다!) 한 신비주의자는 프라모드 쿠마르에게 갠지스 강의 원류가 북쪽 저 멀리 인간이 접근할 수 없는 눈 덮인 땅에 있다고 말했다.

그때 젊었던 그는 성스러운 갠지스의 원류를 찾기 위해 황량한 북쪽을 향해 모험을 떠났다. 그러다가 우연히 묘한 느낌의 한 골짜기로 들어섰다. 그곳은 공기의 호흡이 인간의 의식을 기쁨으로 채우고 몸을 가볍게 만드는 세상이었다. 그는 그곳에 사는 사람들과 대화를 나누었다. 자신이 정상적인 활동을 한다고 여겼으나 그는 아마도 몽유병 상태였을 것이다. 그들은 3일째 되는 날 그에게 갠지스의 원류를 보여주었다. 그는 그곳을 벗어나 높은 지점으로 안내되었고, 그곳에서 무심코 방향을 바꾸었다.

그의 경험은 환각이었을까? 알 수 없다. 그는 그런 일이 일어났고, 히말라야에는 자연과 뒤섞인 초자연적 영역이 있으며, 자신이 우연히 들어갔던 그곳은 간다르바라고 불리는 작은 신들의 계곡이라고 주장했다.

"거기로 다시 찾아갈 수 있다고 믿어요?"

내가 그에게 물었다.

"의지로 똑같은 꿈을 꾸는 사람은 없답니다. 그 지역을 내 의지로 다시 찾아갈 수는 없다고 생각해요."

그의 답변이었다. 그러나 히말라야는 단순한 자연 현상으로서, 그리고 지리적 실체로서 아주 뛰어난 장소다. 히말라야를 보면 볼수록 더욱 더 K. M. 판니카르의 다음 말에 동의하게 된다.

갠지스 계곡과 히말라야는 수천 마일 떨어진 곳에 사는 남부 지방 사람들이나 해안과 라지푸타나의 사막에 사는 사람들에게도 인도의 상징으로 여겨져왔다. 멀리 보이는 백설 모자를 쓴 산봉우리들의 장관, 보다 낮은 산조차 (인간의 발길을) 허락하지 않는 비접근성, 거대한 빙하의 미스터리, 그 골짜기에서 시작된 위대한 강, 이 모든 것이 모여서 히말라야는 세상의 어떤 산맥과도 다른 위풍당당함을 품게 된다.

—《인도인의 생활 속 히말라야The Himalayas in Indian Life》

완벽한. 가수와.
완벽한. 청취자.

나는 하리드와르에서 두드하다리 아슈람에서 펴내는 저널의 편집장을 맡고 있는 브리즈부샨에게 "바르트리하리 동굴로 안내해줄 수 있어요?"라고 물었다.

"거기에 동굴이 있다는 건 알지만 어딘지는 저도 잘 몰라요."

그가 미안한 듯이 답했다.

법학 석사 학위를 받은 뒤 요가를 배운 그는 영적 전통에 대해서는 잘 알았지만 전설이나 유물에는 관심이 적었다.

"어린 시절을 한 동굴에서 보낸 뒤에 여기서 오래 살았던 한 사두를 불러 안내를 부탁하겠습니다. 그 사람은 잘 알 거예요."

우리는 하리드와르를 순례하는 이들이 가장 관심을 보이는 하리키파우리 다리를 건너서 읍내로 들어갔다. 나는 내가 지금 어디로 가는 것인지 궁금했다. 만약 브리즈부샨이 말하는 사두가 동굴에 산다면 읍내로 들어가지 않고 산으로 향해야만 하기 때문이다.

브리즈부샨은 한 식당으로 들어가더니 따라 들어오라는 신호를 보냈다. 나는 그가 차를 마시려나 보다, 생각했다. 우리는 손님들이 이야기를 나누며 음식을 먹는 홀을 지나갔다. 브리즈부샨은 어떤 문 앞에서 한순간 망설이더니 부드럽게 노크했다.

"들어오세요!"

목소리가 멀리서 들려오는 고함 소리 같았다. 문을 연 브리즈부샨을 따라 오두막이라고 여겼던 곳으로 들어가자 마치 다른 공간과 시간으로 순간이동을 한 것처럼 느껴졌다.

그곳은 울퉁불퉁한 바위벽이 위와 주위를 둘러싼 천연 그대로의 동굴이었다. 사슴 가죽과 호랑이 가죽이 놓인 침대에는 몸과 얼굴에 재로 선을 그린 한 은둔자가 앉아 있었다. 나는 얼마 지나지 않아 요가 수행자, 탄트라 수행자, 탁발승, 은둔자가 살던 여러 산들이 주거지와 상업 용지로 바뀌면서 파괴되었다는 걸 깨달았다. 그러나 위대한 현자들이 머물던 일부 동굴은 살아남았다. 그 이유는 돈 가방을 든 업자들이 현자가 머물던 곳이라는 의미를 담아 기억하려는 것이 아니라, 그 영예로운 장소를 파괴할 경우 받게 될 자신의 업보가 두렵기 때문이었다.

우리가 찾아간 동굴도 그렇게 살아남은 곳이었다. 사두는 오랜 전통을 가진 한 은둔자 계열의 후손이었다. 약간의 대화를 나눈 뒤에 우리는 바르트리하리 동굴에 대해 물었다. 그는 우리를 그리로 안내하겠다고 대답했다.

사두는 황갈색 옷을 입었으나 거리로 입고 나가기에 충분한 차림은 아니었다. 그는 상자를 열고 각기 다른 색깔의 목걸이를 하나씩 하나씩 일곱 개를 꺼냈다. 사두는 그것을 목에 걸며 찬가를 읊조렸다.

"저건 유리로 만들었나요?"

내가 속삭이듯이 브리즈부샨에게 물었다.

"무슨 소리예요? 저것들 가운데 일부는 진짜 보석이고 희귀한 보물일 걸요."

"거리에 나갈 땐 목걸이를 반드시 걸어야 하나요?"

"아마도 그것들이 공기 속의 나쁜 기운을 막아주고, 햇빛에 작용하여 좋은 영향을 줄 거예요."

"부재중에 그것들이 없어질까 봐 목에 거는 건 아닌가요?"

"그럴지도 모르죠!"

"그런데 그런 귀중한 보석을 목에 걸고 돌아다니는 건 안전해요?"

"사두를 공격하는 일은 드물어요. 이곳에도 강도나 도적은 있지만요."

"사두로 변장한 강도나 도적은 어떤가요? 강도나 도적은 정치인이나 장사꾼처럼 많잖아요."

"그들이 저기에 있네요!"

브리즈부샨의 답은 짧았다. 나는 비슈누 종파의 베테랑에게서 들은 것, (적어도 불가사의한) 히말라야의 기후가 인간의 사악한 성향의 반의어라는 걸 믿기로 했다.

겨우 200미터가량 걸었을 때 사두가 우리를 사원 같은 건물 안으로 안내했다. 나는 흥미를 느끼며 멈추었다. 기대한 것처럼, 제멋대로 뻗어가는 현대식 구조물 안의 오두막에 보존된 또 다른 동굴이 눈에 들어왔다. 그러나 이번 동굴은 나타 종파가 운영하는 아슈람으로 잘 유지되어 있었다.

밤에는 갠지스 강의 전망 좋은 자리에 앉아서 흘러간 하리드와르를 눈

앞에 그려보려고 애를 썼다. 하리드와르는 수백 개의 동굴을 가진 산의 집합이었을 것이다. 어둠 속의 산에서는 점을 찍은 듯이 여러 다른 층에서 불빛이 깜빡거렸을 테고, 거기에선 갠지스 강의 콸콸 흐르는 물소리만 들렸으리라.

하리드와르의 옛 이름은 카필라스탄(성자 카필라의 이름에서 유래함—옮긴이)인데, 하리드와르 어딘가에는 카필라 성자가 머물던 은둔지 밑으로 지나가는 통로가 있었다. 어느 날 신들은 사가라 왕이 풀어놓은 잘생긴 말을 데려다가 성자의 은둔지에 있는 기둥에 매어놓았다. 왕은 격노했다. 그가 풀어놓은 말이 이웃 왕국을 돌아다닌 뒤에 무사히 귀환해야 자신이 왕 중의 왕이 될 수 있는 희생 의식을 치를 수 있기 때문이었다.

사가라 왕의 아들 1000명은 조직적으로 수색을 펼친 끝에 카필라의 거처로 가는 길을 찾았고, 거기서 잃어버린 말을 발견했다. 그들은 위대한 성자에게 손가락질을 했으나, 분노한 성자의 얼굴을 보고는 곧 한 줌 잿더미로 바뀌고 말았다. 두 세대가 지난 뒤에 바기라타 왕은 성자를 달래서 조상들을 부활시킬 수 있는 비밀을 얻어냈다. 그것은 천국의 강이 땅으로 내려와서 잿더미 위로 흘러야만 가능했다.

강가 여신의 보호자인 브라마 신에 대한 바기라타의 명상, 천국의 강물이 땅으로 흐르게 해달라는 그의 염원, 강력한 강물의 낙하가 땅을 산산이 부수지 않도록 첫 번째 낙하의 충격을 흡수하겠다고 시바 신이 승낙한 이야기는 잘 알려져 있다. 그러나 덜 알려진 이야기는 강가의 창조, 즉 갠지스 강이 신과 같은 성스러움을 가진 이유에 대해서다.

그것은 신화시대에서 얼마간 떨어진 시점에 일어났다. 유일하게 성자의 삶을 살던 견줄 데 없는 신 나라다가 지구를 다녀온 뒤에 비슈누 신의 거처인 골라카로 가는 도중이었다. 지구와 천국을 연결하는 길은 히말라야를 통해 나 있었다. 즐겁게 비나(인도의 현악기 —옮긴이)를 치면서 노래를 부르며 하늘로 올라가던 나라다는 달빛에 젖은 한 계곡에서 초자연적 존재들이 작은 모임을 갖는 걸 보고 골똘히 생각에 빠졌다. 그들은 매우 아름다웠으나 모두 몸에 장애를 갖고 있었다. 어떤 이는 한쪽 다리가 없었고, 다른 이들은 심하게 상처 입거나 매를 맞은 몸이었다.

나라다는 가던 길을 멈추고 그들에게 연유를 물었고, 그들이 음악을 관장하는 반신반인인 간다르바라는 걸 알게 되었다. 그들은 모두 음악의 한 형태인 '라가'나 '라기니'를 대표했다.

"누가 당신들을 불구로 만들고 때렸나요?"

나라다가 물었다. 간다르바들은 말하는 걸 꺼렸으나 결국 사정을 털어놓았다. 그들은 가수나 연주자가 라가나 라기니의 성스러움을 고려하지 않고 이기심으로 노래를 부르거나 악기를 연주할 때, 그리고 실수나 엉뚱한 일탈을 할 때마다 매를 맞았다. 오랫동안 이어진 수천 대의 구타가 그들을 불구로 만들었다.

음악의 신인 나라다는 당황한 채 서 있었다. 자신이 모든 음악가를 대표하는 입장에서 뭔가 속죄를 해야만 했다.

"귀한 분들, 말씀해주세요. 내가 어떻게 여러분을 본래 모습으로 되돌릴 수 있을까요?"

나라다가 물었다.

"완벽한 음악인이 노래하는 걸 들어야만 그렇게 될 수 있어요."

비나를 들고 걸어가는 나라다.

그것이 답변이었다.

"누가 완벽한 음악인인가요?"

"침묵에 빠진 시바 신이지요."

나라다는 시바의 거처 카일라사로 날아가서 고통받는 초자연적 존재들을 위해 공연을 해달라고 호소했다. 연민이 많은 시바는 이렇게 말했다.

"기꺼이 노래를 부르지요. 그러나 적어도 한 명의 완벽한 청취자가 있어야만 그럴 영감을 갖게 될 텐데."

누가 완벽한 청취자가 될 수 있을까? 오직 비슈누 신과 브라마 신뿐이었다.

나라다는 서둘러 간다르바들을 찾아갔다. 그들은 시바 신의 노래를 들을 수 있다는 말을 듣고 모두 행복해했다. 공연 시간이 정해졌다. 간다르바들은 시바가 있는 카일라사에 도착했다. 브라마와 비슈누 신도 도착했다. 소문이 퍼지자 모든 신과 모든 반신반인이 그곳으로 모여들었다.

시바 신이 노래를 불렀다. 모두들 무아지경에 빠졌다. 저 아래 산에서는 노래의 진동으로 자연에 봄기운이 생겨났다. 오랜 세월 동안 수정처럼 얼어 있던 설원이 녹기 시작했다.

그리고 뜻밖에도 완벽한 청취자 비슈누 신이 시바가 부르는 노래의 운율에 완전히 심취하자 그의 몸을 감싸고 있던 신령스러운 발광의 기운이 녹아내리기 시작했다. 놀란 브라마 신이 녹아내리는 그 기운을 즉시 자신의 놋쇠 항아리에 담았다가 나중에 천국에 쏟아 붓자 그 기운은 천상의 강이 되었다. 바기라타가 그렇게 흐르는 강을 인간 세계로 이끌었다.

갠지스 강은 이렇듯 그 시작이 비슈누 신의 (신비한 몸을 구성하는 요소인) 용해된 기운에서 나왔기 때문에 신성하게 여겨진다.

사가라 왕자들을 되살린 갠지스 강은 죽음에 대항해 승리를 거둘 수 있는 신의 은총이 지닌 힘을 상징한다.

그러나 인간은 그보다 훨씬 작은 기대에 만족한다.

처녀인지 부인인지, 그녀가 던지는 건
금후박인지 연꽃인지, 벨 나무인지 장미인지
혹은 물에 떠 있는 떨리는 불빛인지

납작한 잔이나 종이배 안에서

부모의 평화와 부를 위해 기도하네

자식의 성공과 건강을 위해 기도하네

기도문을 읊조리는 좋아하는 남편을 위해

그들의 사랑을 나눠줄 후손을 위해

이 땅에 주어진 모든 좋은 것을 위해

초라한 삶에게 또는 천국에서 바라는 것

그런 것들이 갠지스가 보여주는 풍경

강물이 바다로 급히 흘러가듯

훑어보는 걸 좋아하는 모든 사람들

자연의 혹은 인간의 생각을

여기서 반박의 여지 없이 찾으리라

그 생각에 대한 기쁨과 이득을

— 윌슨Horace Hayman Wilson(1786~1866)

희미해진, 해탈의 길.

해 지기 직전의 누그러진 햇살은 넓은 산과 그 지형을 응시하라는 일종의 초대장이었다.

"저기 강 저편 비탈에 난 구불구불한 좁은 산길이 보이시나요? 다른 지역에선 저런 산길이 지난 10~20년 동안 완전히 사라졌거나 이젠 거의 볼 수 없게 되었답니다."

국경도로기동대의 젊은 장교가 내 가이드에게 말했다.

"우리 할아버지는 그 산길에서 겪은 모험담을 수도 없이 우리에게 말씀해주셨어요."

그는 독백에 가까운 어조로 덧붙였다. 그는 내가 그랬던 것처럼 사라지는 그 산길에 향수를 느낄 만한 이유가 있었다. 수많은 할아버지가 그의 할아버지가 겪었던 것과 비슷한 고난과 모험(폭풍우와 무자비한 도적 떼, 숨어 있는 사나운 짐승, 오랜 세월 순례자의 발길이 이어졌던 길고 긴 트레킹에서 맞은 탈진과 그것을 무릅썼던)의 이야기를 가지고 있었다.

사원과 사원 사이가 멀리 떨어져 있는 아주 작은 사원 마을을 빼면, 길가에는 자연의 변덕스러움을 피할 만한 장소가 보이지 않았다. 음식을 제공하는 여인숙도, 아픈 사람을 살펴줄 약방도 없었다. 그럼에도 거기엔 바드리 비슈누 신의 저항할 수 없는 부름이 있었다.

"자동차를 계속 운전하는 것도 사람을 지치게 만드는데요. 어떻게 그들이 몇 달간이나, 또 대다수는 신발도 신지 않고 빈번하게 오르락내리락해야 하는 바위처럼 딱딱한 길을 걸었는지 상상이 안 되네요. 게다가 그들에겐 제가 가진 비타민제나 강장제도 없었어요!"

장교는 자신에게 묻듯이 목소리를 낮췄다.

"신념이 근대인이 필요로 하는 그 모든 목록을 대체할 수 있을까요?"

그는 나를 돌아보며 다시 향수에 젖어 결론을 내리듯이 말했다.

"그런 시대는 갔어요!"

그가 말하는 시대는 자동차를 타고 바다리카슈람까지 올라가게 된 최근에 가버렸다. 그런데 그 시대는 언제 시작되었을까? 이에 대한 답을 찾을 수 있는 기록은 어디에도 없었다.

나는 눈을 들어 맞은편 비탈을 훑어보았다. 좁은 산길은 눈에 보이다가 사라지다가를 반복했다. 그 산길은 《베다Veda》를 편집하고 대서사시 《마하바라타Mahabharata》를 지은 비아사가 자신의 영구 거처인 바다리카슈람과 하스티나푸르 사이를 오갈 때 지나던 길이었다. 신화를 보면, 웃드하바는 크리슈나 신의 조언대로 유일한 재산인 그의 신발을 들고 바다리카슈람에서 생의 마지막을 보내려고 그 길을 지나갔다. 신화에서 역사로 이동한다면, 우리는 아디 샹카라(700~750. 인도의 철학자─옮긴이)가 여러 제자를 데리고 그 길을 터벅터벅 걸어가는 모습을 그려볼 수 있다.

인도처럼 순례를 강한 전통으로 만든 나라는 없을 것이다. 하리드와르나 리시케슈에서 바다리카슈람으로 가는 길보다 더 위대하고 더 매혹적이며 더 마음을 끄는 순례의 길은 없을 것이다. 이 목적지를 향한 열망을 품은 대다수 사람들은 그걸 꿈으로만 가졌다. 그러나 수많은 은둔자, 금욕주의자, 출가승, 탁발승, 고행자는 순례를 떠났고, 그중엔 고귀한 사람과 비천한 사람이 섞여 있었다.

눈에 보였다가 사라지곤 하는 산길을 바라보다가 나는 비천한 한 사두의 이야기를 떠올렸다. 순례의 길을 걷던 그 사두는 어느 순간 탈진했다. 그는 말이나 나귀를 타고 지나가는 여러 순례자를 바라보았다. 그는 자신이 받드는 신에게 기도했다.

"오, 라마 신이여, 제게 나귀를 한 마리 주소서!"

그가 말을 달라고 하지 않은 건 말이 나귀보다 비싸서 신에게 부담이 될 거라고 여겼기 때문이다.

그때 어떤 왕이 같은 목적지를 향해 가던 중이었다. 왕과 수행인은 말을 탔고, 그들의 짐은 여러 마리의 나귀에 실렸다. 갑자기 나귀 한 마리가 바위에 부딪혀 넘어지는 바람에 다치고 말았다. 그러나 수행인들은 잘생기고 앞날이 창창한 젊은 나귀를 버리기가 아까웠다. 마땅한 해결책을 찾던 수행인들의 눈에 그 사두가 보였다. 그들은 나귀를 사두의 어깨에 올려놓고는 따라오라고 명령했다.

"라마 신이여, 제 말씀을 반대로 들으셨군요!"

사두는 한숨을 쉬며 중얼거렸다.

나는 그 이야기를 듣고 웃어야 할지, 울어야 할지 몰랐다. 물론 사두는

나귀의 등에 타고 싶어 했지 나귀를 자신의 등에 태우고 싶어 하지 않았다. 라마 신이 약간의 실수를 했다. 그러나 실수하지 않는 사람이 어디에 있겠는가! 그런 이유로 사두는 연민에 찬 어투로 중얼거렸을 뿐, 신에게 불평을 토로하지는 않았다.

그 사두의 모습이 내 머릿속을 떠나지 않았다. 내가 시간을 거슬러 올라갈 수 있다면 좋으련만!

"사두님, 그것으로 충분해요. 짐을 내려놓으세요. 누가 사두님을 나무라겠어요?"

나는 그렇게 그를 위로했을 것이다.

그러자 마음을 달래는 어떤 목소리가 강(영겁)을 가로질러와 내 귓가에서 떠돌았다.

"친구여, 친애하는 내 어리석은 친구여! 라마 신이 그 말을 반대로 들었다고 생각하는가? 내가 메고 간 그 나귀는 상징적인 것, 즉 내 무지의 무게였다오. 그것을 바다리카슈람에 내려놓음으로써 나는 나귀에게서 해방되었을 뿐만 아니라 참된 해탈을 얻었다오. 내가 그 마지막 몇 킬로미터를 나귀를 짊어지고 걸어간 것은 신에게 가는 마지막 내 영혼의 길을 위해 그 짐을 내려놓기 위해서였다오."

과거에는 순례자들이 비슈누 신이 타고 다니는 새인 가루다 신에게 기

인도의 위대한 철학자 아디 샹카라.

도를 올렸다. 친절한 가루다는 전진을 향한 기폭제로 작용한다고 여겨졌다. 도중에 길가에서 죽을 운명을 받아들이다가 갑자기 눈을 뜨자 목적지가 눈앞에 있었던 사람들에 대한 전설은 아주 많다. 그래서 많은 여인숙이 가루다라는 간판을 내걸었다. 그 여인숙은 걸어가지 않는 순례는 헛된 여행이라고 믿는 소수의 순례자에게 봉사하면서 여전히 거기에 남아 있었다.

군용차에 탄 승객 중엔 전직 육군 소장이 있었다. 그는 싸웠고, 싸우도록 훈련받은 군인이었다. 돌아보건대, 그에게 그의 삶은 한낱 환상(마야)이었다. 리시케슈의 육군 게스트하우스에서 만난 그는 나와 대화를 나누고 싶어 했다.

"저는 히말라야를 다르샨(관조)하려고 왔지, 다르샨에 대한 철학을 논쟁하려고 온 것이 아닙니다."

나는 그에게 부드럽지만 뼈 있는 말을 건넸다.

"선생님은 도망칠 수 없을 겁니다."

그가 사령관 같은 기개로 내게 경고했다.

조시무트 주변의 구름 사이로 솟은 은빛 봉우리들은 그 속에 숨어 있는 신들을 옹호하는 살아 있는 논증처럼 보였다. 어쨌거나 대기권이나 천상에 어떤 존재가 있다면 이 숭고한 영역을 거처로 삼을 만하다는 상상이 들었다.

게스트하우스 안 잔디밭에 놓인 의자에 앉아 말없는 산을 향해 겸손하게 명상하던 나를 방해한 건 그 장군이었다.

"뭘 보십니까?"

그가 물었다.

'대답을 해야만 하나?'

나는 아주 골치 아픈 상황에 놓였다는 걸 깨달았다.

"이 지역의 지형은 가나다처럼 단순해 보입니다."

그는 순수하게 지리에 대한 이야기보따리를 풀어놓으려고 말문을 열었다. 다행히 내가 말참견할 기회를 잡기까진 10분쯤 걸렸다.

"지리에 대해선 도사의 경지가 되셨으니 이제 화제를 역사나 신화로 돌리는 건 어떨까요?"

"제가 바로 그걸 말하고 있지 않았던가요? 바다리카슈람에 수명을 연장해준 사람이 샹카라라는 걸 아셨나요?"

"예, 그럼요."

"샹카라의 철학, 마야바다(환상 이론)에 대해서는 어떻게 생각하세요?"

"제 생각이 무슨 도움이 될까요? 댁의 서재로 돌아가시면 철학에 대한 갈증을 해소할 수 있으실 텐데요?"

"그러나 선생님을 제 서재에 놓인 책상의 책처럼 이용할 순 없으니까요! 최근에 저는 샹카라가 옳았다고 느끼기 시작했습니다. 모든 건 환상이에요!"

"그렇습니다."

"그렇다고 말씀하셨어요?"

퇴직한 장군은 의자를 가까이 붙이며 연이어 물었다.

"스리 오로빈도도 샹카라의 말에 동의했나요?"

"아니요."

"아니라고 말씀하셨지요? 그렇다면 스리 오로빈도의 제자인 선생님이 어떻게 샹카라를 인정합니까?"

"인간의 탐구에 대한 스리 오로빈도의 성찰은 히말라야처럼 거대합니다. 그는 모든 교리에서 상대적 진실을 보지요. 당신이 현재의 의식 상태에서 지금 믿는 것은 현재 당신에겐 진실입니다. 하지만 내일은 바뀌겠지요. 샹카라의 개념도 장군이 생각하는 것보다 훨씬 큽니다. 아마도 샹카라는 다사다난하고 멋졌을 당신의 경력 가운데 이루지 못했거나 반만 이룬 야망에서 나온 당신의 절망이나 환멸 같은 것으로부터 벗어나려고 세상을 환상이라고 말하지는 않았을 겁니다. 그는 질적으로 다른 개념을 가졌지요."

내 성격은 일단 말문이 열리면 속마음을 더 이상 숨바꼭질하게 내버려두지 못했다. 나는 좋은 기회를 놓쳤다. 그러나 어쩔 수가 없었다.

장군은 싸우려는 분위기였다.

"'브라마만이 진리이고 나머지는 다 거짓'이라는 말은 샹카라가 분명히 하신 말씀입니다. 내가 그것을 이해할 수 없다는 문제가 어디에 있나요?"

그는 나를 일깨웠다.

"그것을 이해했다면, 왜 저와 논쟁하시는 거죠? 당신도 나처럼 환상인데요. 하나의 환상이 다른 환상에게 논쟁하나요? 더구나 샹카라가 정말 당신이 이해하듯이 이 세상이 환상이라고 믿었다면 무엇 때문에 힘들게 인도의 전역을 떠돌았을까요? 그것이 세상이 환상이었다는 환상을 확신시킬 만했나요?"

한밤의
랑데부.

장군은 잠시 침묵을 받아들이는 듯이 보였다. 그러나 그것은 겨우 1분 동안이었다.

"위대한 샹카라가 틀렸다는 말씀인가요?"

그가 답변을 요구하듯이 물었다.

"우리는 어떤 신비한 교리에 대해 '옳다', '그르다'는 말로 낙인을 찍을 처지가 아닙니다. 세상에는 많은 인식이 있고 또 있지만, 어떤 점에선 그들 모두가 사실이거든요. 샹카라의 주창자들은 어떤 경우든 샹카라의 사상을 그의 행동의 관점에 투사하지 않았습니다. 샹카라는 브라마라는 그 궁극적인 실체가 불가사의하게 나타난다고 확실히 믿었어요. 비록 그 나타남이 우리가 그걸 경험하는 것처럼 허상에 불과하고 우리가 따르는 가치가 그 실체의 관점에선 가치가 없더라도 말이지요. 그에게 인간 속에 숨은 브라마를 불러일으키고자 하는 희망이 없었다면 드와르카, 스링게리, 푸리, 바다리카슈람에 은둔처를 만들지는 않았을 겁니다. 당대의 위대한 학자들과 길고 복잡한 논쟁을 벌이지도 않았을 것이고 말이지요."

　장군은 대개 생각을 부추기는 말을 들을 때마다 무서워 보이는 콧수염을 어루만졌다. 그는 좀 더 열심히 콧수염을 만지작거렸다. 그건 좀 더 긴 장광설을 준비한다는 뜻이었다.

　"장군님, 거짓이나 환상에 불과한 가치에서 해방될 미래가 인류를 기다립니다. 마음이 지배하는 현 상태의 진화를 뛰어넘어 영혼이 우리의 존재를 관장하게 될 겁니다. 이것이 스리 오로빈도가 우리에게 준 가르침이지요. 그 가르침을 잘 생각해보세요. 그러니 환상에 불과한 이 만남은 이제 그만두고 몇 잔의 뜨거운 액체의 환상에 항복하십시다. 보세요! 저기, 주인이 차를 마시라고 우리를 부르네요!"

　내가 주인을 가리키며 말했다. 내가 일어서자 장군도 따라 일어났다.

　우리가 그날 밤을 보낸 고우차르에서 내 옆방에 머문 장군은 로버트 프로스트에게 경의를 표했다.

　　숲은 아름답고 어둡고 깊다
　　그러나 나에겐 지켜야 할 약속이 있고
　　잠들기 전에 갈 길이 멀다
　　잠들기 전에 갈 길이 멀다

　한밤중이었다. 일찍 잠들었기에 그가 선잠이 든 나를 깨웠다고 말할 수는 없었다. 아뿔싸, 운명이 나를 철학에 관한 열렬한 논객이자 시를 사랑하는 사람의 동반자로 내던졌구나!

　장군의 관심은 눈에 띄게 도시풍 차림인 한 여성, 조시무트에서 우리와 합류한 그의 동료의 홀로 남은 아내에게 넘어갔다. 그들은 나란히 앉았다. 나는 우습게도 복수심에서 나온 만족감을 가지고 그 여자를 바라보았다. 그녀는 쏟아져 나오는 자신의 삶의 철학으로 장군을 완파했고, 그래서 장군은 그녀의 말에 찬성한다는 뜻으로 콧수염을 톡톡 치고 짧은 감탄사를 내뱉으면서 그저 고개만 끄덕이고 있었다.

우리가 목적지에 도착한 것은 거의 저녁이 다 되어서였다. 육군 게스트하우스의 내 방 창을 열자마자 바드리나라얀 신전과 보이지 않는 태양의 작별 미소에 대답하는 눈 덮인 여러 층의 산들이 내 앞에 펼쳐졌다.

나는 혼자 신전 쪽으로 걸어갔다. 현재의 건물은 오래되지 않았다. 그러니 누가 신상이 귀중한 골동품이라는 걸 증명할 것인가? 과거에 거대한 산사태와 눈사태로 여러 번 파괴되거나 망가졌을 것으로 여겨지는 신전은 항상 재건되었으나, 늘 곧바로 재건되진 않았다.

전설에 따르면, 비슈누 신상은 알라카난다 강에 여러 해 동안 잠겨 있었다. 철마다 찾아오는 순례자는 신상을 찾지 못하고 실망한 채 되돌아갔다. 오랜 명상으로 그 장소를 발견한 이는 샹카라였다. 그날은 끔찍하게 추웠고, 바람은 그곳에 얼어붙은 강물처럼 얼얼했다.

그러나 기다림이 현명한 처사는 아니었다. 신상이 급류에 밀려 더 먼 곳으로 떠내려가면 어쩔 것인가?

생각에 잠긴 샹카라는 물을 바라보았다. 그러고는 제자들을 돌아보았다. 암시를 받은 사람은 샹카라의 고향 케랄라에서 온 젊은 남부디리(보수 성향이 강한 인도 케랄라 주의 브라만. 샹카라도 남부디리 브라만 출신이다—옮긴이) 브라만이었다. 젊은이는 물에 뛰어들더니 되찾은 신상과 함께 나타났다. 샹카라는 신상을 신전(아마도 처음에는 임시변통으로 세운 신전이었을 것이다)에 다시 안치하고 신상을 건진 그 남부디리 브라만을 사제로 임명했다.

첫 사제는 금욕주의자였고 당연히 독신주의자였다. 그 뒤를 이은 사제도 남부디리 출신의 금욕주의자였다. 그러다가 어느 순간 그 자리는 금욕주의자의 조카인 한 가장에게로 넘어갔다. 그때부터 사제직은 세습되었다. 라올로 알려진 가계(북단의 신을 받드는 남단 출신의 사제)는 하나이자 분리될 수 없는 신비한 통일성으로서 인도의 개념을 나타내며, 지금도 계속 이어지고 있다.

"이 밤중에 어디 가세요?"

전직 군인으로 우리의 저녁식사를 돌봤던 게스트하우스의 관리인이 물었다.

"내가 뭘 잘못했나요?"

나는 다소 사죄하는 투로 물었다. 왜 외투와 머플러로 몸을 감싸고 나왔는지 나도 내 동기를 의식하지 못했기 때문이다.

"잘못한 건 아니지만 잘하신 것도 아닙니다. 보시다시피 여긴 어둠침침하고 바닥에 돌도 많거든요. 길을 잃을지도 모르고 공기가 쾌적하지도 않고요."

설명하던 그가 말을 이었다.

"제가 동행하는 것이 좋겠어요."

내가 어둡고 추운 바깥으로 왜 나왔는지 그 동기는 알 수 없지만, 한 가지 확실한 것은 동행이 있다면 그 동기가 사라진다는 점이었다.

갑자기 바람이 세게 불자 관리인은 마음을 바꾸었다.

"꼭 가시고 싶다면…… 하지만 멀리 가진 마세요."

그는 자기 방으로 들어갔다.

멀리 가려는 생각은 없었다. 실은 이상하게도 아무런 욕구가 없었다. 군이 말하자면, 최근 관광객이 이곳에 관심을 갖기 전까지만 해도 수세기 동안 위대한 요가 수행자들이 오직 고행을 통해서만 알 수 있었던 이 오래된 장소의 정기를 느끼고 싶은 강한 충동이 있을 뿐이었다.

고요한 푸른 하늘이 배경인 장대한 실루엣, 다른 곳보다 더 많이 나타나는 수많은 별, 안개와 변덕스러운 바람의 물결까지, 그리고 이 모든 것을 덮고 있는 침묵이 다른 차원의 실재를 알려주었다.

이상하게도 나 자신이 만남의 약속, 과거에 잊어버린 예전의 어느 땐가 잡은 랑데부의 약속을 지키고 있는 것처럼 느껴졌다. 나중에, 내 감정이 크게 반영된 독일의 석학 헤르만 카이저링(1880~1946)의 글을 우연히 발견해 여기에 소개한다.

히말라야에서 인간은 신기하게도 신에게 가까워진다. 이 자연은 지구상의 어떤 것보다 의식의 한계를 넓혀준다. 모든 하찮은 관계를 끊게 되고, 가장 넓고 가장 극한의 것이라도 가장 높은 태양의 광선에 언제라도 녹을 준비를 하며 대기 속에서 비눗방울처럼 천천히 흔들린다.

히말라야 산악 지대에서 밤마다 벌어지는 이 연극은 살아 있는 신화처럼 내게 공을 들인다. 세상이 시작되고 끝날 때 인도의 성자들은 내 마음속에 들어와 마치 연극에서 브라마 신이 세상을 창조했듯 아무런 강제 없이, 꾸밈없이, 통찰력 없이, 그저 아이의 연극처럼 즐겁게 말한다. 그러다가 그들

은 어느 날 사라진다. 시바는 심판의 날에 거친 춤을 추기 시작한다. 흥청
망청, 의기양양하게. 점점 더 광란해지면서 마침내 온 우주가 춤추며 사라
질 때까지 계속 춤을 춘다.

— 타고르가 위대한 책이라고 말했던

《한 철학자의 인도 여행 일기Indian Travel Diary of a Philosopher》

그날 밤 나는 게스트하우스와 신전으로 이어지는 온천 사이를 걸으면
서 그 경이로운 세계의 공기를 얼마나 오랫동안 들이마셨는지 잘 기억하
지 못한다. 문득 손목시계를 보고 나는 방으로 돌아왔다. 그 경험을 시간
으로 재고 싶지는 않았다.

금지된. 동굴:.
대서사시의. 온상.

바다리카슈람은 10월의 새벽에도 꽤 쌀쌀했다. 그러나 나는 이미 산책에 나선 터였다. 방황하는 꿈을 꾸면서 잠을 자느라고 한두 시간 멈추었던 야밤의 산책이 다시 시작되었다.

적어도 30분 동안은 아무도 없는 어두운 거리를 홀로 걸었다. 부드러운 햇빛이 처음엔 보이지 않는 신들의 눈에서 나오는 초자연적인 빛깔로 나타나더니 점차 따뜻하게 감싸듯이 골짜기를 비추는 걸 지켜보았다.

쌍둥이 산 나라와 나라야나는 바드리 비슈누 신전의 뒤편에 우뚝 솟아 있었다. (다른 이야기에 따르면 나라 산은 강의 동쪽 기슭에 있었는데, 그 주변에 큰 시장이 생겼다.) 어떤 지점에서 보면 두 산 사이로 보이는 하늘이 인도의 지도와 비슷해 보였다.

신화에 따르면 아주 오래전에 살았던 유명한 두 성자 나라와 나라야나는 이 두 산에서 고행을 했는데, 아직도 느낄 수 있는 의식의 진동을 그 땅에 전해주었다. 마음을 조용히 가다듬으면 누구나 그 진동, 그 평온한 진동을 느낄 수 있거나 적어도 감지할 수 있으리라.

우타르프라데시 주 데오가르에 있는 비슈누 사원 벽에 조각된
나라(오른쪽)와 나라야나(왼쪽).

신전은 겨울에 얼마 동안은 문을 열지 않았다. 아마도 그즈음엔 눈이 이 일대를 덮어버리고, 끝없이 펼쳐지는 그 흰 화폭에 해와 달, 별과 황혼이 자신들의 색조로 그림을 그리면서 인간이 아닌 스스로의 기쁨을 위해 경이로움을 창조할 것이다.

나는 타프타쿤드 온천에 도착했다. 온천에 몸을 담그자 처음엔 참기가 힘들었으나 1분이 안 되어 온몸이 쾌적해졌다. 온천에서 나온 뒤에도 원기가 회복되는 황홀경, 잊을 수 없는 그 감각이 15분 동안 느껴진다. 자연이 만든 냉 · 온의 공존이 경이롭다! 타프타쿤드는 혹독한 겨울에 맞서 이곳에 살던 옛 현자들에게 아주 안락한 보호막이 되었을 것이다.

"비아사의 추억을 간직한 동굴이 바다리카슈람 외곽에 있다는 걸 아시지요?"

조시무트에서 우리를 영접한 장교에게 내가 물었다.

"물론 압니다. 비아사 굼파를 말씀하시는 거지요?"

"동굴에서 하룻밤 지내도록 주선해주시겠어요?"

장교는 웃더니 공감한다는 목소리로 말했다.

"솔직히 말해서 방문 비용을 낸다 해도 거기에 들어가긴 힘들어요. 동굴이 있는 지역은 중국이 침입한 뒤로 군인을 제외한 모든 사람에게 금지되었거든요."

아마도 말은 하지 않았으나 깊은 실망의 빛이 내 얼굴에 나타났을 것이다. 나는 걸터앉아서 눈부신 큰 구름이 마치 키스를 하여 놀라게 하려는 듯이 은빛 산봉우리로 가까이 다가가는 걸 바라보았다. 장교는 누군가와 전화 통화를 했다. 내 이름이 언급되는 소리를 듣고 나는 그에게 주의를 돌렸다. 전화기 너머 저쪽에 있는 사람은 아마도 장교의 동료거나 상관일 것이다.

"이 손님은 호기심을 가진 관광객이나 전통적인 순례자가 아닙니다. 그분은 비아사를 사랑합니다. 저는 그분이 편집한 몇 권의 《해리티지》를 읽었는데요. 그 영향을 얼마간 받았다고 말씀드릴 수 있습니다. 그분이 실망한 채 돌아가시면 제 마음이 불편할 것 같습니다."

나는 감동했다. 그의 행동은 뜻밖이었다. 상대방의 말을 듣던 그의 얼굴이 점점 밝아지는 걸 보자 내가 비아사에 갈 수 있도록 허가가 났다는 걸 알 수 있었다. 나는 그와 감사의 악수를 나누었다.

그는 동굴에서 밤을 보내는 것이 비현실적인 이유를 내게 설명했다. 동굴 주변에는 사람이 전혀 없다고 했다. 물론 알려지지 않은 동굴에 은둔자 몇 사람이 있을 가능성을 배제할 수는 없지만 (간혹 정찰을 하던 군인이 정상적인 접근이 불가능한 장소에서 수염 기른 사람을 보았다고 말했기 때문이다) 그것이 내게 문제가 되지는 않을 거라고 덧붙였다.

"저, 선생님. 그곳에서 밤을 지내시라고 선생님을 보내드리는 것은, 선생님을 포기하고 적에게 인질로 건네는 건 아닐지라도 끔찍한 설인의 자비에 선생님을 맡기는 것과 같습니다. 설마 선생님이 그런 제안에 우리가 동의한다고 생각하시는 건 아닐 테지요!"

장교가 웃으며 말했다.

"선생님은 진작부터 그곳에 가고 싶어 하셨어요. 안 그렇습니까? 명상을 할 계획 아니신가요, 그렇지요? 얼마 동안이나요? 선생님이 무아지경에 빠져 동굴 밖으로 나오지 않겠다고 할 때까지 가이드에게 인내심을 가지라고 이르겠습니다!"

그가 말했다.

우리는 오전에 비아사 굼파로 갔다. 우리가 탄 지프는 그 지역의 유일
한 마을인 마나를 향해 달렸다. 그런데 마을의 집은 모두 문이 닫혀 있었
다. 11월이 다가오면 마을 전체가 조상 대대로 그래온 것처럼 다른 지역
으로 이동하기 때문이다. 겨울이 지나고 티베트의 장사꾼들이 눈 덮인 복
잡한 길을 헤치고 와서 그들과 거래하기 시작하면, 그때 그들은 조용히
마을로 돌아올 것이다.

마나에 살던 사람들은 아마도 옛날에는 성자(신화적 인물인 비아사, 브리구, 사
나카, 수크라에서부터 역사적 인물인 바다라야나, 가우다파다, 샹카라에 이르기까지)를 열심
히 후원했을 것이다. 그리고 그때는 바다리카슈람도 약초가 잘 자라는 초
록의 숲이었을 것이다.

우리는 금지 구역의 입구에서 멈췄다. 조시무트에 있는 친절한 내 초청
자가 이미 허가를 받았는데도, 우리는 확인을 받기 위해 30분 이상을 기
다려야 했다. 카메라도 거기에 두어야 했다.

"카메라를 가지고 가면 안 됩니다. 어떤 규칙을 기계적으로 모두에게
적용할 때 죄의식이 들긴 하지만, 우리에겐 선택의 여지가 없답니다. 그
저 이런 불편한 상황이 오래 계속되지 않길 바랄 뿐이지요."

캠프 책임자인 상냥한 장교가 설명했다.

장교는 우리를 호위하라고 네다섯 명의 군인을 붙여주었다. 우리는 2
킬로미터 정도 걸어가서 그 동굴(고대 인도에서 가장 많은 창작 활동이 이뤄진 동굴)
앞에 섰다.

쿠루크셰트라 전투 장면.

《리그베다》, 고대 인도 브라만교의 근본이 되는
네 가지《베다》중 가장 오래된 것이다.

비아사는 신기원을 이룬 사건, 특히 쿠루크셰트라 전투 중에 일어난 사건과 관련된 삶을 살았다. 그는 전쟁이 끝난 뒤에도 승리를 거둔 판다바 족의 후견인으로 지냈고, 유디스티라를 황제로 만들었으며, 굴욕을 당해 망명을 택한 드리타라슈트라를 달랬다. 은퇴하여 이 동굴에 들어온 비아사는 바이삼파야나, 자이미니 같은 출중한 제자들의 도움을 받으며 《베다》를 편집했다. 그런 뒤에 그는 가장 열정적인 창작 과정의 단계를 밟기 시작했다.

대서사시 《마하바라타》를 구성할 영감을 받은 비아사에겐 자신의 말을 받아 적을 수 있는 학자, 그것도 작업하는 동안 단 한 번의 실수도 저지르지 않을 천부적인 능력의 학자가 필요했다. 아마도 그는 인간의 정신이 자신의 영감이 시로 변모하는 과정에 끼어들길 원치 않았으리라. 비아사는 사랑의 신 가네샤의 이름을 불렀다.

"오, 모든 장애물을 제거하는 신이여! 제게 친절을 베푸소서. 일단 제가 영감에 사로잡히면 쉬지 않고 계속 시를 읊고 싶습니다. 그런데 제가 시를 적는 일에 관심을 쏟는다면 그 흐름이 방해를 받을 것입니다. 그런 이유로 신에게 저의 필경사가 되어주시길 바랍니다! 그렇게 해주시면 제 언어는 더욱 신성해질 것입니다. 그 시를 읽는 사람들의 마음도 고결해질 것이고요."

비아사가 말했다.

연민이 많은 가네샤는 아마도 가벼운 분위기로 답했을 것이다.

"사랑하는 성자여, 기쁜 마음으로 당신의 제안을 따르겠소. 그러나 한 가지 조건이 있다오. 내가 당신의 시를 받아 적기 시작한 뒤엔 시 읊는 걸 멈추지 말아야 한다는 것이오. 만약 멈춘다면 내 흐름이 방해를 받을 겁니다!"

"좋습니다. 오, 친절함의 화신이여. 저도 작은 조건이 하나 있는데요. 제가 암송하는 이행연구二行聯句의 깊은 뜻을 완전히 이해하지 못하시면 그걸 받아 적지 마십시오."

비아사가 말했다.

"지고한 시인이여, 그렇게 하리다."

히말라야처럼 마음이 너그럽고 넓은 가네샤가 말했다.

인도 문학의 여명기에 독특한 실험(창조와 감상이 동시에 진행되는)이 그렇게 시작되었다. 《마하바라타》는 이렇게 세계 최초의 속기사인 가네샤 신의 호의로 태어났다.

"이 평평한 바위가 비아사와 가네샤가 가부좌를 하고 마주 앉았던 곳으로 보입니다."

마지막 캠프에서 우리를 안내한 군인이 알려주었다.

나는 그 바위에 절을 하고 싶었다. 그런데 한 여자 방문객이 "나도 여기에 앉아도 되나요?"라고 묻고는 대답을 기다리지도 않고 그 위에 앉는 것이 아닌가.

동굴 옆으로 졸졸거리며 흐르는 작은 강은 사라스바티(이미 사라져버린, 《베다》에서 언급되는 사라스바티 강과 혼동해선 안 된다)로 알려져 있다. 이곳은 판다바족 형제들과 드라우파디가 마지막 여행(마하프라스탄, 즉 죽음—옮긴이)을 떠날 때 지나간 길이었다. 거대한 바위가 다리처럼 강을 가로질렀다. 판다바족 형제들은 강을 건너뛸 수 있으나 그러지 못하는 드라우파디를 위해 브히

마가 바위를 던져서 다리를 만들었다고 전해진다.

　그러나 드라우파디에겐 그 강을 건너는 것이 삶의 저편으로 들어가는 것이었다. 그래서 그녀가 가장 먼저 저편으로 떨어졌다. 더 높은 고도에 있는 그 장소는 지금도 확인이 가능하다. 몹시 지친 나는 올라가지 않고 거기에 앉아서 그곳(땅과 천국 사이)의 이정표를 올려다보았다.

비아사의.
일터와의. 작별.

누군가 내 뒤에서 볼펜으로 손목시계의 금속 줄을 두드리며 가벼운 소리를 냈다.

"우리가 가장 즐거워하는 순간이 가장 빨리 지나가는 것은 인생의 아이러니입니다."

우리를 안내하던 젊고 예의바른 장교가 온화한 목소리로 눈과 서리 속에서 길을 잃고 드라우파디 생각에 빠진 나를 끌어냈다.

이제 바다리카슈람으로 돌아가야 할 시간이었다. 나는 비아사의 동굴로 한 번 더 들어갔고, 그에게 100만 가지의 인사를 하나로 압축하는 감사의 인사를 올렸다. 여기서 비아사는 수세기에 걸쳐《마하바라타》, 즉 인도 문학에서 가장 위대한 영향을 준 작품으로 증명된 그 서사시를 구체화했다. 필경사의 역할을 맡은 가네샤를 통해서 전통적 감상법(듣는 사람과 시를 낭송하는 사람이 시인의 창작에 공감하는 전통)이 시작되었다. 두 존재가 소유한 남다른 의식의 차원이 두 가지 기능을 동시적 경험으로 만든 것이 분명했다.

귀환 도중에 황량한 마나 마을을 바라보던 나는 나이 든 한 남자가 바

지혜와 학문의 신 가네샤(코끼리 머리에 인간의 몸을 한 모습)가 비아사의 《마하바라타》를 받아적고 있다.

위 위를 빠르게 걷다가 때로는 힘차게 이 바위에서 저 바위로 건너뛰는 모습을 보았다. 그는 지름길을 통해 목적지로 가려는 것이 분명했다. 그의 움직임에선 전혀 나이가 드러나지 않았고, 위험한 곳을 내딛을 때도 주저함이 없었다. 그의 발걸음엔 생활방식, 아마도 인생철학이 묻어 있을 것이다. 그를 확인하려는 짧은 순간에 나는 월터 롤리(16세기에 살았던 영국의 군인이자 탐험가이며 시인─옮긴이)의 소원이었던 것으로 보이는 어떤 가벼움, 어떤 기쁨을 감지했다.

> 내가 그 인류를 사랑했기를
> 내가 그 어리석은 얼굴을 사랑했기를
> 인류가 걷는 길을 좋아하기를
> 인류가 말하는 방식을 좋아하기를
> 내가 누군가에게 소개될 때
> 그것이 행복하고 즐거웠다고 생각했기를!

우리가 탄 지프의 속력에 비해 그 남자의 믿을 수 없을 만큼 빠른 움직임 때문에 남자는 곧 하나의 점이 되었고, 서리에 덮여 윤곽이 희미해진 다른 사물과 구별할 수 없게 되었다.

아마도 옛 현자들의 단호하고 어떤 요동에도 흔들리지 않는 걸음걸이가 바로 그 남자의 걸음걸이와 같았을 것이다. 어떻게 그들은 히말라야의 은둔처와 자신들에게 헌신하는 왕이 다스리는 멀리 떨어진 도시 사이를 오갈 수 있었을까?

언젠가 한 은둔자가 내게 말해주었다.

"물론 신비주의자에게는 중요한 여러 장소를 연결해주는 비밀통로가 있습니다. 예를 들면 저는 바다리카슈람에서 케다르나트까지 한두 시간 만에 가는 길을 확실히 알고 있습니다. 우리 스승은 몇십 년 전에 그렇게 다녔습니다. 그러나 지름길로 간다거나 광속으로 걷는 것이 멀리 떨어진 목적지 사이를 여행하는 현자에 대한 올바른 설명이라고 생각하면 안 됩니다!"

그는 이 문제에 대해 우리가 합리적으로 접근하는 걸 터무니없다고 여겼다. 그러나 우리가 설명해달라고 부탁하자 해준 그의 답변은 그저 "호레이쇼, 하늘과 땅에는 네가 철학에서 꿈꾸는 것보다 더 많은 일이 있어"라고 말한 햄릿의 지혜를 생각나게 만들 뿐이었다.

우리의 자동차는 한 번 더 짧은 휴식을 취한 뒤에 바다리카슈람으로 떠날 준비를 마쳤다. 그러나 나는 휴식처럼 튀어나온 바위 아래 앉아 나라야나 봉우리와 그 뒤의 닐라칸타 봉우리를 바라보면서 바다리카슈람과 연결된 신화를 떠올리느라고 출발 시간을 그만 잊어버렸다.

우리가 현재 살고 있는 시대가 속한 주기는 '사티아브라타 마누'로도 불리는 바이바스바타와 함께 시작되었는데, 여기가 그 본거지였다. 그는 크리타말라 강(알라카난다 강의 덜 알려진 이름)에서 목욕하다가 손바닥에 들어온 작은 물고기를 발견했다.

"제발 더 큰 물고기의 입으로 들어가지 않게 저를 보호해주세요!"

작은 물고기가 위대한 고대 사람 마누에게 간청했다.

마누는 물고기를 자신의 동굴로 가져가서 토기 항아리에 넣어서 길렀

쿠루크셰트라 전투에서 크리슈나와 아르주나.

다. 물고기가 자라자 마누는 물고기를 돌로 만든 통으로 옮겼다. 마누는 곧 통에 담을 수 없게 몸이 커진 물고기를 호수에 놓아주었다. 그러나 물고기가 성장을 계속하자 강으로 보내주었다.

대홍수가 났을 때 이 거대한 물고기가 마누와 일곱 명의 현자가 탄 배를 높은 봉우리로 끌고 갔고, 그래서 그들은 살아남았다.

이런 신화를 해석하는 것은 쉽지 않다. 이 물고기는 비슈누 신의 첫 번째 화신, 즉 강력한 의식의 후손이다. 물고기의 점진적 성장은 아마도 그 강력한 의식의 무한한 가능성을 상징할 것이고, 일곱 명의 현자는 신비주의자가 우리에게 드러내는 의식의 7단계일 것이다.

그다음에 거기에 살았던 이는 나라와 나라야나다. 나라야나는 비슈누의 화신이고 나라는 비슈누로부터 나온 인간이다. 서로 영원히 함께하는 그들의 관계는 때로 크리슈나와 아르주나의 관계처럼 뚜렷해졌다.

바다리카슈람의 다른 이름 중에는 나라디야 크세트라도 있었다. 나라다는 빈번히 지구로 여행할 때 (신비주의자들은 이 여행이 지금도 계속된다고 믿는다!) 항상 바다리카슈람을 먼저 들렀다. K. M. 문시(1887~1971. 인도의 정치가이자 작가이며 교육자―옮긴이)는 이렇게 썼다.

나라얀 리시는 비범한 현자 나라다의 봉사를 받으며 분리될 수 없는 자신의 동반자 나르와 함께 여기서 살았다. 내가 보기엔 모든 현자들 중에서 나라다가 가장 유쾌하다. 잘 알려진 것처럼 한 손에는 탄부르(목이 긴 류트 모양 악기―옮긴이)를 들고 다른 손에는 카르탈(고대의 악기―옮긴이)을 든 그는 발찌를 즐겁게 쨍그랑거리면서 우주 전역의 창공을 날아다닌다. 기분이 좋을 때면 꿈속에서 그의 음악이 들린다. 그는 영겁에서 영겁으로 다니며 신의 찬가를 부른다. 때로는 찬가에 자신이 지은 산문을 끼워 넣기도 한다. 그는 신들의 방랑하는 대사처럼 행동한다. 그는 가끔씩 짓궂고 무책임하게 신들 사이에 갈등을 일으키는 취미를 즐기는데, 탄생도 없고 죽음도 없는 재미없는 천국과 이혼 없는 영원한 결혼에 그의 장난만큼 활기를 불어넣는 것은 없다.

—《바드리나트로To Badrinath》

나라다는 틀림없이 이 산봉우리의 어딘가에 내려왔을 것이다. 그의 발자국을 구분할 수 있을지, 또는 바로 그때 그가 내려올지 알 수 없어서 나는 어스름하지만 여전히 빛을 잃지 않은 산봉우리들을 살펴보았다. 어쨌든 축복받은 한두 사람은 그를 목격한 순간이 있었지 않은가.

비슈누의 신봉자가 천상의 거처로 올라가는 나라다에게 언제 자신이 비슈누와 합일할 수 있는 행운을 신에게서 부여받을지 물었던 곳이 이 산의 어떤 산기슭인 것은 분명하다. 나라다가 산봉우리에 도착했을 때 한 요가 수행자도 비슷한 질문을 했다. 몇 년 뒤에 나라다가 다시 산봉우리에 내려왔을 때 그 요가 수행자는 나라다가 자신을 위해 어떤 메시지를 가져왔는지 간절히 물었다.

"나의 친구여, 신을 만나려면 스무 번의 생을 더 살아야 한다오!"

나라다가 메시지를 전했다.

"아직도 스무 번의 삶을 더 살아야 하다니! 지금껏 아주 힘들고 긴 고행을 했는데 앞으로도 그렇게 많이 기다려야 한다니!"

요가 수행자는 한탄했다.

나라다는 이번엔 산기슭에서 산봉우리의 요가 수행자처럼 열심인 다른 수행자에게 "100번의 생을 더 살아야 당신은 비슈누 신과 합일할 것이오!"라고 알려주었다. 그러자 그는 펄쩍펄쩍 뛰고 황홀해하며 소리를 질렀다.

"이제 100번의 삶을 더 살면 신을 만날 수 있대! 난 정말 운이 좋아!"

미소를 지은 나라다는 농담이라고 말하며, 실은 그 남자가 이생이 끝나면 신을 만날 수 있는 은총을 이미 얻었노라고 덧붙였다. 그렇게 되면 그 남자는 생사의 윤회에 구속받지 않는 자유로운 영혼이 될 것이고, 본인이 원할 때만 태어나게 될 것이다.

산봉우리의 구도자는 지식을 통해 신에게 다가간 갸나 요가 수행자였고, 산기슭에 있던 구도자는 헌신을 통해 신에게 다가간 바크티 요가 수행자였다. 헌신의 길이 더 우수함을 강조하는 이 에피소드는 종종 계산적이고 요구가 많은 지식의 길보다 헌신의 길이 겸손과 감사의 특성을 가진다는 점을 강조했다.

그러나 참된 지식도 우리를 겸손하게 만든다. 모든 영적인 길에는 항상 더 높은 가능성이 있다. 이 일화는 다만 평균적인 견지에서 구도자들의 심리를 언급한 것일 뿐이다.

만약 나라다를 만날 기회가 있다면, 나는 이렇게 말했을 것이다.

"천상의 현자여! 당신의 인내심은 정말 대단합니다. 그러나 나도 흥미가 생겼습니다. 왜 당신은 아득한 옛날부터 하늘과 땅을 오가는 힘든 일을 맡았나요? 숭고한 목적이 동기가 될 수는 있겠으나, 제 상식으로는 땅을 하늘과 가깝게 만들려는 목적이 있었을 것입니다. 얼마나 기다려야 하나요? 당신이 생각하기엔 언제쯤 천상의 삶이 끝없는 부조리가 지배하는 이승의 삶을 대신할까요?"

"마노즈 다스가 안 보입니다!"

그때 밝은 어조가 아니라 걱정이 묻어나는 가이드의 목소리가 들렸다.

"비아사 굼파에 두고 오지 않았기를!"

누군가가 말했다.

나는 서둘러 일어났다.

"자, 이보게. 나와 만나길 바랐던 당신이 사용할 수 있는 시간은 여기까지라네."

만약 눈에 보이지 않는 나라다가 바로 그때 산에 내려왔다면 아마도 그렇게 내게 말했을 것이다. 그러나 그의 음성은 철저하게 인간적인 내 귀에는 울리지 않았다.

가이드는 나를 보고 안도의 한숨을 내쉬었다. 나는 마치 다음의 시구처럼, 신전 뒤의 산봉우리에 시선을 가능한 한 오래 두면서 자동차에 올랐다.

소원도 없이, 의지도 없이
침묵하는 언덕 위에 올라섰네
그러고는 하늘을 응시했네
별에 내 눈이 멀 때까지, 그리고 여전히
난 하늘을 응시했네
— 랠프 호지슨Ralph Hodgson

후기

내가 처음으로 바다리카슈람을 방문했던 때가 신전이 문을 닫기 직전의 계절이었다면, 가장 최근의 방문은 2001년 4월 신전이 문을 막 열었을 때 이뤄졌다. 소수의 순례자가 섞인 관광객 인파가 엄청났다. 어쩔 수가 없었다. 그러니 당연히 뭔가 조처가 취해져야 했지만, 아무도 상관하지 않는 것 같았다. 그것은 비아사 동굴에 대한 신성모독이었다. (그동안 비아사의 조각상은 신전에 안치되어 사제의 보호를 받았다.) 원칙적으로 그 지역은 금지 구역이지만, 그 규칙은 안내판에만 존재했다. 여기까진 그래도 좋다고 할 수 있다. 그러나 왜 방문객이 신성한 광경을 볼 수 없게 만드는가? 동굴에서 불과 2~3미터 거리에 몇 개의 가판대가 있는데도, 유명 상표의 청량음료를 판매하기 위해 동굴의 증축으로 여겨지는 방을 짓는 것이 그렇게 필요했는가? 사라스바티 강은 비닐봉지와 종이 용기로 질식할 지경이었다. 먼젓번 방문에서 받았던 마력 같은 경험과 대조되는 그 경험은 그야말로 기괴했다.

꿈을. 말하는.
드라이브.

승합차에서 나와 가까운 자리에 앉으면서 장군이 물었다.

"비아사 동굴에 갈 때 왜 저를 데려가지 않았나요? 저는 선생님에게 화가 나서 말을 하지 않기로 결심했어요."

그를 화가 나게 한 것은 미안했으나, 그의 결심은 반가웠다. 물론 그가 결심을 실천할지는 의문이었지만 말이다.

"선생님은 믿으시나요? 선생님이 제 믿음을 흔들어놓았어요. 저는 샹카라의 환상 이론을 더 이상 믿지 않게 되었거든요."

그는 탄식했다.

"믿음이 확고하지 않았군요."

그는 내 말에 대꾸하지 않고 말을 계속했다.

"사실 만약 모든 것이 환상이라면, 샹카라가 실재했다는 걸 어찌 알겠어요? 정신을 잃을까 봐 두려워요."

장군은 그 혼란에 대한 변증법을 30분 동안 쏟아놓았다.

"제가 이야기를 하나 하지요."

그의 고민을 가볍게 해주려고 나는 다음의 이야기를 들려주었다.

한 남자가 고기 1킬로그램을 달아서 조리사에게 건네며 맛있는 요리를 준비하라고 조리법을 일러주었다. 조리사는 자신의 음식이 성공적인지 맛을 보느라고 고기를 전부 다 먹어버렸다.

"고기는 어디 있나?"

점심 식탁에 앉은 남자가 물었다.

"고양이가 먹었어요."

조리사가 설명했다.

남자는 체중계를 가져다가 고양이의 몸무게를 쟀다. 1킬로그램이었다.

"이것이 고기라면 고양이는 어디에 있나? 이것이 고양이라면 고기는 어디에 있지?"

남자는 궁금해했다.

장군은 이 이야기를 재미있어하면서도 부연 설명을 기대했다.

"많은 구도자가 겪는 어려움은 이 이야기 속의 남자와 크게 다르지 않아요. 분명해 보이는 저 우주가 환상이라면, 그 우주의 일부인 우리는 어떻게 현실을 알 수 있을까요? 우리가 현실을 떠올릴 수 있다면, 어떻게 우주가 환상이 될 수 있나요?"

장군은 점점 심각해지더니 이마를 눌렀다.

"나는 아마 집을 떠났을 때와는 다른 사람이 되어 집으로 돌아가게 될 겁니다."

그는 자기 자신에게 경고했다.

"우리는 다른 경험을 축적하려고 거듭 태어납니다. 단 한 번의 삶으로 다른 생과 동등한 경험을 할 수 있다면, 당신은 개인적 진화를 응축하여 정상적으로 삶을 살 때 요구되는 것보다 탄생의 기회를 줄일 수 있어요."

만약 장군이 아무 말도 하지 않았다면, 그 이유는 아마도 그의 눈꺼풀이 잠으로 무거워졌기 때문일 것이다.

우리 시야에서 사라진 바다리카슈람은 내 생각과 환상 속에서 점점 더 선명해지고 영감을 불러일으켰다. 나는 고요한 태고의 요가 수행자, 무아지경에 빠진 나라와 나라야나, 그들의 명상을 방해하려고 인드라(하늘의 신이자 번개의 신. 신들의 왕. 가끔 코끼리를 타고 다닌다―옮긴이)가 보낸 요정들(메나카, 람바, 티로타마, 수케시니, 마헤시스와리, 푸시파간다, 라모드바라, 그리타치, 찬드라프라바, 소나, 비디운말라, 암부작시, 칸찬말라)을 마음속에 그려보려고 애썼다.

산이 그들의 율동적인 발걸음과 경이로운 음악에 진동하자, 나라야나는 (그가 무엇을 느꼈는지 말하긴 어렵지만) 짜증이나 연민으로 눈을 떴다. 그가 자신의 허벅지를 때리자 그 진동이 상상 가능한 가장 아름다운 형태(우르바시의 형태)를 띠었고, 그것은 나라야나의 허벅지(우루)에서 나왔기 때문에 우르바시라는 이름을 갖게 되었다.

요정들은 자신들의 아름다움을 이용해서 모든 미인을 능가하는 미를 마음대로 창조할 수 있는 신의 균형을 뒤흔드는 것이 얼마나 어리석은지 깨닫고는 부끄러워했다. 요정들이 물러나자 우르바시도 자신을 창조한 나라야나의 명령으로 그들을 뒤따랐다.

신화는 천상의 존재가 언제 지상의 피조물과 자유롭게 섞였는지를 알

우르바시와 푸루라바스.

려준다. 요정들은 나이를 먹지 않고 영원히 젊었다. 우르바시는 인간인 푸루라바스 왕과 사랑에 빠져 특정한 조건하에 그와 살았다. 그러나 어느 운명적인 밤에 신들이 우르바시를 하늘에 있는 그녀의 처소로 돌려보내려고 왕에게 조건을 위반하도록 속임수를 썼다. 제정신이 아닌 푸루라바스는 끝없이 수색을 거듭하며 방황하다가 마침내 쿠루크셰트라에서 그녀를 언뜻 보았고, 그녀에게 돌아가자고 간청했다. 그러나 그녀는 그렇게 할 수 없었다. 죽을 수밖에 없는 인간이 먼저 불멸의 존재(신으로 탈바꿈하지 않고 불멸하는 존재)의 배우자가 된 적은 한 번도 없었기 때문이다.

우르바시는 푸루라바스에게 애처로운 눈길을 보내면서 사라졌고, 푸루라바스는 여전히 헛된 희망에 젖어 있었다. 그리고 거기서《데비 바가바탐Devi Bhagavatam》(힌두교의 경전—옮긴이)이 전해주는 이야기는 끝난다.

그러나 대중의 마음은 그런 비극을 받아들이지 않았다. 민담은 신화의 다른 버전이다.《카타사리트사가라Kathasaritsagara》(고대 인도의 산스크리트어 설화집. 시인 소마데바가 편찬했다고 한다—옮긴이)에서 푸루라바스는 바다리카슈람에 와서 오랫동안 고행하며 헌신한다. 인간 세계를 다스리는 법과 천상을 다스리는 법 사이에 타협이 이뤄진다. 그래서 푸루라바스는 해마다 한 번씩 우르바시와 만난다.

장군이 잠시 꾸벅거리다가 머리를 내 오른뺨에 부딪친 다음 잠에서 깨어난 것처럼, 나도 그 충격으로 백일몽에서 깨어났다.

"미안합니다, 미안합니다!"

그는 내 손을 꽉 쥐고 졸음이 쏟아지는 걸 투덜거리며 중얼거렸다.

"인생의 반을 쓸모없는 잠으로 허비하는 것이 얼마나 유감인지요!"

그는 나를 보았다.

"유감스러운 일이 아닌가요?"

그는 내 대답을 요구했다.

"잘 모르겠습니다."

"무슨 뜻인가요?"

"제 말은 당신이 잠을 쓸모없다고 확실하게 낙인찍을 만큼 깨어 있는 시간을 의미 있게 보낸다고 확신하느냐 하는 겁니다."

"좋은 질문인데요. 그러나 결국 우리는 깨어 있을 때 경험을 계속 축적합니다. 경험이 우리를 발전하게 도와주지요. 잠을 잘 땐 그 과정이 중단되고요!"

"항상 음식을 드시나요? 먹은 음식이 소화될 시간을 주어야 하지 않나요? 잠을 자는 동안에는 경험이 흡수됩니다. 그뿐 아니라 우리 의식은 늘 활동적이며 잠잘 때도 계속해서 경험을 축적하고요. 때로 깨어 있을 때보다 더 높은 차원의 경험을 얻습니다."

"입증할 수 있나요?"

"이른바 말하는 객관적 증거를 당신의 직접적이고 주관적인 지식보다 반드시 더 신뢰할 수 있나요?"

장군의 손가락들이 그의 콧수염으로 올라갔다. 내 관점을 이해했다는 분명한 표시였다.

"당신은 꿈을 꿉니까?"

그가 내게 물었다.

"꿈을 꾸지 않는 사람은 없어요!"

"꿈이 어떤 의미가 있나요?"

"많습니다. 그러나 그것은 너무 방대한 지식의 영역이지요. 전 그 가장자리만 알고요. 그러나 꿈의 메시지를 잘 받아들이면 꿈이 장군에게 큰 도움이 될 거라고 확신합니다."

"예를 든다면?"

"당신을 위해 이야기를 하나 더 할게요. 어떤 남자가 몸이 아픈 외아들을 의사에게 데려갔습니다.

'제 아들을 고쳐주세요, 제발!'

그는 눈물로 의사에게 호소했지요. 환자는 가망이 없었어요. 그래도 의사는 최선을 다했습니다. 아버지는 이따금 의사에게 간청하기를 되풀이하면서 낮이나 밤이나 아들 곁에 앉아 있었어요. 하지만 아들의 상태는 악화되었지요. 아버지는 계속 울면서 가능한 모든 수단을 사용하여 아들을 구해달라고 의사에게 애원했습니다. 날이 샐 무렵 불안하게 몇 시간을 보낸 아버지가 잠깐 잠이 들었을 때 아들이 세상을 떠났습니다. 의사는 아버지가 아들의 죽음을 알게 되면 미친 듯이 소리를 지르거나 기절할까 봐 걱정이 되었지요. 그러나 놀랍게도 아버지는 침착해 보였고 의사가 해준 모든 치료에 감사하고는 장례식 준비로 바빴습니다.

'저기요.'

의사는 헤어지면서 남자에게 물었습니다.

'당신은 아들의 병으로 아주 속상해했고, 아들을 구하려고 몹시 애썼어요. 그런데 아들이 죽었을 땐 어떻게 그런 슬픔을 보이지 않았지요?'

남자가 대답했습니다.

'의사 선생님, 잠깐 잠이 들었을 때 저는 잘난 아들 다섯 명을 거느린 부유한 사람이 된 꿈을 꾸었어요. 꿈을 깨자 당연히 그 아들들을 한꺼번에 잃었지요. 잃어버린 다섯 아들을 위해서도 울지 않았는데, 왜 제가 여섯 번째 아들을 위해 울어야만 하죠?'

그렇게 남자는 번개같이 지나간 꿈 덕분에 성숙한 의식을 가지고 비극을 극복한 것이지요."

"모든 것은 꿈이러니!"

장군이 말했다.

"장군이 지금 말한 것이 그 이야기가 전하는 교훈입니다. 그러나 다른 사람에겐 그 이야기가 다른 의미를 가질 것이고, 어떤 사람에겐 인생에서 일어나는 일, 그것이 좋은 일이든 나쁜 일이든 환상으로 여기지 않고 차분하게 보도록 도움을 줄 겁니다."

"자, 여기를 보세요."

장군은 갑자기 몸을 곧추세우고 말했다.

"내 딸이 사는 곳이 리시케슈에서 멀지 않아요. 하룻밤 거기서 묵을 수 있습니다. 제 꿈의 꽃다발로 선생님께 보상할게요. 저는 밤을 새워도 괜찮습니다. 선생님도 그러길 바라고요."

나는 가만히 있었다. 우리는 루드라프라야그에 도착했다.

나에겐 이미 다른 여행 계획이 있었다. 케다르나트를 방문하는 것이었다. 나는 가이드에게 내 결정을 알려주었다.

"하지만 저는 선생님이 리시케슈에 가시는 걸 봐야만 합니다! 어떻게 갑자기 달아나십니까? 그리고 케다르나트엔 또 어떻게 가시려고요?"

"걱정하지 마세요. 순례자들을 나르는 아무 버스나 타면 돼요. 여기에 당신 상관에게 보내는 전갈이 있어요. '내가 어떤 걸 놓치게 되든지, 자발적으로 당신의 친절한 배려를 벗어난다'고 적었습니다."

나는 편지를 가이드에게 주었다.

얼마 지나지 않아 가우리 쿤드로 가는 버스를 찾았고, 나는 미소를 띠곤 있지만 확신이 없어 보이는 가이드에게 작별 인사를 했다.

그러나 곧 후회가 나를 감쌌다. 그 장군은 어린이처럼 순수하고 친절한 마음을 지닌 사람이라서 내게 배신감을 느꼈을 것이다. 나는 서둘러 버스에서 내려 장군이 있는 곳을 찾으려고 애를 썼다. 그러나 그는 이미 친구에게로 떠난 뒤였다. 나는 그에게 보내는 사과의 편지를 가이드에게 남겼다. (3년 후 그 가이드와 다시 만날 기회가 있었는데, 그를 통해 장군이 얼마 전에 딸의 집에서 잠자는 동안 평화롭게 세상을 떠났다는 말을 전해 들었다.)

나는 그처럼 속 편한 운전사를 본 적이 없었다. 협곡을 끼고 가는 길은 좁았고 왼쪽에는 어떤 방호벽도 없는 비탈길이었다. 운전사는 그런 상황에서도 급커브를 틀기 위해 왼쪽 바퀴를 땅에서 7~8센티미터나 들어올렸다. 가우리 쿤드에 도착한 것은 저녁때였다. 나는 가우리 쿤드의 온천이 내려다보이는 언덕에 자리한 가르왈 관광여관에 짐을 풀었다. 잠시 작고 한적한 시장을 둘러본 나는 쿤드 온천으로 뛰어들었다.

더 가까이 다가온 것처럼 여겨지는 하늘은 아주 다르게 보였다! 별들은 저마다 히말라야의 봉우리와 신비한 소통을 하는 듯했다.

순수의.
영토.

히말라야의 봉우리들은 밤이면 그 위에 있는 별들에게 신비감을 전했고, 새벽에는 가우리 쿤드 온천 위의 말없는 나무들에게 그날 일어날 일에 대한 신호를 보내는 듯이 보였다.

나는 게스트하우스의 발코니를 왔다 갔다 하면서 부드러운 어스름 속에 빠져들었고, 쿤드를 향해 어둠 속으로 들어가기로 결심했다.

목표는 바로 게스트하우스 아래쪽이었지만, 내려가는 길은 바위투성이로 좁고 구불구불했다. 몇 번 구르는 것쯤은 괜찮았다. 쿤드로 가는 도중에는 매점(마을 전체가 아직 안개 속에서 잠을 잘 때 희미한 가스램프로 잠을 깨고 차를 끓이는 오븐을 갖춘)이 있었다. 나는 그 향기로운 수증기에 저항하지 못하고 매점으로 들어가서 유일한 특별 좌석, 등받이가 없는 스툴을 차지했다. 거기엔 담요를 두른 서너 사람이 장의자에 앉아 있었다.

첫 잔의 차가 내게로 왔고, 나는 한 모금씩 그 맛을 즐겼다. 찻잔을 비웠을 때에야 온천물에 몸을 담그러 가는 거니까 지갑은 가져갈 필요가 없다고 생각했던 일이 떠올랐다.

"죄송합니다. 금방 돈을 가지고 오겠습니다."

"신경 쓰지 마세요."

내가 마신 차처럼 따뜻한 목소리가 장의자에 앉은 실루엣만 보이는 사람들 사이에서 나왔다.

"쿤드 온천에 잠깐 몸을 담갔다가 케다르나트로 갈 준비를 하세요. 그리고 저희에겐 오늘 아침의 첫 차를 선생님께 대접할 수 있는 특권을 주세요."

눈이 어둠에 익숙해졌고, 말하는 사람의 실루엣과 목소리로 그를 알아볼 수 있었다. 그는 바드리프라사드라는 이름의 가이드로, 어제 나를 맞아주고 숙소를 잡아준 사람이었다. 그가 나를 쿤드로 데려갔다.

희미한 빛 속에 자리한 쿤드에는 따뜻한 수증기가 흘렀다. 바다리카슈람에서 그랬듯이 여기서도 물속에 들어가 처음 1분간은 몸이 익는 것 같았으나 곧 즐거운 기분으로 바뀌었다.

온천 가장자리에 서 있는 몇몇 사람은 몸을 물속에 담글지 말지 망설이고 있었다.

"여기서 하는 온천욕의 이점을 과소평가하지 마세요. 이곳은 모신의 화신이며 산의 지배자 히마반트의 딸 가우리가 태어난 장소입니다."

시인 칼리다사의 《쿠마라삼바밤Kumarasambhavam》을 떠올리면서 나는 설명이 더 이어지길 기다렸다. 그러나 다른 사람들을 대변하듯 그중 한 사람이 이렇게 말함으로써 그의 말은 중단되었다.

"판다 씨, 우리는 많은 돈을 말에게 지불하기보다는 그냥 케다르나트까지 걸어서 가렵니다."

"그렇게 하실 수 있다면 저야 여러분에게 걸어가라고 권할 겁니다. 그것이 히말라야의 신에게 경의를 표하는 바른 방법이지요. 그러나 말은 말입니다. 영웅과 신 그리고 인간의 이동수단이에요. 어떻게 때 묻은 동전 한두 개를 절약할 수 있을까 계산하면서 말을 타는 것을 즐길 순 없지요."

판다는 그들의 말을 묵살했다.

한동안 쿤드에 있는 사람은 나뿐이었다. 하늘이 갑자기 더 높아진 것처럼 보였다. 혹은 특별하고 성스러운 쿤드에서 바라보는 내 눈이 더 높은 층까지 투과할 수 있기 때문일까? 나는 하늘의 그 무한성이 육체적인 성지 순례로는 결코 도달할 수 없을 거라는 경고처럼 느껴졌다. 무한은 유한 속에서만 깨달을 수 있는 법이었다.

심리적으로도 하늘은 더 멀리 떨어져 있는 것처럼 보였다. 왜냐하면 주변의 산과 숲이 하늘의 높이 혹은 깊이를 재는 기준이 되고, 그 과정에서 더 하늘을 포착할 수 없게 만들었기 때문이다.

한 시간 뒤에 나는 바드리프라사드를 만났다. 케다르나트로 가는 길이 시작되는 지점에 말이 한 줄로 서서 우리를 기다렸다. 바드리프라사드는 말 한 마리에 두 겹으로 접은 담요를 얹고 그 위에 나를 앉게 했다. 모든 말에게는 저마다의 이름과 그들을 이끌 마부가 있었다. 내가 탄 말의 이름은 디그비자이였고, 마부는 마힌다르였다. 며칠 후면 겨울로 접어들어 사원이 문을 닫을 예정이었기 때문에 여행객은 단지 두세 명에 불과했다.

산으로 올라가는 구불구불한 길은 18킬로미터쯤 이어졌다. 그러나 거기까지 가는 시간은 네 시간이나 걸렸다. 여행객은 걷거나 말을 타고 올라갔다. 두 사람의 인부가 나르는 가마를 타거나 한 인부가 짊어진 커다란 행랑에 실려서 길을 올라가는 사람도 있었다.

나를 태운 말과 마부는 피곤한 기색도 없이 해발 3600미터 고지의 목적지를 향해 좁은 길을 걸었다. 때로 그 좁은 길의 가장자리는 위태로운 비탈이 지거나 협곡으로 이어졌다. 말은 자갈을 밟고 미끄러지거나 흔들리는 석판을 밟기도 했지만 한 번도 균형을 잃지는 않았다. 말은 대를 이어 (속력을 내거나 전쟁이 필요한 인간의 중요한 활동에서) 뛰어난 역할을 해왔으니 그다지 놀랄 일은 아니었다.

나는 말을 전적으로 믿고 주변 경관을 보는 일에 집중했다. 언덕 중턱에는 당대 최고의 화가가 신의 화폭에 몇 번의 붓질로 그려놓은 것 같은 작은 마을들이 자리하고 있었다.

우리는 작은 여인숙(식당, 부엌, 집주인의 침대가 놓인 다목적 오두막)에 도착했다.

침대에는 베개에 머리를 얹고 양 한 마리가 잠들어 있었다. 마힌다르와 나는 침대 가까이 놓인 두 개의 스툴을 차지했다. 호젓한 길 건너편에는 염소 두 마리가 놀라운 묘기를 보이는 건지, 혹은 스스로 새라고 여기는 건지 나뭇가지 위에 튼 둥지에서 한가하게 잎사귀를 우물거리고 있었다.

케다르나트에서 돌아오는 여행자 두 사람이 가벼운 식사를 끝냈다. 그중 한 사람이 접시를 치우는 어린 종업원을 보며 아주 부드럽게 "애야, 너는 아무개 배우를 꼭 닮았구나!" 하며 인기 영화배우의 이름을 말했다.

소년이 그 배우를 닮은 건 분명하지만, 그저 전체적인 분위기가 비슷할 뿐이었다. 소년에게선 만족감이 뒤섞인 조용한 순진함이 묻어나왔다. 어떤 배우도 그런 분위기를 가졌다는 말을 듣기는커녕 그런 분위기를 흉내낼 수 없을 것이다. 그럼에도 소년은 그런 찬사에 아무런 반응도 표시하지 않아서 여행자를 실망시켰다.

나는 두 여행자가 떠난 뒤에 소년에게 물었다.

"너, 그 배우가 누군지 아니?"

소년은 모른다는 몸짓을 보였다. 아주 드문 일이지만, 부정적인 반응이 내게 큰 행복감을 주었다. 세상에는 그렇게 영화배우와 비교될 때 우쭐해지는 문화에 초연한 인도인이 아직도 남아 있었다.

"선생님, 비옷을 챙기시는 것이 좋겠어요."

주인이 말했다. 그는 우리 시야에 들어온 떠다니는 한 쌍의 구름에 시선을 고정하고 이렇게 덧붙였다.

"뭄바이의 패션과 케다르나트의 기후는 변덕스러워요!"

나는 그에게 감사를 표했고, 우리는 다시 걷기 시작했다.

"마힌다르, 비가 올 것 같아요?"

"아니요, 선생님. 오늘은 안 올 겁니다."

"왜요?"

"비가 올 것 같으면 말이 더 빨리 걷거든요."

그가 대답했다. 그가 농담을 한 것인지, 혹은 자기 말이 가진 육감에 대한 이상한 믿음을 갖고 있는 것인지는 나로선 알 수가 없었다.

비가 오지는 않았다. 정오가 되기 조금 전에 우리는 케다르나트에 도착했다. 말과 마부는 변두리에서 멈추었다. 그들은 자신들이 쉴 곳과 먹을 것을 알아서 준비했다.

두세 곳을 제외한 모든 상점이 문을 닫았다. 유동인구가 줄어들면서 사원 뒤에 있는 마하판트 산의 특성이 두드러졌다. 눈 덮인 봉우리는 초자

케다르나트 사원.

연적인 독특한 기운을 발산했다.

열성적인 신자들이 이상하게 생긴 시바 신의 상징물을 만지는 걸 막지는 않았다. 나는 애초에 케다르나트를 방문할 계획이 없었다. 그러나 거기서 나는 순간적인 영감에 이끌렸다. 신의 현존이 아니라면 무엇이 나를 이곳으로 이끄는 마법을 걸었을까! 사원 안의 마법은 보다 강렬해서 나를 압도했고, 감사하는 마음을 불러일으켰다.

나는 사원 앞 난간에 기대서서 루드라 히말라야로 알려진 장엄한 다섯 개의 산을 바라보았다. 그 산들은 케다르나트와 바드리나트를 연결하는 비밀통로를 감추고 그 두 지역 사이에 서 있었다. 유디스티라를 제외한 판다바족 형제들이 차례차례 숨을 거둔 곳이 이 산마루 중 한 곳이었다.

"샹카라의 사마디(삼매에 들었던 장소―옮긴이)는 어디에 있습니까?"

나를 위해 빵을 준비하고 있던, 영업 중인 유일한 호텔의 주인에게 내가 물었다.

"사원 뒤쪽으로 가서 쭉 걸어가세요. 진짜 샹카라의 사마디를 발견하실 겁니다."

"이보세요, 가짜 샹카라는 없어요. 최초의 샹카라라고 하세요."

한 남자가 내 관점을 털어버렸다.

나는 매년 이맘때 인적이 끊기는 사마디 앞에 앉았다. 겨우 32년을 살았던 이 불가사의한 천재는 네 개 지역에 72개의 종교적 기관을 세우면서 당시 인도를 사로잡았다. 나는 이 불가해한 현상에 고개를 숙였다. 또한 저절로 조용히 묻지 않을 수가 없었다.

"위대한 천재여, 제자들이 해석한 당신의 가르침이 인도인의 정신생활에 끼친 어마어마한 영향에 대해 어떻게 생각하십니까?"

나는 오후 늦게 가우리 쿤드로 돌아가려고 말에 올랐다. 우리는 도중에 손에 막대를 들고 케다르나트를 향해 걸어가는 한 노인을 보았다.

"안녕하세요?"

마힌다르가 그에게 인사했다.

노인은 잠시 나를 바라보더니 미소를 지었다. 나는 그가 자신이 무엇을 하는지 알고 있을까, 하는 의문이 들었다.

"누군데요?"

"저도 모릅니다."

마힌다르가 대답했다.

"그러나 아버지가 제게 이 일을 가르치던 첫해에 저분을 보았던 걸 기억하지요. 그는 항상 사원이 문을 닫기 며칠 전에 케다르나트에 도착합니다. 아버지가 젊었을 때도 저분을 매년 계속 보았다고 하셨는데요. 그건 노인이 100세가 넘었다는 뜻입니다."

나는 세상에는 다른 사람보다 더 가치 있는 삶을 사는 사람이 있고, 하늘의 별이 그런 사람의 마차를 하늘로 끌어올린다는 걸 확신하며 지금도 가끔 노인의 미소를 기억한다.

눈과. 무한대에. 사는. 사람들.

나는 내 동행이 좀 색다르다는 걸 깨달았다.

"이 길이 히말라야의 입구라는 걸 알고 있는 선생이 왜 여기를 하리드와르(하리 혹은 비슈누에게 가는 길)라고 하시나요? 히말라야가 시바 신이 머무는 곳이라는 것을 아시잖아요? 하라드와르(하라 혹은 시바에게 이르는 길)라고 해보세요!"

머리를 피라미드 모양으로 묶어 올린 수도승이 내게 말했다. 그의 동반자인 두 사람도 고개를 끄덕였고, 그중 한 명은 이렇게 말했다.

"히말라야는 시바 신뿐 아니라 그 장인의 거처이기도 하지요. 시바 신의 영원한 배우자 두르가에게는 많은 화신이 있는데요. 히말라야의 신 히마반트 왕의 딸 우마도 그에 속합니다."

"처남들이 하는 말에 신경 쓰지 마세요."

세 번째 사람이 말했다. 그의 자비로운 미소는 내 혼란스러움을 끝내주려는 의도로 보였다.

"신들의 현실을 이해할 수 있는 여러 단계가 있어요. 제일 높은 곳엔 단

한 분의 신이 있지요. 그보다 낮은 단계의 신이 브라마, 비슈누, 시바입니다. 그 아래에도 많은 신과 신의 배우자들이 있고요. 더러는 약한 신이고 더러는 강한 신이지만 모두 한 신에게서 나왔습니다. 그들은 다른 단계에 속합니다. 여신도 마찬가지인데요, 제일 높은 곳에 있는 어머니 신이 가장 신성한 여신이고, 가장 낮은 단계의 여신이 천연두라는 현상을 주재하는 시탈라라는 작은 여신입니다!"

"선생이 이곳을 '하라드와르'라고 하지 않고 '하리드와르'라고 한다면, 하라 혹은 시바는 가장 마지막 신이 될 겁니다."

그곳은 하리드와(산꼭대기에 있는 마마사) 사원이었다. 땅거미가 깔리면서 마지막 케이블카가 떠나고 있었다. 그것이 떠나면 꼬불꼬불한 길을 걸어 내려가야 한다는 걸 알지만, 나는 그 세 사람과 튀어나온 난간에서 책상다리를 하고 앉았다.

"얼마나 여기에 있었나요?"

나는 세 사람에게 물었다.

"줄곧, 내내, 전생부터요"라고 첫 번째 사람이 말했다. 그는 내가 '뻔뻔하게도' 그의 영적 생활을 (혹은 그 일부 기간을) 측정하는 것에 조바심을 드러냈다.

"그건 불가능합니다."

내가 단호하게 말했다.

"선생이 그걸 어떻게 아세요?"

그의 목소리는 거의 공격적이었다.

"내가 알고 있는 신비주의에 대한 작은 지식에 따르면, 개인의 영혼은

경이로움이 느껴지는 히말라야.

거듭되는 생의 경험을 계속 축적합니다. 거듭되는 생이 같은 환경을 선택하진 않아요."

사두의 태도가 즉시 변했다.

"선생은 기만의 옷을 입은 사두입니다."

그렇게 말한 남자는 내 양복바지를 세게 잡아당기며 말을 계속했다.

"제게 히말라야는 신이 사는 세계입니다. 제가 아무리 전생에 펀자브 지방에 머물렀다 해도, 그전 전생에 아프리카에서 살았다 해도, 제 염원은 항상 여기에 있었습니다."

그는 정확하고 세련된 힌디어로 말했다. 세 사람은 갑자기 일어나더니 한마디 말도 없이 어둠이 깔리는 사원 경내로 사라졌다.

갠지스 강을 끼고 솟아오른 하리드와르는 매혹적이었다. 다행히 바람은 부드러웠다. 관광철이 아니었기 때문에 조용한 저녁이 시작되었다.

세계 최대의 순례자들이 참여하는 축제 쿰브 멜라 기간의 끔찍한 인파에도, 하리드와르는 오래된 다른 장소처럼 고요함을 유지했다. 그 안에 깃든 영적인 분위기는 시끌벅적한 밖의 소란스러움과는 사뭇 달랐다.

1980년대 후반, 네 번째로 하리드와르를 방문했을 때 나는 두드하다리 아슈람을 찾았다. 하리드와르는 아슈람의 도시였다. 사원 수가 수백이냐 수천이냐는 아슈람을 어떻게 정의하느냐에 따라 달렸다. 신화시대부터 수많은 성자들은 신, 반신반인, 초자연적 존재, 특히 시바 신이 거처하는 곳으로 가는 길목에 작은 아슈람을 짓고 살았다. 그러나 지금 그 가운데 대다수는 사라졌고, 소수만 기념물로 남았다. 그 중에는 현대적인 아슈람도 있는데, 아주 인상적인 모습임에 틀림없다.

내가 기대했던 아슈람은 보다 잘 조직되고 보다 풍족한 범주에 속했다.

"여기가 두드하다리 아슈람으로 가는 길인가요?"

나는 한 수도자에게 물었다.

"바르파니 아슈람을 말씀하시는 건가요? 그건 저쪽입니다."

그 장소를 알려주는 전설은 아주 대담했다. 아슈람에서 발행하는 잡지의 편집장인 브리즈부샨이 나를 기다리고 있었다.

두드하다리 아슈람은 설립자인 유명한 요가 수행자의 이름을 딴 것이다. 그는 우유(두드)만 먹고 살았다. (아슈람을 방문하는 모든 사람은 언제나 한 잔의 우유와 그 우유로 만든 요구르트 중에서 한 개를 받을 수 있다.)

이 아슈람의 또 다른 이름이 가진 깊은 뜻은 무엇일까? 브리즈부산이 내 호기심을 충족시켜주었다. 그 이야기는 19세기 초로 거슬러 올라간다.

더 높은 산의 능선을 따라 터벅터벅 걸어가던 한 무리의 영국인 측량사들이 백설의 유리 같은 막을 통해 사람의 머리털을 보았다. 그들은 호기심에 가득 차 눈을 파냈고, 그 속에서 나온 것은 무아지경 상태의 요가 수행자였다!

요가 수행자는 눈을 떴고, 자신을 발견한 사람들을 살펴보았다. 전설은 그가 행복했는지, 그 아늑한 쉼터에서 눈이 녹기 전에 일찍 밖으로 나온 걸 곤혹스럽게 생각했는지는 알려주지 않는다. 다만 그는 놀라서 겁에 질린 측량사들에게 상냥한 미소와 축복을 던지고 조용히 걸어갔다.

한때 무아지경으로 개미집에 파묻혀 있었기 때문에 발미키라는 이름을 얻은, 서사시《라마야나》를 쓴 인도의 첫 번째 시인처럼, 두드하다리 요가 수행자도 눈(바르프)에서 나왔기 때문에 바르파니 성자로 알려졌다. 그는 1980년대 초에 죽었는데, 당시 나이가 200세나 그 이상이었다고 전해진다.

그런 전설은 히말라야의 요가 수행자들이 자연의 법칙을 크게 초월한다는 믿음을 강하게 따르는 땅에서 자라났다. 그런 믿음에는 어떤 진실이 숨어 있을까? 다음은 어떤 요가 수행자가 내게 해준 말이다.

스트레스, 긴장, 불안은 노화 과정에 영향을 끼치는 가장 큰 심리적 요인이다. 광란의 군중과 멀리 떨어져 있고 사회적 문제나 야망과 경쟁에서 초연한 히말라야의 요가 수행자는 이런 심리적 요인을 갖고 있지 않다. 음식은 우리 몸이 우주의 에너지를 받아들이는 매개체일 뿐이다. 그러나 음식의 필요성을 최소화하면서 공급원으로부터 에너지를 직접 흡수하는 여러 가지 방법이 있다. 하타 요가의 동작asanas과 호흡법pranayamas은 혹독한 기후에 대비하여 모종의 면역력을 키워 나가도록 몸을 준비시킨다. 몸은 추위를 견디는 것과 같은 평정으로 더위를 견딘다. 그렇게 되면 일정 기간 동안 사마디(강한 무아지경)에 들어가는데, 이 기간에 수행자는 나이를 먹지 않는다. 신체를 지배하는 의식의 영향력은 엄청나다. 그들이 즐기는 물과 공기의 순수성에서 오는 도움 외에 영혼 불멸에 대한 확고한 믿음도 그 상태에 한 역할을 한다.

두드하다리 성자는 후계자를 지명하지 않았다. 어머니를 아슈람에 두고 외국에 나갔던 한 신경학자가 성자의 사망 소식을 듣고 급히 돌아왔다. 성자의 장례식이 끝난 뒤에 중심인물들이 아슈람의 미래를 의논하려고 만났다. 어느 핵심 인사가 신경학자에게 "성자는 당신에게 깊은 애정이 있었는데, 당신은 왜 그의 역할을 이어받지 않나요?"라고 물었다.

논의가 계속되는 동안 그 신경학자가 갑자기 밖으로 나갔다. 다시 나타난 그는 서구의 정장을 벗어버리고 전통적인 황갈색(출가자의 옷 색깔―옮긴이) 옷을 입고 있었다.

그는 아슈람의 대표로 활동하면서 저녁에는 강론하고 낮 동안에는 동종 요법(건강한 사람에게 쓰면 치료 대상의 질병과 비슷한 증상을 나타내는 약물을 환자에게 조금씩 투여하여 치료하는 방법―옮긴이)으로 환자를 치료했다. 그는 그 지역이 눈 때문에 봉쇄되고 사람들이 찾지 않을 때면 바다리카슈람에서 몇 달씩 쭉 머물렀다.

"의사에서 수도자로 변신했지만, 그는 훈련받은 과학자입니다. 위대한 자기 스승의 나이(약 200세)에 대한 주장을 그는 어떻게 생각하나요?"

나는 아슈람에 거주하는 사람에게 물었다.

그는 이렇게 대답했다.

"그에겐 두드하다리 성자를 조사할 기회가 여러 번 있었지요. 그는 스 승이 (특이하게 장수하는) 고대인의 몸을 가졌다고 믿습니다."

나는 고인이 된, 지칠 줄 모르는 히말라야 여행가 우마프라사드 무케르 지(유명한 샤마프라사드의 동생인)가 해준 말이 생각났다. 그것은 자연의 혹독함 에 저절로 익숙해지는 인간 신체의 이상한 능력에 대한 경험담이었다.

그는 어느 겨울날, 히말라야 산맥 안쪽의 얼어붙은 호수 근방에서 눈 덮인 산비탈에 시선을 두고 있었다. 그는 햇빛이 비치는 산봉우리에 어두 운 점이 나타나는 것을 보았다. 그는 '백설이 바위를 완전히 덮지 못했나 보다'라고 생각했다. 그러나 점이 움직이는 것처럼 보였다! 그는 쌍안경 의 초점을 거기에 고정했다. 그 신비한 물체는 긴 머리와 수염만 있는, 아 무것도 걸치지 않은 알몸의 사두였다.

그 사두는 아마 쌍안경 없이도 호수 제방에 서 있는 여행가를 확인할 수 있었던 모양이다. 우마프라사드가 지켜보는 가운데 사두는 눈 위로 미 끄러지더니 잠시 후 산기슭에 나타났다. 사두는 미소를 지으며 어린애처 럼 쌍안경에 호기심을 보였다. 우마프라사드는 쌍안경 사용법을 알려주 었다. 그는 즐거워했다. 한동안 쌍안경으로 산을 관찰하던 그는 감사한 표정으로 쌍안경을 돌려주고는 다시 눈 속으로 사라졌다.

깨달은. 자의.
발자국.

《자타카Jataka》(부처의 전생 설화집. 《본생담本生譚》이라고도 함—옮긴이)에서 설명하는 다음의 이야기는 정확히 얼마나 오래된 것일까?

옛날 바라나시에서 그리 멀지 않은 곳에 맹수가 없어 사슴이 많이 사는 조용하고 울창한 숲이 있었다.

숲에서 가까운 궁전에 살던 왕은 하루도 거르지 않고 매일 수백 명의 군인과 백성을 데리고 사슴사냥을 나가 숲을 뒤졌다. 백성들은 소리를 지르고 북을 두드리며 사슴을 궁지로 몰았다. 왕은 바위에 자리를 잡고 활쏠 준비를 했다. 그는 사슴 한두 마리만 잡으면 사냥을 그만두었다. 사냥 의식은 왕이 준비된 사슴이 도살되어 돌 제단 위에 놓인 걸 본 다음에 끝났다.

어느 날 사냥감을 선택하려고 사슴 무리를 바라보던 왕은 황금 조각상처럼 뛰어나게 아름다운 한 사슴에게 시선이 꽂혔다. 왕의 시선을 감지한 사슴이 천천히 왕을 향해 걸어왔다.

"전하, 제가 불행하게도 이 무리의 우두머리가 되었습니다."

사슴이 말했다.

"어째서 불행하다고 하는가? 이 순간부터 너는 내 친구다. 왕의 친구가 되는 건 분명히 행운이야."

이렇게 말한 왕은 수행원들을 바라보며 말을 이었다.

"아무도 내 친구인 이 훌륭한 황금 사슴을 해치지 마라."

"전하, 제 호소에 관심을 가져주셔서 감사합니다. 전하에게 필요한 것은 그저 하루에 사슴 한 마리일 뿐입니다. 그런데 그것 때문에 매일 우리가 겪는 슬픔을 알지는 못하실 겁니다. 전하가 활을 들 때 우리는 놀라서 도망치다가 열두 마리가 다칩니다. 어떤 사슴은 서로 뒤에 숨으려다가 실수로 뿔에 찔리는 사고도 당하고요. 제가 드리는 부탁은 매일 우리 사슴 가운데 한 마리가 자발적으로 죽을 수 있게 해주십사 하는 것입니다. 지정된 시간에 지정된 장소로 나가서 도살자가 쳐든 도끼 아래 제단에 머리를 얹겠습니다. 그러면 전하도 사냥하는 고통을 겪지 않으셔도 됩니다."

우두머리 황금 사슴이 의견을 냈다.

황금 사슴은 왕에게 사냥이 고통이 아니라 즐거움이라는 걸 몰랐다. 그러나 왕은 잠시 생각한 뒤에 사슴의 제안을 받아들였다.

그 특별한 숲에서 왕의 사냥은 금지되었다. 대신에 정기적으로 이상하고 기이한 사건이 일어났지만, 흥미나 긴장감은 전혀 없었다. 왕실의 도살자는 제단 가까이 서서 도끼를 들어올렸다. 모든 사슴이 숲 가장자리에서 눈물을 쏟으며 서 있었고, 그중 한 마리가 천천히 무리를 벗어나 도살자에게로 다가가 조용히 돌 제단에 머리를 올렸다. 그러고는 곧 목숨을 잃었다.

사슴 무리를 이끄는 지도자가 그날의 사슴을 어떤 과정을 통해 선정하는지는 알려지지 않았다. 어느 날 희생자는 암사슴이었다.

"저는 다음 달에 새끼를 낳아요. 오늘은 다른 사슴을 희생해주세요. 저는 한두 달간 새끼에게 젖을 먹여야 해요."

암사슴은 이미 죽을 순서가 정해진 다른 사슴들에게 부탁했다. 그러나 단 하루라도 빨리 죽겠다는 사슴이 없었다.

황금 사슴이 암사슴의 어려운 상황을 전해 들었다.

"딸아, 걱정하지 마라. 내가 네 대신 갈게."

황금 사슴은 제단을 향해 걸어갔다.

그러나 도살자는 쳐들었던 도끼를 내렸다. 누가 감히 왕의 친구를 죽일 수 있겠는가? 그럼에도 사슴 한 마리는 잡아야 했다. 왕의 신하는 비상상태를 감지하고 그 상황을 왕에게 보고했다.

왕은 급히 현장을 찾았다.

"친구여, 내 신하들이 어떻게 당신을 죽일 수 있다고 생각했는가?"

왕은 사랑하는 황금 사슴에게 물었다.

"전하, 제가 오늘 전하의 식탁에 오를 차례인 그 암사슴을 구하지 못한다면 저는 제 자신에게 저주를 내릴 겁니다!"

황금 사슴이 대답했다.

"그렇다면 내가 오늘은 채식을 하겠네. 그리고 문제의 암사슴을 절대로 죽이지 않겠네."

왕이 보장했다.

"전하, 진심으로 감사합니다. 그렇더라도 저를 죽게 내버려두세요."

"왜 그러는가?"

"전하, 전하께서 저를 친구로 인정하신다 해도, 사슴들이 한 마리씩 도살자의 도끼를 맞고 죽는 것을 무기력하게 지켜봐야 하는 저주를 받은 제가 가엽지 않습니까? 왕이 저를 친구로 여기신다면 저를 이 극심한 고통에서 벗어나게 해주십시오. 부디 죽여주십시오."

왕은 황금 사슴의 솔직한 탄원이 던진 마력에 큰 감동을 받았다. 그래서 왕은 이렇게 말했다.

"숭고하고 현명한 이여, 고통에서 너를 구할 방법이 죽음밖에 없다는 말이냐? 이 순간부터 사슴을 죽이는 걸 금지하겠노라. 사실은 너를 친구로 삼은 그날부터 사슴고기가 맛이 없었어."

"전하, 인정이 바다처럼 넓으십니다. 그러나 황송하게도 제 고통이 사라지는 걸 원치 않습니다. 왜냐하면 전하의 신하나 관리 그리고 백성이 이 숲에서 다른 동물이나 새를 사냥하는 걸 보는 것도 제겐 똑같이 고통스럽기 때문입니다."

"친구여, 지금 이 자리에서 사냥을 전면적으로 금지하겠노라."

왕은 사냥 금지를 선언했고, 그 소식은 수 시간 만에 백성들에게 전달되었다.

많은 사람이 왕의 결정을 듣고 놀랐지만, 그 사건을 기록했던 사람들에겐 왕의 변화가 자연스러웠다. 왕에게 마력을 행사한 황금 사슴이 바로 보살이었고, 그 보살이 궁극적으로는 부처가 될 영혼의 가장 초기의 현신이었기 때문이다.

그 숲은 부처가 살던 시대에 사라졌다. 그러나 그 자리에는 아름다운

In the Buddhist tradition an interesting but pathetic story is told of how [...]
a gift of a forest to the flock of deer inhabiting it. This story perhaps expl[...]
'Deer Park given to this area, as also the name Sarangnatha, Lord of D[...]
name of Sarnath is derived. There is another story in the texts 'H[...]
fell.'

In this park there once lived five ascetics, who had previously deserte[...]
the latter's search for Enlightenment. Later, when Buddha achieved [...]
he proceeded to this place to expound his new doctrine first to his F[...]
thus preached his first sermon at Sarnath and laid here the foundation[...]
an event commonly known to the Buddhist, as Dharma Chakra pravartin[...]

Like Lumbini, where Buddha was born, Bodh-Gaya, where he obtained E[...]
nagar, where he breathed his last, Sarnath is a holy place of pilgrimag[...]
very early times. Monuments were raised here from time to time. The remai[...]
be seen, are datable from the age of the great Mauryan emperor Asoka a[...]
to the twelfth century A.D. when Buddhism virtually disappeared from the co[...]
portant of the monuments so raised are the Dhamekh Stupa, the Dharmar[...]
rine with a pillar of Asoka close by. There are besides a number of other shri[...]
like monasteries and votive miniature stupas of various dates.

사르나트 유적지.

공원과 호수, 여행자에게 그늘을 제공하는 키 큰 나무가 서 있다. 여러 개의 공중 휴게소도 사란가나트 신을 받드는 사원 주변에 들어섰다. 현재의 지명 사르나트(녹야원鹿野園)는 그 신의 이름에서 따왔다. 불교 연대기에서 매우 중요한 사르나트는 사실 불교가 인도에서 쇠퇴하면서 사람들의 기억에서 멀어졌다. 1790년대에 이르러야 영향력이 큰 상인 자가트 싱과 카시 나레시(바라나시의 왕)의 조정에 있던 귀족들이 사르나트 탐사를 시작했다.

그렇다면 자가트 싱은 고대 유물을 사랑했을까? 그를 신랄하게 비판하는 일부 사람들은 자가트 싱의 유일한 관심이 허물어진 유적에 있는 보석뿐이었다고 단언했다. 그는 유적을 대량으로 반출하여 새 건물을 세우는 데 사용했다.

사르나트의 실질적인 발굴은 1834년 알렉산더 커닝엄(나중에 작위를 받았다)이 시작했다. 곧 매장된 장소가 매우 중요하다는 사실이 드러났다. 신전과 비문을 통해 이곳이 한때 아소카 황제와 관련이 있었고 그 기억을 오랫동안 지켜온 장소였음이 알려졌다.

사르나트는 부처가 최초로 제자가 된 다섯 사람(카운디니아, 바드리카, 아슈와지트, 마하나마, 바슈파)과 최초의 불교도 집단을 처음 만난 장소였다. 부처가 최초의 설법으로 그들을 제자로 삼았던 곳이고, 명상에 빠져 우기를 보낸 장소였으며, 그 밖에도 수많은 일화가 어린 곳이기도 했다.

부슬부슬 내리는 비와 가끔 부는 찬바람이 사르나트에 대해 내가 가진 모든 기억의 페이지를 넘기는 것처럼 여겨졌다.

고타마 시타르타는 가야 지방 인근에 있는 아슈바타 나무(나중에 보리수라는 이름으로 유명해짐) 밑에서 명상을 시작했다. 앞에서 언급한 다섯 수도자는 부처와 함께 고행하던 중 부처가 단식을 포기하고 수자타라는 여인이 준 음식을 받아먹으며, 심지어 강에서 목욕까지 하는 걸 보고는 그를 떠났다!

'배고픔을 여인의 봉사를 받으면서 달래고 몸을 씻는 일까지 신경 쓰는 사람이 어떻게 진리를 깨달을 수 있겠는가?'

이것이 그들의 생각이었다.

그러나 고타마는 깨달음을 얻자마자 자신을 비난했던 사람들을 찾아갔다. 그는 직관을 따라 사르나트에 도착했다.

"누가 우리 쪽으로 오는지 보세요!"

다섯 사람 중 한 사람이 바위에서 야영을 하는 다른 사람들에게 알렸다. 그들은 부처를 보았고, 불편한 기분으로 일어나 반대쪽으로 빠르게 걸음을 옮겼다. 그러나 그들은 본능적으로, 아니면 반사적으로 자신들에게 다가오는 빛을 뿜는 인물에게 눈길을 돌렸다. 그러고는 연민을 담았으나 꿰뚫어보듯 그 인물을 살폈다.

부처는 그들의 행동에 대해 아무런 설명을 요구하지 않았다. 부처가 한 사람씩 안아주자 그들은 부처의 발밑에 엎드렸다. 부처는 그들을 공원의 구석으로 데려갔다.

"나의 고행은 성과가 있었다오. 깨달음을 얻었고, 여러분이 그 경험에 도달할 수 있도록 길을 보여줄 준비가 되었소."

부처는 그들에게 확신을 주었다.

나는 부슬부슬 내리는 비에도 아랑곳하지 않고 그 장소에 앉아 있었다. 그러나 세찬 바람이 내게 부처가 언급한 말을 해주는 것 같았다.

'모든 것엔 이유가 있다. 네 몸을 불필요한 고행에 노출하지도 말고 게으른 안락함을 갈망하지도 마라. 굶지도 말고 식탐에 빠지지도 마라. 불면이나 무력함에도 빠지지 마라. 네 마음속엔 진리에 대한 갈망의 불꽃을 살려두고, 육신은 죽을 때까지 네 의식을 지킬 정도로 유지하라.'

찬란한.
새벽의. 기억.

부처가 다르마(법)의 길을 따라 첫 제자인 다섯 명의 수도자를 인도하면서 머물렀던 당시의 사르나트는 고즈넉한 분위기를 가진 매력적인 도시였다. 지역민들은 두려움과 존경심을 가지고 부처를 바라보았으나 그를 이해하지 못하거나 너무 보수적이었기 때문에 《베다》와 《베다》의 권위에 호감을 보이지 않는 부처의 교리에 호의적이지 않았다.

그러나 부처의 눈은 적절한 영적 인물을 찾느라고 예민하게 움직였고, 그들이 자리를 잡을 수 있도록 민첩하게 활동했다.

어느 날 부처는 당황한 모습으로 공원을 가로질러 가는 젊은이에게 "어디로 가느냐?" 하고 물었다.

"현자여, 그것은 제가 제 자신에게 던지는 질문이랍니다. 제가 어디로 가고 있나요? 제가 바라보는 이 모든 사람은 또 어디로 가고 있나요? 한밤중에 잠을 깨서 주위를 둘러보았더니 다 시체처럼 누워 있더군요. 그들은 아침이 되면 일상을 왜 지속해야 하는지 자문하지 않고 벌떡 일어나서 기계적으로 생활을 시작합니다. 밤이 되면 죽은 상태로 되돌아가고요. 이

헛된 단조로움이 우리를 데려가는 곳은 어디입니까?"

"젊은이여, 이 질문으로 고통받은 적이 없는 모든 사람에게는 일어나고 자는 과정을 자동으로 감수하는 것이 얼마간의 환상을 가진 하나의 의미라네. 그대의 고민에 대해 말한다면, 나는 이렇게 답하겠네.

'이 미친, 미친 인생의 드라마에는 아무 의미가 없다. 욕망이 인간을 행동하게 몰아넣는다. 그 행동의 결과로 인간은 끔찍하고 슬픈 생사의 순환에 묶인다. 이 순환은 그대가 욕망을 극복할 때 끝날 것이다.'"

"욕망을 극복한다고요? 가능할까요?"

"가능하지. 그러나 특별한 행동 강령을 따라야만 가능하네. 내가 그대에게 전해주려는 훈련을 기꺼이 참고 견디겠는가?"

그리하여 그 젊은이, 야사는 부처에게 절을 하고 제자가 되었다. 부유한 상인이던 야사의 아버지는 아들을 찾아 다음 날 그 장소에 이르렀다. 부처가 소수의 무리에게 설법을 하고 있었고, 야사가 그 가까이에 앉아 있는 모습이 보였다. 전하는 이야기에 따르면, 아버지는 아들을 볼 수가 없었다. 부처가 기적을 행했기 때문이다. 수긍할 수 있는 이야기가 전하는 바로는, 그 상인이 즉시 부처를 흠모하게 되어 스승의 빛나는 형체밖에 볼 수가 없어서였다. 상인은 부처에게 절을 하고 제자가 되었다.

부처의 주변에 형성된 무리가 승가의 시초가 되었다고 할 수 있다. 승가 사람들은 매일 일정 시간에 시주를 받으러 밖으로 나갔고, 부처도 예외가 아니었다.

어느 날 부처가 어느 집 앞에서 집주인이 쌀 한 줌을 주기를 기다리면서 있을 때였다. 집주인은 그가 부처의 제자라고 생각하고는 부처를 비난하기 시작했다. 부처가 어리석고 자만심이 넘친다고 오랫동안 독설을 내 뱉었다. 그러다가 지친 집주인은 자신의 말을 막거나 한마디 반박도 하지 않고 석상처럼 조용히 서 있는 탁발승이 거기에 있다는 걸 깨달았다.

"제가 무슨 말을 했나요?"

집주인은 조바심을 내며 물었다.

손에 과일을 들고 있던 부처는 "제가 이 과일을 당신에게 주었으나 안 받겠다고 하시면 이 과일은 어떻게 될까요?"라고 물었다.

"당신 손에 남아 있겠지요! 그건 상식이죠!"

집주인이 대답했다.

"그래요. 자, 저는 당신이 쏟아낸 욕설을 받지 않았어요. 상식을 가졌다 니 그 욕설이 다 어디에 있는지 아시겠지요!"

부처는 조용히 말하고는 사라졌다. 집주인은 마술에 걸린 것처럼 부처 를 따라 공원으로 들어갔다. 며칠 뒤 그는 부처를 스승으로 받아들였다.

어느 늦은 오후였다. 부처는 임시 암자에서 돌아오다가 젊은 남자들이 뭔가 보이지 않는 것을 따라서 뛰어가는 걸 보았다. 부처는 그들을 막아 섰고, 젊은이들은 성자가 뭔가 자신들에게 도움이 될 거라고 기대하면서 걸음을 멈췄다.

"누구를 추적하는가?"

부처가 물었다.

"즐기려고 우리가 오늘 고용한 무용수를 붙잡으려고요. 우린 여기에 소풍을 왔는데요, 점심을 먹고 잠시 낮잠을 자는 동안에 그 여자가 우리 귀중품을 다 챙겨서 가버렸거든요."

젊은이들이 대답했다.

"그대들의 귀중품은 도난당하지 않았구먼!"

"그게 정말인가요? 그것들이 어디 있는지 아세요?"

"나는 그걸 분명히 볼 수 있어. 자네들 안에 있네."

이 사람이 우리를 놀리는 것일까. 젊은이들은 얼떨떨한 얼굴로 서로를 쳐다보았다.

"참으로 귀중한 것은 그대들 안에 안전하게 있네. 그걸 빼앗아갈 사람은 아무도 없지. 젊은이들, 들어보게나. 자, 그대들 앞에 두 갈래 길이 있어. 귀중품을 찾으려는 망상에 사로잡혀서 무용수를 추적하는 길과 그대들에게 참으로 귀중한 것을 찾기 위해 나를 따르는 길이지."

부처는 그들의 대답을 기다리지 않고 떠났다. 젊은이들은 몸이 굳어서 그 자리에 서 있었다. 곧 그들 중 한 사람이 부처의 길을 선택했다. 남아 있던 사람들도 한 사람씩 부처의 길을 따라갔다.

이곳에 건립되었던 것으로 보이는 최초의 불교 사원은 번창했다. 현장 법사가 7세기경 이 사원을 방문했을 때는 1500여 명의 비구승이 살고 있었다. 아소카 황제는 부처가 첫 제자들을 가르쳤던 장소에 훌륭한 사리탑을 세웠다. 그 탑이 흥미로운 이름을 가진 다메크 탑이다.

"이 이름이 팔리어인가요?"

나는 박물관 직원에게 물었다.

"다르마라지크라는 단어의 변형인데요. 팔리어이기도 하고 산스크리트어이기도 합니다."

그가 설명했다. 한때 거룩한 이곳에서 가장 두드러졌던 아소카의 법륜은 지금은 깨지고 훼손된 채 박물관에 보관되어 있었다.

"이걸 망가뜨린 사람은 누구인가요?"

박물관 직원에게 물었더니 그는 역사를 인용하며 설명해주었다. 그러나 마하보디 협회에서 세운 사원을 조사하던 나는 다른 차원에서 나만의 답을 얻게 되었다. 부와 명성(삶 자체)의 헛됨을 가르쳤던 부처의 유물이 든 기념관의 벽면에는 그 건물에 기부한 공덕을 내세워 불멸을 요구하는 사람들의 이름이 새겨져 있었다. 그걸 보니 여행자가 많이 찾는 태국의 한 주요 사원에서는 많은 짐승과 새를 불상 앞에서 희생했다는 사실이 떠올랐다. 훼손된 기념물들의 그 비극은 이상이 훼손된 비극 앞에서 희미해졌다.

내가 탄 델리로 가는 열차의 객실에는 세 사람의 동반자(두 명의 유럽인과 그들의 인도인 친구)가 있었다.

"불교가 태어난 땅에서 어떻게 불교가 사라졌을까요?"

두 사람의 외국인 중 한 명이 인도인 동행에게 물었다. 영어로 설명하려고 애쓰는 그의 모습이 매력적이어서 나는 주의를 기울였다.

그러나 인도인이 유창하고 멋지게 영어로 설명하는 것이 사르나트에 있는 부서진 유물보다 더 나를 슬프게 만들었다. 힌두교도가 불교도를 괴롭혀서 그들의 다르마를 잊었기 때문에 불교가 사라졌다는 것이 그의 발언 요지였다.

"브라만이 불교 승려의 앞머리를 잡아채서 끌고 가 지역 밖으로 추방했다"라는 것이 그에게서 나온 '인용할 만한 인용'이었다.

나는 짜증을 참지 못하고 웃음을 터뜨렸다. 운 좋게도 인도인 동행은 내 웃음을 그의 말에 대한 공감으로 받아들였다.

아소카 황제가 세운 다메크 탑.

"제 말이 옳지요?"

그가 상냥하게 물었다.

"불교도의 머리채를 잡아끌었다는 브라만에 대한 묘사가 아주 생생해서 당신이 전생에 그 현장의 목격자였다는 생각이 들 정도였습니다."

나는 말했다. 그가 웃으면서 답했다.

"전 역사학 교수가 아닙니다. 그저 책을 많이 읽은 역사를 좋아하는 사람일 뿐이지요."

"그래 보입니다."

이렇게 말한 나는 그의 외국인 동행들이 듣지 못하도록 목소리를 낮춰 그에게 덧붙였다.

"그러나 브라만이 그 일을 처리하는 건 훨씬 어려웠을 거예요. 불교 승려들은 머리카락이 한 올도 없는(깨끗이 면도한) 민머리였으니까요. 그것이 그들의 계율이었죠!"

그는 정말 쾌활한 사람이었다. 그는 웃었고, 내게 악수를 청했다.

반시간 뒤에 두 명의 외국인 중 젊은 사람이 "선생님은 불교가 인도에서 사라진 이유에 대해 다른 견해를 가지신 것 같은데요. 우리에게 말씀해주시겠어요?"라고 내게 물었다.

"저는 그 주제를 공부한 적이 없습니다만, 불교가 인도에서 사라졌다고는 믿지 않아요. 다른 불교 국가에서 존재하듯이 인도에도 불교가 존재한다고 생각하지요. 불교는 다양한 교리와 때로 상반되는 교리까지 수용하는 신앙, 즉 힌두교의 일부가 되었습니다. 샹카라가 열반의 이상을 강조하면서 불교의 특별한 매력이 약화되었지요. 힌두교에서는 부처를 절대자의 화신으로 받아들이고 그 믿음을 숭배합니다. 이것이 불교가 소멸한 이면에 있는 역사적 이유지요. 다른 이유는 훨씬 심오합니다."

"그 이유는 뭔데요?"

"나중에 느슨하게 힌두교도의 신앙이라고 불렸던 고대의 베단타 이론이 삶의 근원에서 즐거움의 비밀스럽고 지고한 힘을 추적했습니다. 불교는 삶을 단지 고통이라고 제시했고요. 서로 상반된 이 교리가 인도인의 집합적 신앙의 기초가 되었지요. 인도인의 정신은 불교라는 새로운 신앙의 높은 파도가 지나가자 불교 이전에 나온 삶의 관점을 더욱 지지했습니다."

두 외국인은 고개를 끄덕였다. 역사를 사랑한다던 그 인도인 동행은 연방 하품을 했다.

시간보다.
오래된. 도시.

1890년대에 마크 트웨인은 "바라나시는 역사보다 오래되었고, 전통보다 오래되었으며, 전설보다 오래되었고, 그들을 모두 합친 것보다 두 배 오래된 도시다"라고 놀렸다. 그러나 또 다른 여행자 M. A. 세링 목사는 이렇게 적었다.

> 이 도시는 적어도 2600년 전에 이미 유명했다. 그때는 바빌론이 니네베와 주도권 싸움을 하고, 타인Tyne이 식민지를 개척할 때였다. 로마가 알려지기 전이고, 그리스가 페르시아와 경쟁하기 이전 아테네인이 세력을 키울 때 이미 바라나시는 위대함에 도달했다.

여정을 따라 내가 바라나시에 들렀을 때 도시는 쏟아지는 빗속에서 흐릿한 모습으로 누워 있었다. 나는 그런 분위기를 즐겼다. 그 속엔 들어가기 쉽지 않고 이해하기 힘든 바라나시의 영적 맥박(아주 오래되고 매력적이라 거부할 수 없는)이 뛰고 있기 때문이었다. 위대한 고대 유적을 자랑하는 도시는 아주 많지만, 바라나시처럼 그 기원을 역사나 전설로만 추적할 수 있는 도시는 어디에도 없다. 에드윈 그리브스가 관측했듯이, 누가 바라나시를 세웠느냐고 묻는 것은 누가 히말라야를 세웠느냐고 묻는 것이나 다름없다.

전설에 따르면, 아기 예수에게 인사를 드린 동방 박사 세 사람 가운데 한 사람은 바라나시의 왕이었다. (다른 전설은 세 사람이 모두 인도의 브라만이라거나, 어떤 브라만의 페르시아인 제자라고 전한다.) 솔로몬 왕이 바라나시에서 한 무리의 원숭이와 공작새를 수입했다는 이야기도 전해진다. 그때는 예수가 탄생하기 1000년 전이었다.

어느 누가 부처의 초기 화신인 보살이 (왕자로, 수도승으로, 상인으로, 학생으로 그리고 심지어 동물로) 바라나시의 꼬불꼬불한 좁은 길을 얼마나 여러 번 누비고 다녔는지 말할 수 있겠는가? 그 이유는 《본생담》에 나오는 대다수 이야기가 항상 "브라마다타 왕이 바라나시를 통치할 때 일어난 일이었다"라고 시작되기 때문이다.

수많은 전생에서 얻은 경험으로 가득 차 있던 그 사트바, 즉 본질(영혼이라는 단어를 사용하지 않은 것은 불교에서 그 단어를 꺼려하기 때문이다)이 드디어 싯다르타로 태어나서 수행을 하다가 깨달은 자가 되었다. 부처는 이후 바라나시 외곽에서 열반을 설파하는 사명을 시작했다.

내가 차를 타고 달린 길은 먼 옛날 마하비라 지나와 샹카라가 걸었고, 그보다 후대에는 카비르, 툴시다스, 타일랑가 스와미가 걸었으며, 또한 셀 수 없이 많은 다른 영적인 인물들이 밟고 다니던 바로 그 길이었다. 이 경우엔 정말 셀 수 없다는 말이 적합하다.

때마침 쏟아지는 비가 현실적인 방식으로 내게 축복을 주었다. 비 덕분에 이 도시의 신 비슈와나트를 모신 사원으로 몰려든 군중이 흩어졌던 것이다. 1~2분 사이 사원에는 나와 내 젊은 친구이자 가이드를 맡은 사로즈 박사만 남았다. 심지어 원숭이들도 하루 동안 휴가를 얻은 것처럼 눈에 보이지 않았다. 그러나 '아버지'로 여겨지는 원숭이 한 마리는 서둘러 내게 다가와서 의미 있는 것처럼 보이는 웃음을 짓고는 돌아갔다. 마치 이렇게 말하는 것 같았다.

"사람들이 우리에 대해 적은 모든 기록(우리가 순례자들에게 부딪치고, 그들의 지팡이와 가방을 빼앗거나 심지어 엄마 무릎에 있는 아이를 유괴하여 선물을 줄 때까지 인질로 잡는다는 것)을 다 믿지는 마세요. 이런 일은 거짓은 아닐지라도 과장된 거랍니다. 우리는 먹고살려고 머리를 굴려서 더 좋은 방법을 고안해내는 것인데, 사람들은 그런 행위를 나쁘다고 낙인찍습니다. 물론 우리를 부러워할 필요도 없어요. 단언하건대, 우리는 그 점에선 결코 인간보다 뛰어나지 않으니까요."

아주 몸집이 큰 황소가 골목길을 가로막은 채 눈을 감고 생각에 잠겨 있었다. 황소는 비를 즐기는 중이었고, 그 앞에 한 신자가 내리는 비를 맞으며 황소에게 바나나를 먹이려고 몸을 구부리고 있었다. 그는 바나나를 황소의 입에 가까이 대고 먹으라고 권했으나 소는 내내 비협조적이었다. 신자는 자신의 헌물을 성스러운 소가 거부하는 것을 불길한 징조로 여겼음이 분명했다. 2분쯤 지난 후 뒤를 돌아보니 그는 여전히 비를 맞으며 소에게 호의를 얻으려고 노력하고 있었다. 나는 그의 성공을 빌었다.

바라나시에 있는 수백 개의 다른 사원처럼 비슈와나트 사원은 12세기에서 17세기에 이르는 동안 한 번 이상 손상을 입거나 파괴되었다. 마지막 재앙은 무굴의 아우랑제브에 의해서였다. 인도르 왕국을 다스리던 아할리아바이 여왕이 사원을 재건했고, 펀자브 지방을 다스리던 란지트 싱이 사원의 지붕에 황금을 입혔다. 왼쪽 눈을 잃었으나 선견지명을 가졌던 란지트 싱은 시대가 변한다는 것과 어떤 약탈자도 감히 그가 바친 귀중한 헌물을 떼어내지는 못할 것이라고 판단했다.

슬프게도, 바라나시의 힌두 사원들은 수없이 재물을 약탈당했다. 무하마드 가우리 술탄의 장군 쿠트부딘 아이바크를 따라갔던 한 연대기 작가가 남긴 기록을 보면, 아이바크는 혼자서 400마리의 낙타를 동원하여 전리품을 실어갔다.

비슈와나트 힌두 사원은 아마도 애초에는 다른 곳에 있었던 것으로 보인다. 전설에 따르면, 신전을 건축한 사람은 역사가 시작되던 시절에 살았던 디보다스 왕이었다. 물론 시바 신과 바라나시는 늘 분리될 수 없는 사이였다. 그러나 무슨 연유에선지 디보다스 왕에게 화가 난 시바 신이 도시를 버렸다. 디보다스 왕이 시바가 머물 훌륭한 거처를 지은 뒤에 신에게 은혜를 내려주십사 하고 빌자, 그제야 시바 신이 돌아왔다. 일부 역사가들은 이 전설을 바라나시를 지배했던 시바에 대한 신앙을 누르고 불교가 일시적으로 도시를 지배했으나 다시 시바 신앙으로 돌아간 것이라고 해석한다. 내가 그 주장을 확신할 수 없는 것은 디보다스 왕이 불교가 일어나기 전에 활동했다는 수많은 흔적이 남아 있기 때문이다.

오후 늦게 비는 그쳤으나 구름이 여전히 하늘을 가리고 있었다. 우리는 신화시대에 브라마 신을 기념하여 거기서 열 번이나 '말 희생제'를 드린 유명한 다사스와메드처럼 가트에서 배를 탔다. 사공은 제일 먼저 마니카르니카(비슈누 신의 귀고리가 여기서 강물에 빠졌기 때문에 귀고리라는 뜻의 이런 이름이 붙었다. 이곳은 유명한 힌두의 화장터다—옮긴이) 가트 부근으로 우리를 데려갔다. 그곳에는 화장 더미 여섯 군데가 불태워지고 있었고, 그 반대편엔 이전에 왕들이 머물렀던 궁전이 줄지어 있었다. 대다수 궁전은 돌본 흔적이 보이지 않았고, 발코니에는 낡고 더러운 옷들이 걸려 있었다.

"이제 왕족은 더 이상 궁전에 살지 않아요, 선생님. 궁전은 쪼개져서, 심지어 방도 한 칸씩 쪼개져 저 같은 평민에게 팔렸습니다."

우리가 탄 배의 키를 잡은 사람이 말했다.

왕들은 삶을 즐기려고 서너 개의 큰 도시에 궁전을 지었지만, 여기 바라나시에서는 죽음을 즐기기 위해 궁전을 지은 셈이었다. 바라나시에서 죽는 것은 왕이나 평민이나 하늘나라로 가는 가장 쉬운 길이기 때문이다.

이슬비가 내리기 시작했다. 조타수가 얼른 우산을 가져와 우리에게 건넸다.

"아저씨는 우산이 없어서 어떡하죠?"

"우리는 비와 폭풍에 익숙해요. 그렇지만 여길 보세요. 이 가트의 이름이 무엇인지 아세요? 하리슈찬드라 가트랍니다."

해 질 녘 이슬비까지 내리자 어린 시절 동네에서 보곤 했던 유랑극단의 그 장면(세계 문학에 나오는 가장 감동적인 장면 중의 하나)이 떠올랐다. 하리슈찬드라 왕은 자신이 한 약속을 지키려고 모든 재산을 비슈바미트라에게 양도하고 극빈자가 되었다. 그의 아내 사이비아 왕비는 어떤 집의 하녀가 되었고, 거기서 받는 보잘것없는 수입으로 어린 아들 로히트를 돌보았다.

1922년 당시의 마니카르니카 가트.

왕비는 남편이 어디에 있는지 알지 못했다. 아들이 뱀에 물려 죽었지만, 죽은 아들을 화장터에 옮길 시간조차 주인으로부터 얻어낼 수가 없었다. 왕비는 한밤중에 그 일을 해야 했다. 화장터를 지키는 사람은 자신의 주인을 위해 화장터 이용료를 받아야 했지만, 왕비에겐 그걸 지불할 돈이 없었다. 억장이 무너지는 감정을 공유한 두 사람은 마침내 서로를 알아보았다. 화장터를 지키는 사람은 바로 하리슈찬드라 왕이었다! 두 사람은 아들의 시신을 태울 장작더미에 함께 올라서 죽기로 결심했다.

그러나 그들의 불행은 끝이 났다. 비정하게 보였던 비슈바미트라가 연민적인 자아를 드러낸 것이다. 부부에겐 죽은 아들을 포함하여 모든 것이 회복되었다. 그리고 그들의 인내와 정직함은 살아남아서 불행의 손아귀에 들어간 사람들에게 시대를 초월하여 본보기가 되었다.

우리는 구름이 새로운 비가 되어 쏟아지기 전에 서둘러 강가에 배를 댔다. 호텔 방에서 맞는 차갑고 외로운 순간에 나는 바라나시의 무한한 심장 고동을 느끼려고 애썼다. 그리고 19세기에 C. A. 켈리가 쓴 다음의 시를 기억했다.

당신의 신들은 당신을 수의로 감싸서
성스러운 베나레스(바라나시), 그곳에서 아침부터 저녁까지
키 큰 모스크의 거리와 사원이 많은 언덕에서
군중의 시끄러운 웅얼거림 울려 퍼져서
그대의 신성한 갠지스로 크게 메아리치네
저마다 꽃으로 둘러싸인 신전의 깊은 곳에는

언제나 말 없는 형상, 조용한 신의 품안에

그 앞에 머리 숙여 기도의 말 생각하네

그러나 장엄한 강, 저 아래로 흘러가고

고요하게, 가차 없이 바다를 향해

죽음으로 행복한 그들의 재

강물의 축복받은 가장자리 영원을 만나네

드디어, 깨끗한 저녁노을 황금 꽃다발을 던지며

달콤한 밤이 모든 걸 조용히 가라앉히네

잃어버린. 공작새에.
대한. 추적.

인도의 촌락에서 1960년대는 다른 시대였다. 그곳엔 손님을 신이 주는 선물로 생각하는 사람들이 여전히 살고 있었다. 그런 사람들의 일부가 12월 추운 밤 마을 앞 목장에 나와서 콜라푸르에서 나를 태우고 온 구식 자동차를 기다린 것은 그리 놀랄 일이 아니었다. 안개 속에서 랜턴을 들고 서 있는 그들의 모습은 마치 달 부스러기와 같았다.

마을이 도시의 분위기와 얼마나 동떨어졌는가를 깨달은 것은 아침이 되어서였다. 그곳은 중세의 허물어진 성채 한가운데 있었다. 마을을 둘러싼 성벽은 사람과 동물이 쉽게 드나들 수 있을 정도로 군데군데 무너졌으나 여전히 마을을 지키면서 서 있었다.

새도 '마을 사람의 것'이 아니었다. 공작새는 자신들이 마을의 주인이고, 마을 사람이 공작새의 자비로운 손길을 받는 것처럼 내 앞에 나타났다.

"이 새들은 누구의 애완동물인가요?"

나는 나를 초대한, 작고한 시인 마두라첸나의 장남 푸르쇼탐에게 물었다. 내 질문이 그를 당황하게 만든 듯했다. 나는 거만한 수컷 공작새가 한

여인과 나란히 편하게 걸어가는 모습을 가리켰다. 여인과 공작은 서로 몸
이 닿았지만 둘 다 아무런 반응을 보이지 않았다. 서너 마리의 더 많은 공
작새가 마을 소년들과 그들의 소 떼와 함께 걸어가는 모습도 보았다. 그
들은 유일한 이방인인 나에게 의심의 눈길을 던졌다. 그러나 푸르쇼탐에
겐 그 광경이 주변에 있는 덩굴식물이나 크게 무너진 유적보다 더 이상하
게 여길 이유가 없는 듯했다.

"공작새를 말씀하시는 건가요? 우리 조상과 공작의 조상이 이 마을이
생겼을 때부터 함께 살아왔고, 그 세월이 우리의 공존에 아무런 영향을
주지 않았죠!"

푸르쇼탐이 말했다.

촌락과 옥수수 밭 사이의 먼지 나는 길을 따라 나이 든 교사와 함께 어
슬렁거리며 걷는 동안에도 나는 수십 마리의 아름다운 초록색 앵무새들
이 흩어진 옥수수 낟알을 게걸스럽게 먹는 모습을 보았다.

"앵무새가 마을 사람에게 큰 해를 끼치겠어요!"

내 세속적인 깊은 관찰은 메말라서 바스락 소리가 날 정도였다.

"그래도 새는 항상 우리에게 의존하며 살아왔어요!"

교사는 자신의 잘못을 설명하라는 요구를 받은 것처럼 더듬거리며 말
했다. 할라상기 마을에 사는 사람들의 마음속에는 폭력이 없을 거라는 확
신이 점점 내 안에서 커졌다. 그것은 많은 것을 설명해주었다.

할라상기는 '쟁기의 동반자'라는 의미였다. 성곽은 사라졌고 누가 언제
그 성곽을 건축했는지 아는 사람도 없었다. 마을에서 멀지 않은 곳에 자
리한 비마 강 강둑에서는 시간이 흐르면서 먼지로 바뀌어가는 지나간 시

대의 흩어진 해골들이 발견되었다. 성채의 주인과 성을 침입한 외부인 간에 전쟁이 일어났고, 결국은 성의 주인이라고 주장했을 사람들이 전멸된 것으로 추정된다.

할라상기에서 한 시인의 아들이 초대한 손님이었던 나는 비자푸르에서는 또 다른 시인 휠갈의 사위 데사이 교장의 환대를 받는 손님이었다. 통역 자하기르다르와 나는 시내로 가는 대중교통을 이용했는데, 우리를 마중하러 나올 예정이던 데사이는 제시간에 버스 정류장에 도착하지 못했다.

"택시를 부르지요."

나는 자하기르다르에게 제의했다.

"택시요? 비자푸르 어디에서 택시를 찾을 수 있나요?"

"그래요, 그럼 릭샤를 불러야겠네요."

"릭샤는 또 어디에 있나요?"

그러나 얼떨떨한 상황은 오래가지 않았다. 어디선가 빠르게 달리는 경쾌한 소리가 들렸고, 곧 말 여섯 마리가 끄는 마차가 우리를 둘러쌌다. 마을의 역사에 지친 작은 마을의 영혼이 중세의 선잠을 계속 자고 싶어 하는 것처럼 보였다.

한때 비자푸르는 자랑스러운 기수들이 이끄는 1000마리의 말이 질주하는 소리로 진동하던 도시였다. 오늘날 그들의 후손은 1인승 2륜 경마차를 끌고 있었다.

그때까지 비자푸르가 중세적 분위기와 사랑에 빠졌다는 사실은 66미터 높이의 골 굼바즈의 경이로운 돔(로마의 베드로 성당에 이어 세계에서 두 번째로 높은)으로 올라간 순간에 분명해졌다. '속삭이는 방'으로 유명한, 발코니가

있는 위층의 긴 의자에는 많은 젊은이와 중년 남자들이 눈을 감고 앉았거나
손발을 쭉 뻗고 누워 있었다. 때로 그들 중의 누군가가 비명을 지르면 다
들 그 메아리의 마력 속으로 빠져들었는데, 그 메아리의 기묘한 진동은
마치 다른 세상에서 오는 것처럼 느껴졌다. 그곳에서 지르는 한 번의 소
리는 스물한 번이나 메아리가 되어 돌아온다고 한다.

　두 동행이 기념물을 돌아보는 동안 나는 거기에 서서 소리의 진동을 찬
미하는 사람들을 관찰했다. 어떤 사람은 메아리가 되어 들려오는 자신의
목소리에 빠졌다가 다음 메아리가 울리는 시간 사이의 잠깐 동안에 내게
눈을 깜빡이며 미소를 지었다. 그들은 보이지 않는 영혼들의 명령을 받는
것처럼 보였다. 일단 그들의 목에서 떠난 목소리는 그 영혼들이 일종의
신비한 웃음소리로 바꾸는 재산이 되었다.

　내가 발코니로 나왔을 때는 태양이 이슬람 사원의 첨탑과 키 큰 나무에
걸린 채 지평선으로 넘어가는 중이었다. 사방이 조용했지만 곧 굼바즈 안
쪽에서 희미한 메아리 소리가 흘러나왔다. 졸린 모습의 마을 자체가 과거
의 메아리처럼 보였다. 메도스 테일러(영국의 군인이자 행정관이며, 여러 권의 소설
을 출판한 작가이자 인도 고고학에도 관심을 쏟은 학자—옮긴이)는 그러한 과거를 다음
과 같이 간결하게 이야기했다.

　　성채에 서면 방문객은 역사적인 사건 장면을 많이 보게 될 것이다. 헌신적
　　인 딜샤드 아가와 유수프 아딜 샤(인도 비자푸르 왕국의 집권 왕가인 아딜샤히 왕조의 창
　　시자—옮긴이)의 왕비인 부부지 카누가 갑옷을 입고 군사들 속에 섞여서 싸웠
　　던 그 조정은 배반자 쿠말 칸의 공격에서 살아남았다. (……) 젊은 왕이 난

'둥근 돔'이라는 뜻의 골 굼바즈.
비자푸르의 술탄 모하메드 아딜 샤의 무덤이다. 1656년 완공.

간에서 바위를 밀어 그를 죽음에 이르게 만들 때 쿠말 칸의 아들이 서 있던 장소, 쿠말 칸의 시체가 마치 살아서 군인들에게 잔인한 공격을 부추기듯 이 나선 그 창문…… 이 모든 것은 그럴싸한 가능성과 진실뿐만 아니라 왕 비의 처소(배신자 크시와르 칸이 고귀한 마음을 가진 찬드 비비를 끌어내 타라에 있는 감옥으로 끌고 간)에 대한 모든 부수적인 증거를 알려준다. (……) 그러나 궁전과 모스 크, 감옥과 내전, 요새화된 탑과 성벽 위로 비치는 인도의 햇살이 내려주는 영광과 개인의 경험으로 느낄 수 있는 영화로움을 지닌 이 폐허의 아름다 움에 고무된, 어떤 유창하고 시적인 글이 빠르게 사라져가는 전통의 순간적 기억을 모아서 영원히 사라지지 않을 결과물로 남길 기대한다.

테일러 시대 이후 많은 것이 사라졌고, 내가 1960년대에 그곳을 방문한 뒤에도 많은 것이 사라진 것이 확실하다. 그럼에도 비자푸르는 창조적인 작가, 특히 시인이 아니라 소설가에게는 아직 기쁨이 될 수 있다. 작가는 유수프 아딜 샤가 도시를 세운 바로 그때부터 창작을 시작할 수 있었을 것이다.

그 시점은 15세기로 거슬러 올라간다. 당시 오스만 제국의 술탄 무라드 2세는 특이한 성격의 소유자였다. 그는 오스만 제국의 분쟁 지역을 전부 자신의 철권통치 아래 두고 싶었다. 그러나 때로 금욕적 충동이 그를 사로잡았다. 국가의 정사를 버리고 빠져나가서 초연한 삶을 살 수 있을까? 그는 철학을 사랑했고, 시인과 예술가, 사상가를 후원한 첫 번째 오스만 제국의 군주였다. 그리고 그는 둘째 아들인 어린 유수프를 배다른 큰아들보다 더 사랑했다. 왕과 왕비는 귀여운 아들이 정원에서 즐겁게 뛰노는 모습을 발코니에서 내려다보곤 했다. 그러나 소년은 왜 왕비가 때로 눈물을 흘리며 자신을 껴안아주는지 이해할 수 없었다.

1451년 어느 날, 술탄 무라드가 멀리 떨어진 야영지에서 사망했다는 소식이 수도에 전해졌다. 궁 안이 온통 슬픔에 잠겨 있을 때 왕비는 유수프를 찾아가 껴안고는 그대로 기절했다. 왕비의 측근만이 그녀의 고민을 이해했다. 그것은 왕조를 지배하는 끔찍한 전통 때문이었다. 그 전통에 따르면, 왕이 죽으면 수 시간 내에 큰아들을 제외한 모든 아들이 처형되었다. 그렇게 해야 왕권 경쟁이 없고, 제국이 온전하게 유지될 수 있었다.

왕궁의 핵심 세력은 왕위를 둘째 아들 유수프가 물려받도록 은밀한 준비를 시작했다!

왕비는 결심을 굳히자마자 가장 믿는 환관들을 찾아가 전략을 논의했다. 마을에서 노숙하는 상인 계층 가정의 한 불쌍한 소년이 적당한 가격에 팔려왔다. 그는 왕족의 옷을 입고 궁전으로 안내되었다. 왕비가 그를 양자로 삼은 것은 소년에게 그럴 만한 상서로운 표시가 있기 때문이라고 누군가 소년에게 귀엣말로 전해주었다.

기쁘기도 하지만 한편 당황한 소년은 생애 처음이자 마지막인 호화로운 식사를 마쳤다. 한밤중이었다. 유수프의 형이 대관식을 준비하는 동안 평민의 옷으로 갈아입은 유수프는 힌두스탄으로 가는 대상에게 맡겨졌다. 다음 날 아침에 '입양된' 왕자는 죽은 채 발견되었다. 그의 저녁식사는 분명히 단순한 별미 이상이었을 것이다. 그는 유수프라고 보고되었다.

진짜 유수프는 힌두스탄에 도착했다. 그는 이유를 설명할 수 없는 행운이 항상 손님들을 기다리는 것 같은 그곳에서 시간과 사건의 우여곡절 끝에 비자푸르에 이르러 아딜샤히 왕조를 세웠다.

***

나는 28년 뒤인 1993년에 다시 한 번 할라상기를 방문할 기회가 있었다. 첸나이에서 굴바르가 또는 솔라푸르로 가는 길에 폐허가 된 성이 여러 채 서 있는 어느 작은 산을 보게 되었다. 산기슭의 수천만 제곱미터의 땅이 만발한 황금색 해바라기로 뒤덮여 있었다. 얼마나 아름다운지! 경이로웠다. 그러나 동행 중이던 두 승객의 대화에서 금방 그 현상에 대한 설명을 들을 수 있었다. 해바라기 기름이 수익성 좋은 상품이 되었다는 것이다.

굴바르가에서 하룻밤을 지낸 나는 구식 자동차가 아닌 친숙한 새 자동차를 타고 여행을 다시 시작했다. 몇 주 전에 예상 밖의 심각한 지진이 그 지역을 뒤흔들었고, 아직도 그 여파를 느낄 수 있었다. 우리는 계곡과 마을을 지나갔다. 마을은 더 이상 1960년대처럼 고즈넉하지 않았는데, 사실 나도 그걸 기대하진 않았다. 커다란 옥외 광고 간판과 마이크, 찢어지거나 새로 덧칠해진 영화 포스터와 정치인의 얼굴 사진(매력적으로 웃고 있는 유명한 여성 지도자의 얼굴에 콧수염을 그려서 충격적인 의미를 던지는)은 인도 전역의 마을 사람들이 참고 견뎌왔던 일종의 대접이었고, 그래서 도시에서 온 방문자들도 그것을 견뎌야 했다. 그들이 숲 속 공기 속에서 연주하는 불협화음은 사라질 수가 없었다.

굴바르가에서 나를 동행한 친구가 "그래, 우리는 도착했어!"라고 갑자기 말했을 때 나는 생각에 빠져 있다가 깜짝 놀라서 깨어났다. 분명, 안개 속에서 한 줄기 빛이 사랑과 애정을 담은 얼굴로 나타나길 기대하지는 않았다.

그러나 주거지를 길이나 들판에서 분리했던 벽은 보이지 않았다. 그것들은 다 어디로 갔을까? 그 벽은 시장을 형성하는 한 줄로 늘어선 상점으로 바뀌어 있었다. 흙집은 빌딩으로 바뀌었고, 마을 학교는 대학으로 승격되었다. 전깃불이 랜턴과 램프를 대신했고, 만남의 장소에는 공상 속에나 나올 만한 조명이 설치되었다.

그런데 숲(공작새들의 작은 마을)은 어디로 갔을까? 석양에 공작 세 마리가 한꺼번에 춤추는 모습을, 한 마리는 성채의 폐허 위에서, 다른 한 마리는 숲에서, 그리고 나머지 한 마리는 억새 지붕 위에서 춤추는 걸 다시 볼 수 있을까?

"공작새는 어디 있니?"

나는 소년에게 속삭이듯 물었다. 소년은 멍하니 나를 보았다. 나는 그 아이가 동물원에 갔을 때나 공작새를 볼 수 있다는 걸 깨달았다.

"푸르쇼탐 씨, 공작새는 어떻게 되었나요?"

나는 나를 초대한 사람에게 물었다.

"공작새는 더 먼 숲과 덤불 속으로 새 보금자리를 찾아서 떠났답니다."

그는 당황한 듯이 대답했다.

"얼마 전까지만 해도 가끔 몇 마리쯤은 우리를 보러 오곤 했지요. 그것도 드물어지다가 점차 중단되었고요."

앵무새도 떠났다. 대다수 앵무새가 사라진 이유는 화학비료를 사용한 농작물 탓이었다.

28년 전 겨울 밤 안개 속에서 한 줄기 빛을 통해 보았던 얼굴들은 다 세상을 떠났다. 유일한 생존자는 90세로 침대에 누워 있는 마두라첸나 시인의 아내뿐이었다. 나는 그녀의 침대 모서리에 앉았다. 시인의 아내는 흐린 눈으로 빛을 잔뜩 모으더니 나를 알아보았다. 나는 그 눈에서 100만 마리의 공작새를 보았다. 잃어버린 공작새에 대한 내 질문은 거기서 끝이 났다.

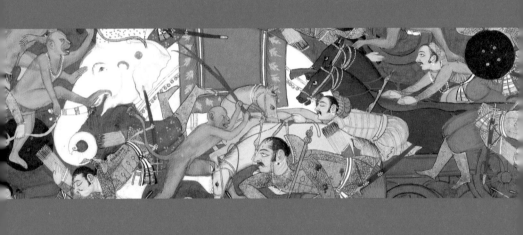

별과
랜턴이 있던
밤

수수께끼의
밀사

딜립 다타 박사는 나를 보고 재미있어하는 웃음을 지었다.

"구제 불능의 스포츠 팬인 우리 축구단의 단장 카누가 사히브의 간청으로 디그보이로 가는 한 유명한 축구 선수에게 선생님을 모시고 갔던 사람이 바로 저였어요."

그가 덤덤에서 내게 말했다.

그때는 1960년대 후반이었다. 아삼 주에서 채굴되는 원유는 여전히 한 영국 기업의 소유였다. 나는 그 지역 스리 오로빈도 센터의 초청을 받았지만, 그 영국 회사의 초대 손님으로 디그보이로 가는 중이었다. 다타 박사가 다른 사람과 나누는 대화에서 퐁디셰리를 언급하는 걸 우연히 듣고는 호기심이 생겨서 그에게 퐁디셰리 사람이라고 나를 소개했다. 디그보이에 있는 아삼 석유회사 소속의 수준 높은 병원에서 임원으로 재직 중이던 다타 박사는 곧 병원장이 되었다. 그는 그런 고위직에 오른 최초의 인도인이었다. (그러나 그는 거기에 매이지 않았다. 그는 곧 퐁디셰리에 있는 스리 오로빈도 아슈람으로 들어갔다.)

우리는 비행기에 나란히 앉았다. 그는 처음으로 그 지방을 방문하는 내게 철학자이자 가이드가 되어 구름 속으로 사라졌다가 다시 나타나는 눈부신 히말라야 산맥의 눈 덮인 봉우리들을 소개했다. 아삼 지방과 아삼 사람들의 경이로움에 대해 이야기를 들려준 그는 초기 투자자들이 석유 탐사 과정에서 겪었던 단편적인 모험에 대해서도 말해주었다.

우리가 디브루가르 외곽에 있는 모한바리에 도착한 것은 정오였다. 그 지방에 사는 친구들의 도움으로 1인실로 구성된 게스트하우스에 짐을 풀었다. 정성 들인 점심식사로 나를 기쁘게 했던 내 초청인은 늦은 오후까지 만족스러운 휴식을 즐길 수 있게 해주겠다고 장담했다. 그러나 나는 조심스럽지만 지속적인 노크로 문이 흔들릴 때까지 낮잠을 거의 이루지 못했다.

내가 문을 열자마자 불안해하는 키가 큰 한 젊은이가 뛰어 들어오더니 등 뒤로 문을 닫았다. 그의 팔다리는 서로 이질적인 재료를 조합해서 만든 것처럼 보였다. 내가 의자를 권했지만 그는 계속 서 있었다.

"혹시 선생님이 글을 쓰는 분인가요?"

그는 어떤 가게에 들어가서 특정 상표의 비누나 치약이 있는지 묻는 태도로 내게 물었다.

"그런데요."

나는 시큰둥하게 대답했다.

"좀 앉으실래요?"

남자는 마지못해 내 말을 따랐지만, 자신이 앉거나 서는 것에 대한 결정이 내 말 때문이 아니라는 듯한 몸짓을 보였다.

입은 옷차림이나 머리모양으로 보건대, 그는 동북 지방에서 온 것이 분명했다. 그의 얼굴과 체격은 흥미로웠고 그가 쓰는 영어 억양은 인상적이었다.

"선생님은 라니 가이딘리우에 대해 아십니까?"

나는 감추려고 애썼지만 실은 깜짝 놀랐다. 그 라니는 수많은 선정적 이야기의 중심에 있었다.

"신문들이 보도한 내용은 다 압니다."

"선생님은 아무것도 모르세요."

"라니는 나가 부족에 속하는 한 부족의 지도자예요."

"그녀는 자기 부족을 위한 주정부를 요구하지 않았나요?"

"선생님은 아무것도 모르십니다."

나는 논쟁을 포기했다. 방문자가 미소를 지었다. 그러자 내 방의 불길한 기운이 편안한 기운으로 바뀌었다. 그는 무례하거나 오만하지는 않았다. 그저 단순하고 즉흥적이었다.

"내가 라니에 대해 알기를 바라나요? 그녀에 대한 자료를 가지고 나를 도와주면 좋겠습니다만."

"라니에 대한 모든 책과 기사는 다 쓰레기예요."

그는 말했다.

"라니는 나가 부족의 지도자라기보다는 여신입니다. 그녀가 원한 것은 부족을 위한 주정부가 아니라 부족민의 해방이에요."

"그렇군요."

"선생님은 냉소적으로 보시는군요. 그러나 저는 오직 사실만 말합니다. 이제 핵심으로 들어가지요. 우리는 라니의 삶과 임무에 대해 진정성 있는 설명이 기록되길 바라는데요. 선생님이 그걸 해주실 수 있나요? 우리와 함께 가시면 모든 걸 설명해드릴게요. 그런 뒤에 글을 쓰시면 됩니다. 선생님이 원하시면 이곳으로 다시 모셔다드리거나 가우하티에 내려 드릴 수도 있고요. 요청을 받아주시겠어요?"

"원칙으론 받아들이지요. 그런데 그 일이 얼마나 걸릴까요?"

"적어도 한 주일은 걸릴걸요. 선생님이 기간을 늘리셔도 괜찮아요."

"미안한데, 난 시간 단위로 생각했어요."

방문자는 반사적으로 벌떡 일어났다.

"닷새면 어떨까요?"

"미안하지만, 난 내일 오후에 디그보이로 떠나야 해요. 그 뒤엔 캘커타로 가야 하고요."

"감사합니다. 저와 만난 걸 다른 사람들에게 말하지 마십시오."

"내가 지금 누굴 만났죠? 다른 사람에게 말할 만한 걸 내가 알았나요?"

"그것은 실체가 없습니다."

"당신은 라니 종파의 신도인가요? 신원을 드러내면 문제가 되나요? 당신은 무례한 걸 제안하진 않았어요!"

그에겐 대화를 계속할 인내심이 없었다. 남자는 들어올 때처럼 서둘러 나갔다. 나는 베란다까지 따라 나갔다. 그의 모터 자전거는 100미터쯤 떨어진 곳에 세워져 있었다. 그는 자전거를 앞으로 얼마간 밀더니 말을 타듯이 그 위로 뛰어올랐다. 아마도 남자는 자신의 임무가 실패했다는 걸 아무에게도 알리고 싶지 않은 것 같았다.

그 남자가 라니 가이딘리우에 대한 내 호기심에 불을 지폈다. 나는 어설라 그레이엄 바워가 쓴 《나가의 길Nagapath》(1952)을 읽었다. 그리고 몇 년 뒤엔 S. C. 데브가 1988년에 출간한 《나갈란드, 말해지지 않은 이야기 Naga Land : The Untold Story》도 읽었다.

나가 지역에 사는 사람들에게는 언젠가 메시아가 그들을 이끌고 영국을 쉽사리 패배시킨 뒤에 왕이 될 것이라는 예언이 널리 퍼져 있었다. 자두낭은 자신이 메시아이자 왕이라고 선언한 후 부족의 충성을 받았다. 그는 심지어 힌두교와 기독교, 부족민의 제사 의식을 결합하여 새로운 신앙을 만들었다. 돈이 필요했던 그에게 추종자들이 많은 돈을 바쳤다.

불행한 사건(자두낭의 영역으로 들어간 네 명의 부유한 마니푸르 상인이 흔적도 없이 사라져버린 일)이 일어나지 않았더라면, 그는 나중에 얻은 영국에 대한 승리의 영광을 계속 누렸을 것이다. 어느 날 경쟁자와의 다툼에 휘말린 자두낭의 부관은 자신들이 마니푸르 상인들을 해치웠던 것처럼 상대방을 없애겠노라고 협박했다. 부관은 자신의 옷에 꿰매 붙인 희생자들의 머리털 (그에 대한 기념물로 삼은) 한 줌을 보여주었다.

당국이 그 정보를 입수했다. 수사 결과, 사라진 상인들의 유해가 발견되었다. 자두낭과 그의 공범자들은 체포되어 구금되었으나, 그 과정에서 서너 사람과 자두낭의 애완 비단뱀이 죽었다. 자두낭은 재판을 받고 교수형에 처해졌다.

자두낭의 사촌이자 배우자인 라니 가이딘리우는 나이가 어리다는 이유로 풀려났다. 그러나 그녀는 곧 신으로 바뀌었다. 그때부터 정부의 골칫거리가 된 그녀는 당국을 곤혹스럽게 만들었다. 그녀의 동향을 경찰에 보고한 사람은 누구나 목이 졸려서 죽었다.

라니는 자신이 자유자재로 나타났다가 사라질 수 있다는 유언비어를 강화하면서 경찰에 경고장을 계속 보냈다. 한번은 자신이 마술을 걸어 경찰의 탄환을 무력하게 만든다는 라니의 보장을 받은 한그람이라는 촌락 주민들이 군대의 전초 기지로 진격하여 죽임을 당한 적도 있었다. 경찰은 그 일이 일어난 직후에 라니의 은신처를 포위했다.

경찰은 라니의 보초병들이 거짓 정보를 듣고 다가올 안전을 축하하면서 만취해 있는 걸 발견했다. 경찰은 밀물처럼 몰려가서 울타리를 넘어 라니의 집을 포위했다. 그녀가 주문을 외우면서 호위병들에게 저항하라고 명령했지만, 그들은 창을 내려놓고 항복했다. 경찰은 안으로 들어가 소리를 지르고 할퀴고 발길질하면서 저항하는 그녀를 끌어냈다. 그 작전의 유일한 희생자는 라니에게 엄지손가락을 심하게 물린 한 상병이었다. 몇 시간 뒤 라니는 밀즈에게 (사람들이 밤낮으로 참배하길 바라기 때문에 목욕할 시간조차 없었던) 여신의 역할이 힘들었다고 털어놓았다. 그래서 그녀는 출입구마다 보초를 세우고 휴양소에서 목욕을 마쳤다. 여신이자 여왕이며 카차 나가 사람들의 공포였던, 교묘하게 빠져나가던 마녀이자 포착하기 어려운 여신은 마니푸르에 가서 재판을 받았고, 살인교사죄로 14년형을 선고받았다.

—《나가의 길》

이 기이한 인물은 최종적으로 나갈란드의 행정관인 W. C. 데브의 용기와 기지로 무력해졌다.

미지의. 인물과. 만남.

감옥에 갇힌 라니 가이딘리우는 1936년 국민회의당이 그녀의 이름을 독립투사 명단에 포함하고 석방 결의안을 통과시키면서 국가적인 인물이 되었다. 기사도적 정신으로 그녀를 라니(왕비 – 옮긴이)라고 호칭하고 경의를 표한 사람은 자와할랄 네루였다.

가이딘리우는 인도가 독립하자마자 자유를 얻었고, 정치적 피해자로 인정되어 연금도 받고 명예도 얻었다.

그러나 네루 총리는 다시 한 번 환멸을 느끼게 되었다. 라니가 1960년 지하로 들어가 자기 부족 젤리앙 나가족과 군사적 봉기 조직을 형성하고 '정부'를 세웠기 때문이다. 나가 지방에는 이미 인도 정부와 전쟁을 치를 준비 중인 다른 나가 집단들이 있었다. 그 일부는 외국 세력의 사주를 받았고, 다른 집단은 과도한 야심을 지닌 개별적 지도자의 부추김을 받았다. 그들 중에서 라니의 주요 경쟁 상대는 나가 연방정부라고 자칭하는 집단이었다.

그 연방을 주도한 반군은 라니의 추종자를 거듭 설득했으나 성공을 거두지 못했다. 1965년경 젤리앙 부족민이 식량과 돈을 모으는 동안에 상대 그룹은 라니에게 그녀가 이끄는 운동을 나가 연방정부와 합치라고 촉구하는 특별 제안을 보냈다. 그 제안의 운명은 곧 분명해졌다. 라니가 그 제안에 반대하는 아홉 명을 죽이고 그 피를 마셨다는 소문이 퍼졌다. 섬뜩한 이야기가 라니를 둘러쌌다. 그녀는 마녀이고 피에 굶주린 흡혈귀이며 여신으로 여겨졌다.

—《나갈란드: 말해지지 않은 이야기》

여러 촌락의 인구를 멀리 떨어진 지역으로 이동시키는 방법으로 라니의 근거지를 파괴하고, 라니에게 적대적인 많은 사람들이 요구한 대로 군사적으로 그녀와 대결하여 필요하다면 죽여서 없애려는 계획이 추진되었다. 라니가 자기에게 반대하는 사람은 물론, 분별력을 갖도록 조언하는 사람까지 무자비하게 처리한다는 온갖 소문이 떠돌았다.

라니를 넘어뜨리는 일을 맡았던 어떤 관리가 색다른 조치를 취했는데, 그 일은 인도 행정 업무의 자랑으로 기억될 만하다. 데브라는 이름을 가진 그 관리는 아마도 이성보다 직관으로 라니가 그 소문 속의 라니가 아니라고 말했을 것이다. 그는 라니가 고집불통의 분리주의 주창자가 아니라고 말했다.

데브는 라니와 만날 약속을 잡으려고 협상 팀을 보냈고, 허락을 받아내기 위해 여러 가지 설득 작전을 썼다. 데브와 아홉 명의 팀원은 무장도 하지 않고 '자신들이 옳은 일을 수행한다는 신념을 지킬 어떤 보호나 정부

네루의 가족.
인도의 초대 총리 자와할랄 네루와 역시 총리를 세 차례 역임한 그의 딸 인디라 간디
그리고 그녀의 아들 라지브와 산자이 간디.

의 도덕적인 지원도 없이' '미지의 사람과 만나기' 위해 출발했다.

　그들은 가장 험난한 지역을 지나갔다. 짐승과 정치적 모반 징후를 보이는 산적이 우글거리는 끔찍할 정도로 조용한 지역이었다. 그런 후 그들은 무장한 라니의 추종자들이 호위하는 가운데 걸어갔다. 마지막 구간은 굉장히 가파른 절벽 길이었는데, 약 4킬로미터를 가는 데 꼬박 하루가 걸렸다.

　드디어 그들은 라니의 요새가 보이는 촌락에 도착했다. 거의 수직 경사면을 이룬 언덕 꼭대기에 위치한 요새는 (경기관총 한 자루를 소지한 한 명이 쉽게 1개 여단의 공격자를 물리칠 수 있도록 설계된) 난공불락의 보루였다. 라니 가이딘리우는 사실상 아무도 꺾을 수 없는 위치를 방어할 수 있도록 아주 강했다.

1996년 인도 정부는 라니 가이딘리우의 명예를 기리는 우표를 발행했다.

다음 날 데브는 긴장되고 불안한 상황에서 일행과 함께 라니를 만났다.

"내 아지트로 나를 만나러 오는 것이 두렵지 않았나요?"

라니가 물었다.

데브는 아들이 어머니를 만나는 마음으로 찾아왔다고 대답했다. 그의 말이 나이 든 라니의 마음을 움직였다. 긴장감이 풀어졌다. 곧 부족민을 위해 라니가 원하는 것은 분리된 주정부가 아니라 그들의 정체성이 유지되는 군 행정이라는 점이 분명해졌다. 그녀는 예전에 자신이 가졌던 야망이 헛되다는 것을 예견했던 것으로 보였다.

그녀가 말한 두 가지 진술은 아주 중요했고, 그것이 그녀에 대한 데브의 관점을 급진적으로 바꾸었다. 그녀가 말한 첫 번째 진술은 이러했다.

"우리는 나가족이고, 그래서 나가족처럼 살아야 합니다. 우리에겐 아름다운 민화와 민요, 화려한 색깔의 옷과 문화가 있어요. 서구의 저속한 방식을 따라하는 배신자를 보면 마음이 아프지요."

그리고 두 번째 진술은 다음과 같았다.

"자신이 나가 사람이라고 느끼고 생각하는 사람이 있다면, 그중 한 사람이 바로 나입니다. 또한 자신이 인도인이라고 느끼고 생각하는 사람이 있다면, 그 가운데 한 사람이 바로 나예요."

그들은 스물한 시간 동안 이야기를 나누었다. 그녀는 인도의 총리 인디라 간디를 만날 것이고, 만약 그 회담이 결렬되면 정글로 안전하게 귀환한다는 보장을 받았다. 데브는 합의서에 자신의 피로 서명해야 했다.

"나는 이런 낡고 낭만적인 옛 의식에 참여한 것을 어리석다고 느꼈다. 그러나 하늘에 감사하게도 그것이 신경을 마비시키는 긴 협상 기간에 유일한 피에 대한 언급이었다."

라니는 코히마를 거쳐 데브의 동행하에 델리로 가서 총리를 만났다. 정중한 분위기에서 간디 총리는 그녀의 요구 사항을 지키겠다고 약속했다. 라니는 만족하고 돌아갔다. 그 결말은 그 지역 역사의 기이한 장에 기록되었다.

나를 디브루가르에서 80킬로미터 떨어진 디그보이로 데려간 사람은 스리 오로빈도 센터의 총무인 아닐 바타차리아였다. 1960년대의 아삼은 평온했다. 도로는 풍성한 작물로 가득한, 한적한 언덕들이 양쪽에서 지키는 푸른 평야를 따라 뻗어 있었다.

우리가 탄 자동차는 온화한 저녁을 뚫고 지나갔다.

"가끔 코끼리들이 평야의 한쪽 언덕에서 다른 쪽 언덕으로 가려고 길을 가로지릅니다. 만약 보행자나 자전거를 탄 사람이 우연히 코끼리들과 마주치면 끝장이 납니다! 물론 코끼리들을 막지 않는다면 안전하지요."

아닐이 말했다. 그의 이야기는 우리 자동차가 불안하게 흔들리다가 멈춰 설 때까지 완전히 끝나지 않았다.

"걱정하지 마세요. 망가진 타이어는 금세 갈아 끼울 수 있습니다."

운전사가 말했다. 우리는 자동차 밖으로 나왔다.

"이렇게 서늘하고 드넓은 자연 속에 서서 잠시나마 즐길 수 있길 얼마나 바랐는지!"

나는 용감히 얼굴을 치켜들고 코끼리에 대한 두려움이 전혀 기억에 있지 않은 것처럼 말했다!

타이어가 교체되었고, 우리는 여행을 계속했다. 아닐은 웃었다.

"저는 코끼리의 존재를 냄새로 맡을 만큼 가까이에 있었답니다. 그러나 지금은 걱정하지 않아도 됩니다."

그가 말했다. 우리는 시장으로 들어갔다.

"자동차에 문제가 더 생기진 않을까요? 그럴 것 같으면 시장을 떠나기 전에 그걸 미리 막읍시다."

"그러진 않을 거예요, 선생님."

똑똑한 운전사가 장담했다.

시장을 벗어나 4킬로미터 정도 더 달렸을 때 운전사가 위험하게 차를 틀어서 한쪽 끝에 세웠다.

"무슨 문제가 있나요?"

"다른 타이어에 문제가 생겼습니다!"

"그래서요?"

"교체할 타이어도 없고 수선할 공구도 없습니다. 선생님."

"그래서요?"

"시장으로 돌아가서 리프트와 수리공을 데려오겠습니다. 그런데 이 시간에 우리를 도와줄 사람이 있을지 모르겠네요."

"그래서요?"

"자동차는 여기에 두고요. 저는 시장에서 밤을 보내겠습니다."

자신에 대한 안전 계획을 제시하는 운전사의 현명함과 우리 운명에 대한 그의 완벽한 무심함은 정말 특별했다.

"코끼리가 출몰하는 지역은 지났습니다."

이미 자연의 찬가를 부를 열정을 잃은 내게 아닐이 장담하는 목소리로 말했다. 우리는 30분간 디그보이 쪽으로 가는 차를 기다렸다. 그런데 우리가 처음에 세운 자동차는 시네마하우스를 소유한 아닐이 아는 싱의 자동차였다. 싱은 기쁘게 뒷좌석을 우리에게 내주고 운전사 옆으로 자리를 옮겼다. 자동차가 출발했다.

"지식인들은 자동차를 사지만 어떻게 간수하는지 모릅니다."

곁눈질로 아닐을 보던 싱이 말했다.

"사실이에요, 사실입니다."

약간 당황했으나 감사해하면서 아닐이 동의했다.

"내 차를 보세요. 얼마나 오래되었는지 아세요? 20년입니다! 단 한 번도……."

그때 갑자기 기괴한 목소리가 우리를 놀라게 했다.

"브레이크, 브레이크!"

싱이 소리쳤다.

자동차는 멈췄고, 우리는 자동차 밖으로 나왔다. 차축이 부러졌다.

"20년 만에 처음 있는 일입니다."

싱이 한탄했다. 그가 덧붙이고 싶었으나 그러지 않은 말은 아마도 "아닐 씨, 어떤 종류의 물건을 싣고 다니나요?"라는 질문이었으리라. 싱이 의심의 눈초리로 나를 쳐다보았다 해도 나는 놀라지 않았을 것이다.

그는 트럭을 한 대 세워서 아닐과 나를 운전기사 옆에 앉히고는 그에게 회사에다 자신의 차를 견인할 다른 자동차를 보내달라고 일렀다.

모든 것은 얼마나 상대적인가! 그 트럭이 우리를 순조롭게 목적지까지 데려다준 것이 내게는 작은 기적처럼 여겨졌다. 우리는 디그보이에 들어서서 첫 번째 집 앞에 내렸다. 그리고 아닐은 나를 초청한 사람에게 전화를 걸었고, 나를 초청한 사람은 우리를 돕기 위해 급히 달려왔다.

그 후에도 나는 아삼 지방을 몇 번 더 여행했다. 두 번은 아삼 주 전체가 격동기에 처했을 때였다. 그러나 첫 번째 여행이 다른 두 번의 여행보다 훨씬 좋았고 기억에도 남는다. 그다지 해롭지 않은 작은 사고들이 모여서 맛있는 기억의 요리를 만드는 것이야말로 인생의 작은 아이러니다. 물론 세상에는 더 큰 사고를 높이 평가하는 해리 그레이엄의 시 〈미스터 존스Mr. Jones〉의 주인공 존스와 같은 사람도 있다.

"사고가 일어났어요!" 그들이 말했지요,
"당신 하인의 몸이 두 쪽이 났어요. 죽었다고요!"
"정말이네!" 미스터 존스가 말했지요, "그런데 부디
내 열쇠를 가진 쪽을 내게 보내주구려."

아삼의. 소용돌이.

독자 가운데 많은 이들이 아삼 석유회사를 기억할 것이다. 이 회사는 1950년대에 뒷다리로 서서 쇠 지렛대를 땅속으로 돌려 박는 사랑스러운 아기 코끼리가 지지하는 '디그, 보이, 디그!'라고 적힌 간지를 여러 신문에 끼워 넣어서 그 존재와 활동을 알렸다.

아침 일찍 나를 초청한 주인의 방갈로에서 나는 적어도 회사의 경영진을 위해 세워진 관사들이 그 마을(보이지 않는 아기 코끼리가 구름 속에서 아주 부드럽고 사랑스럽게 높이 들어 올린 것처럼 보이는)의 일부라는 걸 알아냈다. 눈 덮인 산이 내려다보고 잘 손질된 정원으로 둘러싸인 방갈로들은 농작물 수확으로 번영을 누리는 걸 보여주는 좋은 사례였다. 초기의 개척자들은 딱딱한 땅을 갈아서 기름지게 만들기 위해 많은 피를 흘렸다.

그들은 야생동물보다 거머리에게 더 많은 피를 잃었다. 그 조그만 흡혈귀들은 밑에서 살금살금 기어 올라와 잎사귀에 붙어 있다가 떨어져 피를 빼는 사악한 작업을 잠을 자듯 조용히 수행한다! 물론 야생동물도(변종의 등장으로 개체수가 비참할 정도로 줄어든 뒤에도) 여전히 위협적이었다.

두리아잔에서 보내는 느긋한 오후였다. 맛있는 점심식사를 대접해준

회사의 총지배인과 똑똑하고 서글서글한 K.
B. 카누가가 그 지역에서 보낸 어린 시절을
회고하면서 나를 즐겁게 해주었다. 나는 그
이야기를 희미하게 기억하지만, 운 좋게도
얼마 전에 그의 자서전 《가로지른 길The Road
Traversed》을 우연히 읽을 기회가 있었다. 다
음은 그 책에 실린 그의 친한 선배 고사지에
대한 보석 같은 이야기다.

코끼리가 그려진
디그보이 유전
100주년 기념 우표.

어느 날 밤, 감독관사(조르하르로 가는 간선도로에 있는)에 살던 고사지가 소리를
질렀다.
"카누가, 빨리 내 방으로 와줘! 호랑이 한 마리가 창문으로 들어왔어!"
나는 깜짝 놀라 뛰어나가 그의 침실 문을 찾았으나 문은 안쪽에서 잠겨 있었
다. 그에게 문을 열라고 말했더니 빨리 문을 부수라는 그의 목소리가 돌아왔
다. 호랑이가 방 안을 어슬렁거리고 있어 침대에서 빠져나올 수가 없다고 했
다! 감독관사에서 달려온 하인과 문지기들이 나와 함께 힘을 합쳐 문을 부
수었다. 그런데 우리가 발견한 것은 두려움에 떨며 우리가 든 횃불을 바라
보는 (고사지보다 더 당황스러워 보이는) 작은 고양이 한 마리였다. 고사지를 포함한
우리 모두는 아삼의 야생동물과의 이 작은 만남 덕에 많이 웃었다.

이것은 1938년에 있었던 이야기다.
1964년 중국의 침입이 준 충격은 그 1년 뒤에 내가 처음으로 디그보이

를 방문했을 때 내 친구들의 얼굴에 여전히 남아 있었다. 산기슭을 따라 나를 차에 태우고 운전하던 친구들은 산 뒤쪽에서 중국인의 총소리가 들리는 가운데 인도 총리가 방송으로 아삼 지방이 거의 적의 수중에 넘어갔다는 걸 암시했을 때 느꼈던 오싹한 기분을 설명하곤 했다. 당시 총리는 이렇게 말했다.

"나는 그들(아삼 주민)에게 말하고 싶습니다. 우리는 그들을 진정으로 걱정하고 있고, 능력이 되는 대로 최대한 그들을 도울 것입니다."

내가 1969년 두 번째로 디그보이에 갔을 때 그 에피소드는 추억이 되었다. 그러나 반어적으로 말한다면, 내 친구들의 얼굴이 더 밝아 보이진 않았다. 우리는 친구의 방갈로에 앉아서 창과 문을 닫고 우울 속으로 빠져들었다. 나는 몇 달 전에 정해진 스케줄대로 스리 오로빈도 센터가 아름다운 산 위에 건설할 도서관과 명상관의 초석을 놓을 예정이었다. 그러나 아삼은 혼란스러운 상황이었고, 야당들은 두 번째 정유공장을 요구했다. 내 친구는 (스리 오로빈도 아슈람에 있는) 마더Mother(스리 오로빈도 아슈람의 실질적 지도자인 프랑스 출신 여성—옮긴이)에게 현재 상황을 알리는 메시지를 보냈고, 마더가 행사 연기를 조언할 거라고 기대했다. 그러나 뜻밖에도 마더는 아무 전갈 없이 축복을 상징하는 꽃 한 송이를 보내왔다. 그것은 어떤 일이 일어나든지 우리가 계획대로 일을 추진해야 한다는 의미였다.

최악의 상황이 다가오는 것처럼 보였다. 아삼 주의 총파업이 다음 날(우리 행사가 열리는 바로 그날) 시작된다는 선언이 나왔다. 총파업은 추하고 폭력적으로 변하는 묘한 경향이 있었고, 그날의 조짐은 아삼 출신이 아닌 사람들을 상대로 그럴 가능성이 있어 보였다. 나는 이 취약한 집단에게 둘러싸였고, 몇 안 되는 아삼 출신 친구들이 당황해하며 거기에 앉아 있었다.

내가 아이러니한 아삼 주의 상황(아삼뿐만 아니라 인도인이 인도인을 두려워해야 하는 다른 모든 지역)에 대해 곰곰이 생각하고 있을 때 누군가 라디오를 틀었다. 우리를 기쁘게 만든 것은 반대파가 총파업을 철회했다는 뉴스였다. 나는 내 두 친구가 어떻게 펄쩍펄쩍 뛰었는지를 기억한다. 그들은 파업이 지속될 수 없게 되었기 때문에 찬바람이 방으로 들어오는데도 모든 문과 창문을 활짝 열어젖혔다.

세 번째로 아삼을 방문한 것은 앞에 언급했던 도서관과 명상관이 완공되어 개관식에 참석하기 위해서였다. 상황은 반복되었다. 뭄바이에서 아삼으로 날아가기 전날 저녁에 친구이자 〈파이낸셜 익스프레스〉의 편집장인 (나중에 익스프레스 그룹의 수석 편집장이 된) V. K. 나라심한이 그 상황을 평가해달라고 원고를 청탁했다. 다음의 글은 1972년 그 신문에 실렸던 내가 쓴 글이다.

지금 이 위기의 원인은 분명히 언어다. 아삼인은 아삼어가 아삼 주에서 유일한 교육 언어여야 한다고 주장한다. 아삼 주의회는 영어를 아삼어와 함께 기존 대학들의 한시적인 언어로 지정하고, 카차르 지역에 사는 벵골어 사용 주민에겐 새로운 대학을 설립하고 거기서 가르칠 언어를 선택할 수 있는 자유를 주겠다고 약속하는 결의안을 만장일치로 통과시켰다. 아삼인은 원한다면 벵골어나 영어 또는 아삼어를 선택할 수 있고, 혹은 이 가운데 두 개의 언어나 세 개 언어를 모두 사용할 수 있다.

이 결의안의 내용은 아삼 주 밖의 사람들에게는 좋은 결정인 것처럼 보였다. 그러나 내부에서는 카차르 지역의 학생을 포함한 아삼의 학생들이 이 결의안을 거부했다. 카차르 지역의 주민들도 다른 이유로 결의안을 거부했다. 아삼인은 아삼 주에서는 아삼어만 써야 하며 카차르 지역도 예외가 아니라고 말한다. 카차르 주민도 카차르의 학생에게 국한한다면 이 결의안이 괜찮으나, 넓은 브라마푸트라 계곡에 거주하는 벵골인 학생은 어떻게 할 것이냐고 묻는다. 그들에게 벵골어가 안 된다면, 적어도 영어라도 교육기관의 대안 언어로 무기한 사용할 수 있어야 할 것이다.

아주 미묘한 이 문제는 아직 해결책을 찾지 못했다. 그러나 그 해결책은 아삼인 스스로 찾아야 한다. 그러는 과정에서 열정이 아수라장을 만들고 있다. (……) 아삼인 학생 지도자가 살해되었다. 나는 석유 도시인 둘리아잔에서 처참해진 벵골인의 수많은 집을 보았다. 집을 둘러싸고 있는 키 큰 나무들의 불에 탄 나뭇가지가 끔찍한 폭동의 증거다.

벵골과 아삼 두 주와 밀접한 관계를 가진 오디샤 주 출신인 나는 양쪽 지방의 일부 지도급 인사들의 정서를 감지할 수 있었다. 그들은 양쪽이 모두 호의적으로 대한다면 해결할 수 없는 고질적인 문제는 없을 거라고 고백했다.

기적인지 우연의 일치인지 다시 한 번 소요 계획이 철회되었다. 마을의 끝자락 언덕 위에 세워진 아름다운 '어머니 사원'의 개관 전날 밤이었다. 모든 커뮤니티의 구성원들이 행사에 참석했다. 그중에서 가장 활동적이었던 사람은 꽃을 매우 사랑하는 나그라 장군이었다. 온화한 성품에 목소리가 부드러운 장군은 자신이 사랑하는 꽃으로 그곳을 꾸미느라고 (아름다운 꽃병에 꽃을 꽂고 또 꽂느라고) 바빴다.

군다르바 나그라 장군은 방글라데시의 해방 투쟁을 끝내기 위해 군대를 지휘하여 다카로 갔던 사람으로 곧 유명해졌다. ("친구야, 게임은 끝났어!" 그는 파키스탄의 니아지 장군에게 소리쳤다. 니아지는 인도가 분단되기 전의 급우였던 나그라 장군에게 항복했다.) 나는 몇 년 뒤에 나그라 장군이 가꾼 정원의 꽃들이 우아하게 잘 자라는 것을 보았다.

딜립 다타 박사는 다음 날 나를 버마와 국경을 나누는 당시 동북변경특별행정구역NEPA이던 팡슈파스까지 태워다주었다. 그곳은 출입 제한 지역이었으므로 육군 장교가 호위를 해주었다.

"우리 지역을 어떻게 찾아오셨습니까?"

캠프 책임자인 예의바른 장군이 물었다.

"장군의 지역은 매혹적인 골짜기입니다."

내가 대답했다.

"첫 주에는 매혹적이지요, 정말로. 그러나 그 뒤에는?"

그가 중얼거렸다.

동북변경특별행정구역은 아루나찰프라데시가 되었고, 버마는 미얀마가 되었다. 나는 팡슈가 외부인에게 계속 매혹적인 곳으로 남길 바라고, 그곳에 사는 사람들에게도 그런 곳이 되길 간절히 희망한다.

마두라이와
미나크시 공주

1966년 겨울 어느 날 새벽이었다. 내가 탄 기차가 칙칙폭폭 소리를 내며
마두라이 역으로 진입했으나 인파 속에서 나를 마중 나온 사람을 찾기란
쉽지 않았다. 인도 수학계의 거두이며 관련 잡지의 편집장인 벤카타라만
교수는 머리의 반을 삭발한 데다 간단한 도티(힌두 문화권 남자들이 입는 일종의
바지. 천을 엉덩이와 허벅지 주위에 두른 후 정강이 사이로 꺼내 허리에 말아 넣음—옮긴이) 차
림이어서 타밀 지방 내륙 지역에서 온 가난한 시골 브라만으로 착각할 정
도였다.

그는 TVS 그룹에서 운영하는, 당시로는 마두라이에서 최고로 꼽히는
게스트하우스로 나를 데리고 갔다. 게스트하우스의 지배인은 두 손을 모
으고 인사했다.

"여기서 가장 비싼 스위트룸을 선생님을 위해 깔끔하게 정돈했답니다.
판디트 네루(초대 총리 자와할랄 네루의 아버지. 변호사로 성공했으며 인도의 독립운동에도
헌신함—옮긴이)가 처음 사용한 뒤에는 좀처럼 개방하지 않는 곳이지요!"

리셉션 창구에 있던 몇 명의 투숙객이 존경하는 시선으로 나를 보았고,

나도 가까이 거울이 있다면 같은 시선을 보내는 나를 보았을 것이다. 그러나 지배인의 이어지는 말이 모든 마법을 조용히 깨뜨렸다.

"우리 사장님이 벤카타라만 교수님을 굉장히 존경하시거든요!"

내게 수학자는 변종의 식인 동물이었다. 그래서 벤카타라만 교수가 스리 오로빈도의 탄생 기념 강연을 위해(나도 몇 달 전에 그 강연을 했다) 첸나이의 스리니와사 샤스트리 홀에 모인 많은 청중 앞에서 존재감을 보이리라는 것을 결코 의심하지 않았다. 그러나 행사의 중요성과는 별개로, 군중을 사로잡는 역할을 한 사람은 강연자나 저자가 아닌 사회자였다. 사회를 맡은 C. P. 라마스와미 아이에르 경은 위대한 웅변가로 당대의 전설이었다. 트라반코르 왕국의 총리였던 그는 인도가 독립을 선포하기 전날 밤에 그 왕국을 독립군주국으로 선포했으나, 민중봉기(그의 목숨을 노렸으나 실패로 끝난)가 일어나자 도피했다. 그러나 결국 그는 왕으로 하여금 인도연방 가입 동의서에 서명한 첫 번째 왕이 되게 했다.

많은 사람이 아직도 마드라스(첸나이의 옛 이름―옮긴이) 고등법원의 영국인 법원장이 애니 베전트와 크리슈나무르티의 부친 간 소송(크리슈나무르티를 유럽으로 데려가 영적, 지적으로 교육하고 후원하기 위해 애니 베전트를 비롯한 관련자들이 크리슈나무르티의 아버지와 벌인 소송―옮긴이)에서 맡았던 아이에르 경의 역할에 깊은 인상을 받고 그에게 판사직을 권유했을 때 그가 했던 발언을 인용한다.

"법원장님, 저는 하루에 한 시간씩 무의미한 말을 하는 것이 긴 세월 동안 하루에 서너 시간씩 무의미한 말을 듣는 것보다 좋습니다!"

당시는 이렇듯 벌집을 건드리지 않고 직업을 구실로 남을 웃길 수 있는 시대였다.

아이에르가 공적 행사에 나타나는 일은 점점 드물어졌다. 도시의 지식인들이 모임 같은 데 참석했을 때 제일 좋은 자리에 앉으려고 경쟁하는 건 당연한 일이다. 슬프게도 그것이 그의 마지막 연설이었다. 며칠 뒤 런던 대학교에서 강의가 있던 그는 런던으로 날아갔고, 히드로 공항에 도착했을 때 의식을 잃고 쓰러졌다.

벤카타라만 교수가 모임이 끝난 뒤에 군중 속에서 나와 "저기요, 제가 선생님을 마두라이로 모셔가고 싶습니다!"라고 말했다.

"당연히 가야지요. 그러나 두세 달 뒤에 갈게요."

"좋습니다만, 조건이 하나 있어요. 여기서 하신 연설을 거기서 다시 해주세요."

"수학적인 의미로 정확하게요?"

나는 변명하듯이 웃었다.

"바로 여기서도 내가 했던 연설의 일부를 반복할 수 있을지 자신이 없는데, 하물며 몇 달 뒤에 어떻게 그러겠어요!"

"그렇겠네요, 맞아요, 그렇겠어요. 그러면 약간 다르게 하시는 걸 고려해보지요."

그는 양보하듯이 말했다.

마두라이에서 내가 한 연설이 그에게 어떤 인상을 주었는지는 모른다. 그러나 그날 밤 그는 마두라이의 중심인 미나크시 사원을 돌아보면서 두 시간 내내 산스크리트 찬가를 듣기 좋은 선율로 암송하여 내게 깊은 감명을 주었다. 나는 향내 가득한 침침한 오래된 신전들의 세상에서 잠시 《우파니샤드Upanishad》에 나오는 성자에게 지도받는 학생이 된 것처럼 느껴졌다.

남부 지방의 수학자나 과학자는 신에 대한 신앙과 학문적 영역 사이의 모순을 전혀 발견하지 못했다.

남부 출신의 놀라운 천재 라마누잔은 꿈속에서 자신이 숭배하는 나마카이 여신이 나타나 수학 문제의 해답을 주었다는 취지로 명확하게 말했다.

남부에서 가장 오래된 도시 마두라이는 옛날에 숲이었다. 신비적 성향을 가진 어떤 왕이 시바 신이 관장하는 구름에서 숲으로 달콤한 비가 내리는 꿈을 꾸었다. 왕은 숲을 개간하고 수도를 그곳으로 옮겨 이름을 마두라푸라(달콤함 또는 과즙 도시라는 뜻)라고 붙였다. 거기서 마두라이라는 이름이 파생했다.

그러나 이 도시는 미나크시 공주의 통치를 받으면서 명성을 얻게 되었다. 사실 공주의 아버지인 왕은 아들을 얻는 축복을 내려달라고 여러 신에게 계속 기도를 올렸다. 하지만 태어난 공주를 보자마자 그 딸이 1000명의 훌륭한 아들보다 더 뛰어나다는 것을 깨달았다.

공주는 아버지를 계승하여 왕위에 올랐다. 절세의 미모를 가진 미나크시는 뛰어난 통치자라는 걸 증명했다. 그러나 주변국의 왕들은 성공적인 지배자이자 젊고 아름다운 여왕의 존재를 받아들일 수가 없었다. 그들 중 몇 명은 그 기이한 상황을 공주와 결혼하고 그 왕국을 흡수하는 방법으로 쉽게 해결하려고 시도했다. 그러나 미나크시는 부채로 더러운 파리를 쫓아버리듯이 그들의 제안을 거절했다.

자존심이 상한 구혼자들은 모욕을 갚기 위해 연합했다. 그들은 마두라푸라를 공격했다.

　침략자의 무리를 휩쓰는 경이로운 말에 올라탄 미나크시는 칼을 전광석화처럼 휘둘러 수십 명의 목을 쳐서 사방에 흩뿌렸다. 거기엔 보석으로 장식된 왕관을 쓴 사람의 머리도 들어 있었다. 적들은 곧바로 사라졌다. 그럼에도 참을 수 없는 분노에 미나크시는 질주를 계속했다.

　그런데 갑자기 말이 멈춰 섰고, 미나크시는 비범한 형체(행복과 은혜의 화신)가 자기 앞에 서 있는 걸 깨달았다. 곧 그녀는 그 신비한 형체와 자신의 정체를 알게 되었다. 그는 시바였고, 자신은 시바의 영원한 배우자 파르바티 여신의 화신으로 태어난 인간이었다.

　천상의 한 쌍이 결혼하는 날이 다시 한 번 지상의 달력을 따라 정해졌다. 파르바티는 몰랐으나, 그 도시의 외곽에 있는 알라가르 산에 살던 오빠 비슈누는 결혼식에 참석하려고 궁전을 향해 출발했다. 상서로운 결혼식에 약간 늦을 것으로 여겨지자 비슈누는 산 위의 거처로 돌아갔다.

　마두라이에서 해마다 열리는 가장 중요한 행사는 비슈누 신의 마두라이 방문과 그 귀환을 축하하는 것이다. 미나크시 사원에서 볼 수 있는 세계에서 가장 훌륭한 조각상은 수줍어하는 파르바티의 손을 온화한 시바의 손과 마주 잡게 만드는 다정한 비슈누의 모습이다. 이 신상은 신들의 결혼식이 상서로운 순간에 거행되더라도 비슈누 신이 직접 신부를 신랑에게 인도함으로써 결과적으로 그 결혼이 진짜라는 걸 알려준다.

　"저 강의 이름인 바이가이의 뜻이 무엇인지 아세요?"

　벤카타라만 교수가 다음 날 우리가 그 강을 지나갈 때 물었다.

　"몰라요!"

　"손을 내려요!"

미나크시 공주를 모티프로 한 장식.

시바와 파르바티(미나크시 공주)의 결혼을 묘사한
미나크시 사원 내 조각상.
비슈누가 파르바티를 시바에게 인도하고 있다.

나는 어떤 일이 있어도 위로 올라가지 않는 내 손을 보면서 눈을 깜빡 거렸다.

"바이가이는 손을 내리라는 뜻이에요. 강의 발원지를 의미합니다."

신랑 시바의 대규모 수행단에는 간도다라라는 이름의 열정적인 도깨비 가 있었다. 간도다라는 한 봉지의 케이크가 담긴 접시와 파야삼(인도 남부 지 방에서 먹는 쌀로 만든 푸딩―옮긴이)이 든 그릇에서 눈을 떼지 않고 계속 집어먹 었다. 모든 음식이 순식간에 동이 났다. 하인들은 지쳤고 부엌은 텅 비었 다. 전전긍긍하던 요리사는 미나크시에게 상황을 보고했다. 그녀가 단것 을 몇 개 들고 나와서 간도다라에게 주면서 물었다.

"아들아, 더 필요하니?"

간도다라는 게걸스럽게 단것들을 먹고는 일어섰다.

"어머니, 제가 대단한 대식가가 아니라는 것이 문제예요. 지금 필요한 건 약간의 마실 물이고요."

간도다라의 배 속으로 들어간 음식의 양은 그가 말한 약간의 물이 어느 만큼인지 정의하기에 충분했다. 미나크시는 궁전에서 멀리 떨어진 곳을 그에게 보여주며 "손을 내려(바이가이)!"라고 말했다. 간도다라는 시키는 대로 따라했다. 곧바로 호수가 생겨났고, 나중에 호수는 강이 되었다.

"신랑을 동행하는 모든 수행단에는 지금도 한두 명의 미니 간도다라, 즉 미니 대식가가 있어요."

내가 말했다.

기원후 1세기에 세워진 여러 개의 고푸람(힌두 사원의 피라미드 모양 탑―옮긴 이)을 가진 미나크시와 장엄한 순다레스와르(이곳에서는 시바로 알려짐) 사원은

미나크시 사원의 고푸람.

한낮의 햇빛 속에서 매우 아름답게 빛났다. W. S. 블런트가 1세기 전에 《인도에 대한 생각Ideas About India》(1885)에서 표현한 그 경이로움은 정말 의미심장했다.

마두라이를 보았을 때는 적어도 전성기의 바빌론 신전을 본 것처럼 느껴졌고, 이집트에서 아피스 신의 경배가 어땠을지 이해할 수 있었다.

섬으로. 간. 700명의. 신부들.

마두라이 근교 알라가르 산에 있는 비슈누 신의 거처는 고풍스러운 분위기의 나무가 많은 자연 속에 위치해 매력적이었다. 그곳의 작은 폭포는 순례자와 작게 무리지어 다니는 온순한 원숭이들이 함께 이용했다. 산 위에서 주위를 둘러보기도 하고 더러는 폐허가 된 멀리 보이는 여러 사원과 탑을 살펴보다 보면 두꺼운 역사책 여러 장을 한꺼번에 넘기는 것처럼 느껴졌다.

"바라나시가 북인도에서 가장 오래된 도시라면, 마두라이는 남인도에서 가장 오래된 살아 있는 도시인데요. 마두라이 지역을 통치했던 왕조와 마두라이 시의 역사적 활동은 기원전 4세기로 거슬러 올라가지요. 그러나 여러 전설을 보면 그보다 훨씬 오래전, 그러니까 선사시대까지 추정이 가능합니다."

벤카타라만 박사의 친구인 학자가 설명했다.

"실론의 역사책 《마하방사Mahavamsa》(팔리어로 쓰인 스리랑카에서 가장 오래된 편년체 역사서—옮긴이)의 시대는 언제예요?"

나는 그에게 물었다.

그의 얼굴이 환해졌다.

"오래된 그 역사서에 대해서는 저도 잘 모릅니다. 그러나 아마도 초기 작품들은 마두라이와 관계가 있을 거예요."

그가 말했다.

우리는 사원 경내에 있는 '황금 연꽃 호수' 부근에 앉았다. 그 호수의 제방이 인도 최초의 아카데미인 타밀 상감(기원전 350년경~기원후 300년경. 타밀 지방의 학자와 시인의 모임—옮긴이)의 역할을 했다. 상감에 제출된 새로 창작된 문학 작품은 특정한 찬가가 암송되는 가운데 호수로 던져졌다. 만약 그 필사본이 호수에 가라앉지 않는다면, 그 작품은 시간의 흐름 속에서도 소멸되지 않을 거라고 여겼고, 그제야 그 작품의 유포가 허용되었다.

"사람들은 그 찬가들을 잊고 말았어요. 결국 그것들은 쓰레기조각이 되어 떠다니다가 후대에 와서야 문학이라고 판정되었지요."

그 학자가 말했다.

"그런데 선생님은 《마하방사》를 읽어보셨나요?"

그가 내게 물었다. 나는 1950년 실론 정부, 즉 지금의 스리랑카 정부가 펴낸 빌헬름 가이거의 번역서를 읽은 적이 있었다. 나는 작품에 수록된 가장 연민을 자아내는 에피소드를 곧바로 기억해냈다.

방가(뱅골)의 왕자가 칼링가(오디샤)의 공주와 결혼했다. 그들은 딸을 축복받았으나 그것은 오히려 저주였다. 딸이 동물의 왕과 결혼할 것이라는 예언이 나왔기 때문이다. 어느 날 왕과 왕비가 수치스러움으로 괴로워하는 걸 지켜보기 힘들었던 공주는 한 상인의 대상 행렬에 합류했다. 대상이 숲 속을 가로지를 때 싱하가 공주를 납치해서 결혼을 강요했다. (싱하는 일반적으로 사자로 이해되지만, 아마도 어느 부족의 족장일 것이다.)

공주 부부는 아들과 딸을 낳았다. 아들인 싱하바부가 열여섯 살이 되었을 때 그는 왜 어머니와 아버지가 그렇게 다른 외모를 가졌는지 어머니에게 물었고, 어머니의 조상에 대해 알게 되었다. 소년은 문명 세계로 돌아가기로 결심했다. 공주도 자녀들의 미래를 걱정했다.

어느 날 싱하바부는 아버지 사자가 밖에 나간 틈을 이용해 어머니와 누이를 어깨에 지고 문명사회로 도주했다. 곧 그들의 도주를 알게 된 사자는 흥분했다. 그러나 그들이 어디에 있는지 알아내지 못한 사자는 사람들의 주거지에서 날뛰며 그곳을 황폐하게 만들었다.

방가의 왕은 사자의 위협이 심해지자 사자를 죽이는 사람에게 큰 상을 내리겠다고 선포했다. 젊은 싱하바부는 어머니의 만류에도 사자에게 맞서 화살을 쏘았다. 화살은 사자의 이마에 닿았다. 사자는 그 화살을 되돌려 싱하바부를 향해 던졌으나 아들을 몹시 사랑한 나머지 그의 발치에 떨어뜨리는 정도로 그치고 말았다. 싱하바부는 연이어 두 개의 화살을 쏘았으나 효과를 거두지 못했다. 그러나 그가 네 번째 화살을 쏘자 결국 사자의 분노가 폭발했고, 주술적 보호막을 잃은 사자는 화살에 맞고 말았다.

싱하바부는 할아버지를 이어 왕위에 올랐다. 그의 여러 아들 중에서 맏이인 비자이는 아주 다루기 힘든 인물이었다. 그는 폭력배를 동원해 시민들을 약탈하고 괴롭혔다.

"비자이 왕자를 죽여라!"

바이가이 강 북쪽 제방에서 바라본 마두라이.
19세기 중반, 목판화.

백성들이 울부짖었다. 왕은 그를 추방하라고 명령했다. 비자이와 약 700명의 추종자들은 불확실한 목적지와 방향으로 배를 타고 떠났다.

그들이 탄 배는 약사족이 거주하는 랑카의 해안에 도착했다. 큰 장점을 가진 약사족 추장의 딸은 군인인지라 침입자를 쉽게 물리칠 수 있었다. 그러나 그녀는 비자이에게 마음을 두었다. 비자이와 그의 추종자들은 그녀의 도움을 받아 약사족을 정복했다. 생존자들은 보다 깊은 숲 속으로 도주했다. 추장의 딸 약시니는 비자이와 같이 살았다.

비자이는 스스로 그 섬의 왕이라고 선포했고 싱하바부 왕을 떠올리며 섬의 이름을 싱할라로 정했다. 그러나 그는 강력한 왕이 인정해야만 공식적인 왕이 될 수 있었다. 그의 밀사가 배를 타고 마두라이에 있는 판디아 왕국을 찾아가 비자이의 선포가 진정이라는 걸 확신시켰다. 그들은 판디아의 왕에게 싱하바부와 결혼할 한 명의 공주와 그의 부하들과 결혼할 700명의 처녀를 요청했다.

판디아의 왕은 북을 치며 이렇게 선포했다.

"딸을 가진 집은 누구나 두 배의 의복을 챙겨서 딸을 문 앞 계단에 세워두어라. 그것을 표시로 우리가 딸들을 데려갈 것이다."

왕은 필요한 700명의 처녀가 모이자 그들과 함께 랑카로 떠날 공주를 결정했다.

비자이는 임무가 성공했다는 걸 알리는 신호와 함께 신붓감을 가득 실은 배가 수평선에서 모습을 드러내자 자신과의 사이에 두 딸을 둔 아내 약시니를 불렀다. 그러고는 "사랑스러운 그대여, 두 아이는 남겨두고 이제 떠나시오."라고 명령했다.

깜짝 놀란 약시니는 그 자리에 서 있었다. 그러나 시간이 없었다. 비자이는 조바심을 냈다. 약시니는 떠나야만 했다. 그러나 그녀는 혼자가 아니라 딸들과 함께 떠났다.

동족의 눈에 띄는 순간 그녀는 갈기갈기 찢겨질 것이었다. 다행히 약시니와 딸들은 피신에 성공했다. 그들의 후손은 지금도 멀리 떨어진 숲 속에서 문명을 증오하며 살고 있다고 한다.

비자이와 그의 부하들은 곧 마두라이에서 온 처녀들과 결혼했다. 아들이 없었던 비자이는 대를 잇기 위해 인도에서 조카를 데려왔다. 3세대가 지난 뒤에 아소카 황제의 아들 마헨드라와 딸 상가미트라는 스리랑카 사람들(싱할리족)을 불교도로 만들었다.

물론 이 전설의 정확도에 대해서는 의문의 여지가 많다. 그러나 스리랑카의 원주민(약사족 이후)과 나중에 타밀 지방에서 이주해온 사람들이 심하게 갈등하는 건 사실이다. 하지만 사실상 양자 간의 차이점은 그리 크지 않다.

마두라이처럼 유적과 연계된 뒷이야기(가끔 역사적으로 확인됨)를 많이 가진 도시는 없을 것이다. 몇 년 후 두 번째로 마두라이를 방문했을 때 그런 이야기를 알 수 있는 좋은 기회가 있었다. 그 몇 가지를 소개한다.

1559년 촐라 왕국이 마두라이에 침입했고 판디아 왕은 비자야나가르 제국의 수도 함피로 피신했다. 비자야나가르의 왕은 대장군인 나감 나야크에게 침입자를 몰아내고 왕국을 회복시켜 원래의 통치자에게 인계하라고 명했다. 그러나 나감 나야크는 첫 번째 임무를 완수한 후에도 판디아 왕에게 왕국을 되돌려주지 않고 자신이 그 왕좌를 차지했다.

화가 난 비자야나가르의 왕은 장군들을 불러서 "누가 그 반역자를 잡아서 여기로 데려오겠느냐? 그를 산 채로 데려오지 못해도 좋아. 그의 시체라도 충분하다"라고 소리쳤다.

교활하고 노련한 나감 나야크와 맞서는 것이 곧 죽음임을 아는 장군들은 모두 조용히 서 있었다. 그러나 왕은 오래 기다리지 않아도 되었다. 한 젊은이가 그 임무를 자청했다. 모두를 깜짝 놀라게 만든 그 젊은이는 다름 아닌 나감 나야크의 아들 비슈와나트였다.

비슈와나트는 아버지를 패배시키고 포로로 잡아서 왕 앞에 대령했다. 만족한 비자야나가르 왕은 비슈와나트에게 원하는 것을 상으로 주겠다고 말했다.

"불운한 제 아버지를 풀어주십시오."

비슈와나트의 선택은 아버지였다. 왕은 그의 청을 받아들였고, 비슈와나트를 왕의 대리자로 마두라이의 총독에 지명했다.

판디아 왕은 왕좌를 유지했다. 그러나 그의 왕권은 강력하지 않았다. 2세대가 지난 뒤에 그 왕좌는 결국 판디아의 혈통을 떠났다. 비슈와나트의 손자 티루말 나야크가 스스로 왕이라고 선포했기 때문이다. 힘을 잃은 비자야나가르는 더 이상 그를 비난할 입장이 못 되었다.

티루말 나야크는 예술 애호가였다. 그는 조각가가 돌을 가지고 작품을 만드는 과정을 몇 시간이고 지켜보았다. 그리고 오래된 힌두 사원을 새로운 고푸람으로 장식하는 사업에 열정을 기울였다.

하지만 아쉽게도 많은 고푸람을 세운 그는 갑자기 사라지고 말았다!

그의 실종을 급작스럽고 변덕스러운 죽음으로 설명하려는 사람들은 다음과 같은 결과의 소문이 될 걸 짐작했을 것이다. 어느 날 오후 왕이 혼자 있을 때였다. 한 귀족이 찾아와서 버려진 어떤 사원에서 귀중한 물건을 발견했다고 보고했다. 왕은 호위 군사도 없이 혼자 그를 따라 미로로 들어갔다. 이윽고 작은 문을 통과해 지하 감옥에 이르렀다. 나중에 햇빛 아래서 몸을 녹이는 그 귀족을 목격한 사람이 있었으나 그의 옆에는 왕이 없었다. 그가 지하 감옥의 입구를 거대한 석판으로 막았을 것으로 추정되었다.

자주 언급되진 않지만, 비슷한 운명이 나야크 왕조의 유명한 여인에게도 닥쳐왔다. 그녀의 이름은 망가말이다. 그녀는 15년 동안 어린 왕자의 섭정으로서 이상적인 통치를 펼쳤다. 백성들은 그녀의 영광을 노래했으나, 귀족들은 똑똑하고 젊은 장군에게 기우는 그녀의 성향을 마땅찮게 여겼다.

귀족들은 왕자가 직접 통치할 수 있는 나이가 되자 모후에게 권력을 이양하라고 요구했다. 그녀는 그렇게 할 준비가 되어 있으나 질투하는 귀족들의 명령이 아닌 자신의 의지로 자신이 선택한 때에 권력을 물려주겠다고 답했다.

그녀는 기술적으로 미흡했다. 결국 체포된 그녀는 창문이 하나밖에 없는 특별 감옥에 갇혔다. 매일 그녀의 눈앞에 놓인 맛있는 음식이 먹기도 전에 재빨리 치워졌다. 그녀는 굶어죽고 말았다.

그 감옥은 지금도 거기에 남아 있다. 그녀는 강력했던 나야크 왕조의 마지막 불꽃이었다.

인도의 문관인 영국인 J. P. 라스라도 세노이는 그의 저서 《마두라Madu-ra》에서 이렇게 적었다.

> 유럽의 학자들은 때로 마두라(마두라이의 옛 이름—옮긴이)를 남인도의 아테네라고 간주한다. 그 명칭은 그럴 만하다. 남부 지방의 모든 학자가 타밀 아카데미의 일원이 되길 바란다. 유명한 타밀 출신 시인은 마두라 타밀 상감의 인정을 받기를 갈망하며, 이 아카데미가 보증서를 주어야만 자신의 작품에 만족한다. 마두라는 과거와의 연계성을 잃지 않고 유지되는 몇 안 되는 도시다. 도시의 성장은 여전히 2000년이 넘은 땅에 굳건히 박힌 뿌리에 의존한다. 그래서 오늘날 고향인 파트나에서 부처가 이방인처럼 느껴지는 것과 달리, 유명한 옛 타밀 시인 티루발루바르는 현재의 마두라에서도 인정을 받는다. 과거에 도시를 특별하게 했던 문화와 문명의 상당 부분이 여전히 마두라에 남아 있기 때문이다. 그러므로 힌두 전통이나 종교 생활에 대한 통찰력을 얻길 바라는 외국인은 마두라를 방문하여 미나크시 사원에 대해 세밀하게 연구한다면 충분한 보상을 받을 것이다.

세노이는 1937년에 이 글을 썼다. 그의 통찰은 수십 년이 지난 지금까지도 상당히 유효하다.

다시. 세운.
고전. 속의. 유적.

황혼은 밤으로 바뀌었고 우리는 길게 뻗은 암반 지대와 일찍 휴식에 들어
간 작은 마을들을 지나갔다. 유랑극단의 간주곡을 알리는 음악회의 흩어
진 선율이 멀리서 들려왔다.

여러 시간 동안 우리를 태우고 운전한 기사는 커피를 마시고 싶어 했
다. 길거리 매점을 지키는 개의 '으르렁' 소리가 멀리서 들려오던 선율을
삼켜버릴 때 우리는 자동차를 세웠다. 매점에서 나오는 희미한 불빛 속에
거대한 아치가 보였다. 매점의 오븐이 온도를 올리는 동안에 나는 부드러
운 달빛과 상쾌한 바람을 즐기며 짧은 산책을 시작했다.

아치가 거기에 있어야 할 이유를 알려주는 신전이나 폐허는 인근에 없
었다. 게다가 아치는 고전적인 디자인이긴 했으나 새로 지어진 것처럼 보
였다.

"선생님, 이것이 품푸하르에 도착할 때까지 마주칠 여러 개의 아치 중
에서 첫 번째입니다."

빈틈없는 내 가이드 페루 말이 커피가 든 컵을 건네며 말했다. 그는 내

호기심을 기대하는 눈치였다.

"저기 현장에 우리를 환영하는 아치가 몇 개 더 있어요. 아치엔《실라파티카람》이라는 고전의 주인공 이름이 붙었는데요. 그래서 이름이 카나기, 코발란, 마다비랍니다."

1980년대만 해도 창의적인 소설과 사진을 싣는 영어 잡지가 몇 개는 남아 있었다. 그중 대표적인 것이《임프린트》였다. 회오리바람처럼 이어진 나의 12일간의 타밀나두 여행 계획은 타밀나두 주정부의 문화부 장관과 한 월간지(강압적인 뉴스 잡지에 눌렸기 때문에) 발행인의 대화가 낳은 결과였다. 장관은 발행인에게 타밀나두에 대한 정교한 기사를 쓸 수 있는 사람을 요청했고, 발행인은 창의적인 작가가 글을 쓴다는 조건으로 그 제안을 받아들였다. 그들이 선택한 사람이 바로 나였다.

행운의 여신 덕인지 새로운 자동차, 예의바른 젊은 운전사, 기계도 다룰 수 있는 재능 있는 사진사, 유쾌한 가이드로 구성된 팀이 나를 위해 꾸려졌다. 처음 이틀 동안은 우리가 멈추는 곳마다 일반인들이 활짝 웃는 얼굴로 나에게 인사하는 것이 흥미로웠다. 그들과 운전사 간에 오가는 대화를 열심히 경청한 덕분에 나는 그 불가사의한 비밀을 곧 풀었다. 운전사는 인기 배우에서 주의 수상이 된 MGR가 가장 좋아했던 운전사였다. 그런 이유로 사람들은 그가 모는 차에 탄 나를 슈퍼맨과 비슷한 인물로 여긴 것이다.

우리 팀의 사진사는 지금은 멸종된 젠틀맨이었다. 그가 흡연자라는 것을 안 것은 닷새나 지난 뒤였다. 그는 담배 피우는 습관을 내게 숨겼고, 운전사 옆 좌석에 앉기 전에 입을 헹구었다.

춤추는 시바. 타밀나두 주에서 발굴된 촐라 왕조 시대의 나타라자.

드디어 내가 한없이 숭고한 그 소리(파도 소리)를 들은 것은 아직 자정이 되기 전이었다. 우리는 해변에 도착했다. 해변 저편에는 '품푸하르' 또는 '푸하르'나 '코베리팟티남'으로 불리는 물에 잠긴 도시가 있었다. 그곳은 3세기 초에 쓰인, 일란고 아디갈 왕자가 《실라파티카람》에서 말한 이야기의 배경이다.

그 도시는 약 2500년 전에 로마와 그리스 그리고 다른 먼 곳에서 온 상선들이 정박하고, 플리니우스 같은 석학이 방문하던 부유한 항구였다. 또한 그곳은 촐라 왕국의 수도이기도 했다. 그리고 그곳은 안전과 보호에 관해서는 이상향이었다. 지키는 사람 없이 귀중품을 놓아두어도 괜찮았고, 상점 주인들이 밤에 집으로 돌아갈 때 가게 문을 잠그지 않아도 되었다. 도둑질한 사람은 도시 밖으로 추방되었고, 때로 즉시 죽임을 당했다. 아니면 도시 밖으로 나갈 수가 없어서 도둑질한 물건을 들고 밤새 도시를 헤매야 했다. 이런 일이 가능했던 것은 보이지 않는 정령이 도시를 감시했기 때문이다. 그 정령은 도둑에게 못된 장난을 칠 정도로 도시를 사랑했다.

저기에 기적의 연못이 있다. 거기서 목욕을 하거나 그 주변을 걸은 지체부자유자, 시각장애인, 청각장애인, 한센병자는 아름다움과 힘과 건강을 회복할 수 있었다. 탁 트인 광장에는 높고 광택 나는 바위로 만든 비석이 서 있다. 약물 과다로 정신이상이 된 사람, 독약으로 마비가 온 사람, 뱀의 날카로운 이빨에 물린 사람, 귀신에 사로잡힌 사람이 광장 둘레를 걷거나 그 비석에 절을 하면 곧바로 구제를 받았다. 네 갈래 길이 교차하는 곳에는 사나운 정령이 살았다. 그 정령의 목소리, 즉 수도자의 옷을 입고 사칭하거나 자신의 악행을 위장하는 사람, 비밀스러운 악에 중독된 교활한 여인, 정직하지 못한 성직자, 다른 사람의 아내를 유혹하는 음란한 남자, 거짓 증거나 소문을 물어 나르는 모든 사람을 곤경에 빠뜨리고, 때리고, 삼킬 것이라고 소리를 지르는 그의 목소리는 50킬로미터 밖에서도 들을 수 있었다. 거기엔 보기 드문 조각상이 서 있는 또 다른 광장이 있었다. 조각상의 입은 꽉 다물려 있으나 왕이 법을 어기거나 정의를 실천하지 못하면 눈에서 눈물이 흘렀다. 그 장소의 비밀을 아는 현명한 사람들이 이 유명한 다섯 장소에서 희생제를 올렸다.

—《실라파티카람》

우리를 태운 자동차는 어떤 작은 집 앞에서 멈추었다.

"소라 껍데기 안에 들어가서 주무세요. 우리는 굴 속에 들어가서 숨겠습니다."

가이드가 말했다.

나는 희미한 달빛 아래 내가 쉴 곳을 살펴보았다. 정말 소라고둥 모습인 그 건물은 우아하고 아름다웠다. 나는 좁고 돌돌 돌아가는 통로를 따라 위층에 있는 조용한 방으로 올라갔다. 밤이라 잘 보이지는 않았지만, 거기서는 바다와 강어귀가 내려다보였다. 이윽고 조금 떨어진 곳에 줄지어 서 있는 굴 모양의 집들이 눈에 들어왔다.

내가 요술나라에 도착한 걸까? 오래된 고전 작품 속의 건물들이 원래 장소에 재건된 사례가 또 어디 있을지 모르겠다. 이른 아침에 해변을 따라 걷다가 상상으로 하나씩 재건된 기념물을 보고 감탄한 나는 새로 만들어진 품푸하르가 그에 걸맞은 관심을 받지 못한다는 생각이 들었다. 발찌라는 의미를 가진 품푸하르의 매력은 지금까지의 (그리고 앞으로의) 창작품 가운데 가장 감동적인 이야기로 여겨지는 《실라파티카람》을 얼마나 알고 있느냐에 따라 달리 느껴질 것이다.

나는 코베리 강의 어귀에 오랫동안 서 있었다. 강의 근원을 알려주는 전설에 따르면, 오늘날 두 개 이상의 주 지방이 이 강을 두고 논란을 벌이는 단초는 옛날 두 왕국이 코베리 강을 사랑과 지지의 상징으로 여겼기 때문이다.

그 일은 신화시대에 일어났다. 어느 날 북쪽 지방에서 온 위대한 현자 아가스티아가 남쪽 지방에 정착했다. 현자는 우연히 한 왕자를 만났는데, 그는 온 나라가 가뭄이 심해서인지 심란하고 낙심한 모습이었다. 왕자는 가뭄을 해결하기 위해 무엇을 해야 할지 몰랐다.

현자는 쿠르그 왕국에 있는 사히아드리 산에서 방금 내려온 터였다. 그는 명상을 하다가 그 산에 새로운 강이 나타날 것임을 알게 되었다. 그는 왕자와 함께 쿠르그의 왕에게 가서 "전하, 흐르는 강의 물줄기를 타밀 지역으로 돌려주십시오"라고 건의했다. 왕은 겸손하게 그 제안을 받아들였다.

인부들이 장비를 갖추고 서 있는 가운데 현자가 사히아드리 산기슭에 앉아서 명상을 하며 강의 신에게 빌었다. 인부들은 폭포가 쏟아지자마자 물줄기를 원하는 방향으로 연결하기 위해 땅을 팠다. 현자는 강의 이름을 코베라 쿠르그 왕의 이름을 따서 코베리로 지었다.

코베리 강을 따라 많은 물이 흘러내렸다. 강과 자연에 대한 사람들의 태도도 전반적으로 변했다. 물에 잠긴 품푸하르의 흔적을 찾기 위해 몇 차례 발굴 작업이 시작되었다. 고무적인 결과가 나오기 시작했으나 자금 부족 때문인지 작업은 중단되었다. 그런 이유로 품푸하르는《실라파티카람》에서 노래했던 동화 속의 불가사의로 남았다.

경이로운 도시 푸하르를 축복하소서!

경이로운 도시를 축복하소서

그 권력의 영원한 증인

영광스러운 역대 왕들의

그들의 명성은 온 세상으로 퍼져서

끝없는 바다에 둘러싸이네

두. 도시. 이야기와.
비극의. 영웅.

현재 품푸하르의 기념물 중에서 가장 눈길 끄는 곳을 방문하는 것이 내 여행의 마지막 계획이었다. 독특하고 예상 밖이라 내 기억에 가장 큰 충격을 준 그곳은 《실라파티카람》에 나오는 이야기들이 한 장면씩 조각된 장소였다.

약 2000년 전의 남인도는 정치와 종교가 조화를 이룬 가장 이상적인 예였다. 판디아, 촐라, 체라 이 위대한 세 왕조는 남인도의 넓은 세 지역을 통치하면서 대체로 상호 존중의 시대를 보냈다. 가끔 한 가족 사이에서 힌두교, 자이나교, 불교 등 서로 다른 신앙을 믿기도 했으나 불협화음은 나오지 않았다.

촐라 왕국의 수도 품푸하르에는 코발란과 카나기라는 이름을 가진 부부가 살았다. 남편은 귀족 가문의 아들이고 아내는 번창하는 해상 무역상의 딸이었다. 그들은 행복하게 살았다. 그러나 영원히 행복할 수는 없었다.

의도하지 않게 그 부부를 방해한 사람은 무용의 재능을 가진 마다비라는 매력적인 처녀였다. 그녀는 궁정의 무희가 되어 왕과 귀족 앞에서 춤을 추기 시작했다. 관습에 따르면, 그녀가 왕으로부터 받은 화환은 돈을 받고 팔아야 했다. 즉 그것을 산 사람이 무희의 첫 애인이 되었다.

둘레에 보석이 박힌 부서지기 쉬운 발찌를 걸친 푸하르의 미인 마다비는 무대에서 춤과 정확한 시어, 절묘한 박자감과 리듬에 대한 모든 지식, 사원에서 부르는 다섯 가지 노래와 네 가지 양식의 음악, 열한 종류의 춤을 내보였다.

넋을 잃은 코발란은 자기가 무슨 일을 하려는지 깨닫기도 전에 마다비의 첫 애인 자리를 열망하는 후보자가 되었다. 감히 그의 경쟁자가 되려는 사람은 아무도 없었다. 마다비는 따뜻하고 예의바르게 그를 받아들였다. 그러나 일시적이어야 했던 그 사랑이 영원한 것이 되었다. 무희의 길을 벗어난 마다비는 코발란을 남편으로 여겼다.

코발란은 가정과 아내 카나기는 물론 사업까지 완전히 잊어버리고, 모든 시간을 마다비와 함께 그녀의 집에서 보냈다. 그는 자신의 사업이 침체에 빠진 것도, 아내가 극심한 어려움을 겪으며 그의 직원들과 집안사람들을 돌보고 있다는 사실도 깨닫지 못했다.

그가 마다비에 대한 환상에서 갑자기 깨어난 것은 빈털터리가 되고 난 뒤였다. 코발란이 어떻게 미몽에서 눈을 떴는지는 설명할 수가 없다. 고귀하고 성실한 카나기를 무시한 데 대한 오래되고 억눌렸던 죄책감의 산물일 수도 있고, 근거는 없으나 마다비의 정절을 순간적으로 의심했기 때문일 수도 있었다. 해변에서 열린 어느 축제의 밤에 마다비가 향수를 자아내는 노래를 불렀는데, 코발란은 그 노래를 마다비가 다른 연인을 그리워하면서 부르는 것으로 해석했고, 그 순간 그러한 감정이 수면 위로 떠

올랐던 것이다. 그는 즉시 마다비를 버리
고 카나기에게로 돌아갔다.

　슬펐으나 침착한 카나기는 만신창이가
된 방탕한 남편을 친절하게 받아들여 그가
인생을 다시 시작하도록 도울 생각이었다.
그가 완전히 파산했다고 해도, 적어도 그
녀에겐 한 쌍의 발찌(새로운 사업 자금을 마련할
정도는 되는)가 남아 있었다.

　그러나 후회와 당황으로 가득한 코발란
은 더 이상 아는 사람들 속에서 일하고 싶
지 않았다. 어느 먼 도시로 가서 인생을 새
로 시작해야만 했다. 그와 카나기는 판디

코발란(오른쪽)과
카나기(왼쪽).

아의 수도인 마두라이를 향해 밤길을 떠났다. 열흘이 넘게 걸어야 하는
고된 여정이었다. 드디어 목적지에 가까워진 듯이 보였다. 그들이 여기가
어디냐고 묻자 길을 가던 여행자들이 다음과 같이 말해주었다.

　"당신은 도시에서 불어오는 남풍에서 신성한 아킬 향과 백단향이 혼합
된 향기를 맡지 못하나요? 이 산들바람엔 사프란, 골파, 백단향, 사향 냄
새가 실려 있어요. 아마도 바람은 오는 길에 풍성한 꽃가루를 가진 새로
피어난 달콤한 수련 위를 배회했거나 활짝 꽃 핀 후박나무 뒤를 쫓았거나
재스민과 마다비 숲에서 길을 잃었거나 물라이나무 정원에서 새싹들을
어루만졌을 거예요. 이 바람은 좋은 음식 냄새도 실어오지요. 그 이유는
바람이 수많은 작은 좌판마다 팬케이크를 굽는 큰 시장에서 풍기는 냄새

사이를 통과하기 때문이에요. 바람은 남자와 여자가 빽빽하게 앉아 있는 테라스의 짙은 냄새도 실어오는데요. 여러 가지 좋은 냄새 외에 희생제에서 나는 연기로 탁해지기도 해요. 바람은 위대한 판디아 왕국의 궁전도 거쳐 옵니다. (……) 그 부유한 도시는 여기서 멀지 않아요. 두려워할 필요는 없어요. 혼자 가더라도 가는 길이 위험하진 않답니다."

드물지만 안타깝게도 나쁜 우연의 일치로 생긴 위험이 그들을 기다렸다. 코발란이 카나기의 발찌 한 개를 팔기 위해 금방을 찾아갔을 때 왕은 왕비의 발찌 한 쌍 중에서 한 개가 없어지자 분노하고 있었다. 그런데 사실 금방 주인은 이전에 궁전에 들락거리던 자로, 왕비의 발찌를 훔친 도둑이었다. 금방 주인은 카나기가 발찌를 들고 찾아오자 왕에게 자신이 도둑맞은 물건과 도둑을 찾았다고 보고했다. 심기가 불편했던 왕은 잡힌 코발란을 처형하라고 명령했다. 처형 명령을 집행한 사람은 주정뱅이였다. 그는 왕의 보다 나은 판결이 내려질 때까지 처형을 일정 시간 기다리게 하는 호위병의 역할을 무시하고 즉시 처형을 집행했다.

장신구를 팔아서 돈을 받아 돌아올 남편을 기다리던 카나기는 곧 남편의 운명을 알게 되었다. 그녀는 머물던 곳에서 거리로 뛰쳐나가며 소리를 질렀다.

"신은 없나요? 이 나라엔 신이 없어요? 왕의 칼이 무고한 이방인을 살해하는 데 쓰이는 나라에서 신이 있을 수 있나요? 신은 없나요? 신은 없어요?"

놀란 사람들에게 대담하게 질문한 카나기는 궁전의 정면에 자리를 잡고 같은 질문을 왕에게 던졌다. 혼란스러워하는 왕에게 카나기는 남편이 거짓 혐의를 받고 잘못 처형되게 만든 한 쌍의 발찌 중 자신이 지닌 다른 한쪽을 꺼내 보였다.

유명한 왕가의 지배자가 그런 실수를 저지른 적은 단 한 번도 없었다. 왕은 그 자리에 쓰러져 죽었다. 왕비도 왕의 뒤를 따랐다.

그러나 카나기의 분노는 그것으로 끝나지 않았다. 그녀는 자신의 왼쪽 가슴을 잡아 뜯어 땅에 내던지면서 도시에 무시무시한 저주를 퍼부었다. 어마어마한 불길이 도시를 단번에 삼켰다. 그러나 그녀는 불의 신에게 정직하고 진실한 사람, 신에게 헌신한 사람, 장애인, 나이 든 사람, 어린이는 구해달라고 기도했다. 판디아의 장엄한 궁전을 포함하여 온 도시가 재로 바뀌었다.

이것이 《실라파티카람》에 나오는 감동적인 이야기다. 저자의 이름인 일란고 아디갈은 '고행하는 왕자'라는 뜻이다. 전설에 따르면, 한 점성술사는 아주 어린 그에게 장차 명망이 높은 인물이 될 거라고 예언했다. 왕위를 잇게 될 그의 형은 혹시 일란고가 왕관을 상속받을지 모른다는 의구심으로 괴로워했다. 형의 불안을 이해한 그는 왕족의 지위를 버리고 자이나교의 은자가 되었다.

이 이야기가 묘사된 우아한 건물에는 카나기와 마다비의 실물 크기 형상이 서 있다. 약 2000년 전 귀족 사회에 속했던 카나기와 마다비가 어떻게 생겼는지는 고대 타밀 문학을 조사한 후 세심한 주의를 기울여서 형상에 반영한 것이다.

우리는 품푸하르에서 마두라이까지, 예전에 코발란과 카나기가 걸어갔다고 여겨지는 그 길을 차를 타고 갔다. 두 사람은 그 길의 어느 지점에선

가 한 여성 수행자와 동행했다. 빈둥거리는 두 명의 젊은 남자가 카나기를 놀리려고 모습을 드러내자 그녀는 주문으로 그들을 늑대로 바꾸어버렸다. 수풀 속에서 늑대들의 불쌍한 울음소리가 들려왔다. 2000년 뒤인 오늘날에도 그런 사람은 많다. 하지만 그들을 바람직하게 바꿀 수 있도록 그들에게 걸 주문은 없다.

우리가 마두라이에 도착했을 때는 저녁 무렵이었다. '소리와 빛의 쇼'가 벽으로 둘러싸인 나야크 궁전에서 그 도시의 이야기를 전하면서 시작되었다.

"당신은 누구인가? 오 여인이여, 대담한 이방인이여, 막강한 판디아의 후계자인 우리를 정의롭지 않다고 비난하는가? 당신의 비난이 어리석다는 걸 깨닫지 못하는가?"

괴로워하는 판디아의 왕이 카나기에게 대답을 요구한다. 그러자 카나기가 우레와 같은 소리로 대답하기 시작했다.

숲. 속의.
하룻밤.

드라이브가 끝이 없는 것처럼 느껴졌다.

"피곤하시군요, 그렇지요? 해가 지자마자 아나말라이스 숲에 도착했더라면 이 밤을 온전히 쉬실 수 있었을 텐데요."

차를 타고 오면서 가이드가 내게 말했다.

"새로 지은 방갈로는 아주 아름답습니다."

그가 덧붙였다.

지나치게 사치스러운 휴식은 아니더라도, 나는 정말 잠이 필요했다. 당시 내가 일하던 한 일간신문에 매주 실리는 칼럼을 밤늦게까지 썼기 때문이다. 그러나 여러 시간 동안 자동차가 속력을 내어 달렸지만, 케랄라와 타밀나두 사이에 있는 숲이라고 확인하면서 한적한 산악 지대를 달렸지만, 아름다운 방갈로의 표시판은 나오지 않았다. 우리가 잘못된 길로 달렸다는 걸 깨달았을 때는 이미 너무 늦은 시간이었다.

드디어 숲으로 가는 입구가 우리를 환영했다. 그곳에는 야생동물의 천국인 동물 보호 지역과 코끼리를 길들이고 훈련하는 계곡이 있었다. 새로 지은 방갈로는 푸르스름하고 흐린 불빛 속에서 오아시스처럼 나타났다. 이미 자정이 지난 터라 나는 그 어느 때보다 잠자리가 절실했다.

방갈로의 관리인은 믿을 수 없다는 표정으로 우리를 쳐다보았다. 초저녁에 아무런 통고 없이 가족을 데리고 도착한 세 명의 고위 공무원이 우리의 여행 계획이 바뀌었다고 관리인에게 말하고는 허세를 부리며 우리가 묵을 스위트룸을 차지했기 때문이다.

"이건 불합리하고 부정직한 일이에요. 높은 지위의 공무원이 그렇게 한다는 건 범죄행위라구요!"

내 가이드가 소리쳤다.

"그 사람들 어디에 있어요?"

그가 스위트룸을 향해 베란다로 걸음을 옮기면서 다그쳤다.

자신의 그림자처럼 창백해진 지배인은 손을 모으며 그들이 이미 잠들었다고 알려주었다. 가이드는 아주 똑똑한 젊은이였다. 그러나 그는 고객을 잘 모시려고 애쓰는 가이드로, 누가 자신의 고객에게 사소한 실례라도 저지를 낌새가 보이면 언제나 싸울 태세였다. 그는 이미 스위트룸 하나를 선택해 방문 앞에 서서 첫 번째 노크를 했다. 무관심과 아주 만족스럽게 들리는 코고는 소리의 이중주로 방문이 약하게 흔들렸다. 우리처럼 피곤하고 아무런 낌새를 채지 못하는 사람들에게서 잠을 빼앗는 것이 과연 만족스러운 일일까!

나는 가이드의 행동을 저지하고 그를 자동차가 있는 쪽으로 끌고 갔다.

"자, 친구. 자네가 그 관료들을 깨우는 데 성공했다 해도, 그것도 기적이겠지만, 이 늦은 밤에 그들에게 방을 비우라고 할 수는 없고, 그래서도 안 되네. 그들은 화를 낼 것이고 결국 앙갚음을 하겠지. 그들이 보호해야 할 가족과 같이 있다는 걸 잊어서도 안 되고. 그나마 남아 있는 아까운 밤을 부조리를 바로잡는 데 허비할 텐가? 그냥 베란다에서 팔다리 쭉 펴고 눕는 게 좋겠네. 저기 있는 강아지가 우리를 먹을 걸 찾아 서성거리는 호랑이로 알고 짖을 것 같군그래."

그때 관리인이 깊은 숲에 오래된 방갈로가 있다고 공손하게 일러주었다. 그곳이 비었다는 것도 확인해주었다.

"저녁식사를 하시지요. 음식은 준비했어요. 제가 여러분을 그리로 모시겠습니다."

"밥을 먹는다고요? 잠잘 곳을 빼앗고는 저녁식사를 하라고요? 이분들이 누구인지 아세요?"

가이드가 말했다.

"휴가를 즐기러 오신 분들이 아니에요. 여기선 물 한 방울도 입에 대지 않을 거예요! 이 악행을 우리 총재와 장관에게 보고하기 전엔 잘 수가 없다고요."

우리는 다시 차를 탔고, 관리인의 지프가 길을 안내했다. 우리의 새로운 목적지는 1킬로미터 정도 떨어진 곳에 있었다. 그곳은 주요 투숙객을 받지 않는 것이 분명해 보였다. 방갈로의 1층은 야간 업무를 위해 밖으로 나간 삼림감시원 두세 사람의 집으로 사용되었다. 현관 앞에서 북적이는 한 떼의 사슴이 울음소리를 내며 우리를 환영했다. 사슴들은 두 개의 헤드라이트 불빛을 받고도 흩어지지 않았다. 그건 사슴들이 사냥꾼을 만날 때도 있으나 대체로 사람들 속에 오랫동안 노출되었다는 증거였다.

경비원들이 모종의 신호를 받고 모여서 긴급하게 위층에 있는 방들을 치웠다. 내가 잠자리에 들 무렵 가이드가 빵 한 개와 오렌지 한 개를 들고 나타났다.

"제 잘못으로 선생님이 저녁식사를 제대로 하시지 못했네요!"

그는 눈물을 훔쳤다.

"선생님이 받으셔야 할 대접보다 제 자존심을 먼저 내세웠어요."

"내 말 믿게. 난 배고픈 걸 잊어버렸는데 자네가 일깨워줬어. 이 시간에 저녁식사(아니, 아침식사인가)를 내놓을 수 없다는 건 확실하지 않은가. 오렌지가 좋아."

나는 내가 무슨 말을 하려는 건지 확인하느라고 뜸을 들이며 말했다.

나는 가이드가 돌아간 뒤 잠자는 건 다음 날 밤으로 미루기로 마음먹고는 의자를 열린 창가로 끌어다 놓았다. 의자에 편히 앉아 숲 속에 있는 밤의 요정이 나에게 숲의 신비를 마음껏 열어주길 바랐다.

나는 실망하지 않았다. 숲은 달빛과 달빛을 받은 수많은 나무들의 반짝이는 은빛 나뭇잎들이 만드는 명암의 대비로 내 가슴을 뛰게 만들었고, 환상적이고 매혹적인 분위기를 연출했다.

고요했다. 그것은 일반적인 의미의 고요함이 아니었다. 그곳에선 내가 모르는 온갖 생물이 만들어내는 소리 외엔 아무 소리도 들리지 않았고, 그저 나무들 간의 들리지 않는 교감의 진동만 있었다. 그 소리는 특이하고 미묘한 방식으로 들렸는데, 매우 음악적이었다. 한순간, 비록 그 순간을 지속시키진 못해도, 내가 그 음악과 일치하는 것이 가능하다고 여겨졌다. 그것이 가능하다면, 매우 다르지만 아주 참된 세계, 즉 눈에 보이지 않게 우리의 거친 물질세계에 흩어져 있는 진정한 세계를 향한 '열려라, 참깨'를 얻을 수 있다고 느껴졌다.

나는 마치 그 세계의 입구에 도달한 것처럼 보였지만, 아직 그 세계로 들어갈 자격을 갖추진 못했다는 생각도 들었다. 사실 거기까지 도달한 것만 해도 축복이었다. 바로 그때 수많은 새들이 새벽을 알리기 시작했고, 나는 이틀 연속 잠을 자지 않은 후유증을 떨칠 수 있는 부활의 묘약을 먹은 것처럼 느껴졌다. 아래층으로 내려가자마자 새로 지은 게스트하우스의 관리인이 인사를 했다.

"선생님, 그 공무원들 중 리더 격인 한 사람이 지난해에 우리 방갈로의 스위트룸을 예약했는데요. 그런데 그들이 도착했을 때 어떤 장관 일행이 그 방을 사용 중이어서 숙박을 거절했습니다. 그때의 미안함을 갚은 건데 그게 이렇게 선생님께 불편을 드리게 될지 제가 어찌 알았겠어요?"

나는 관리인에게 그 공무원 일행이 내게 불편이 아니라 행운을 주었다고 알려주고 싶었다. 사슴들의 울음소리를 들을 수 있는 상황이 아니었더라면 밤의 숲과 밀회를 갖지 못했을 것이라고 말해주고 싶었다.

그러나 고위 공무원들은 타밀나두의 주 수상 MGR가 가장 좋아했던 내 운전사를 알아본 눈치였고, 이미 피가 나도록 자신들의 혀를 깨물며 자책했을 것이 분명해 보였다.

새벽이 천천히 펼쳐졌다. 매일 일어나는 일이건만 그것은 기적처럼 보였다. 우리는 그저 매일 일어난다는 이유로 얼마나 많은 기적을 감탄하지 않고 놓쳐버리는가!

지프를 시냇가에 두고 걸으면서 나는 삼림공무원에게 물었다. 그와 그의 두 보좌관은 나를 안내하려고 이렇게 이른 아침에 출근할 정도로 친절하고 민첩했다. 그들은 햇빛이 숲 전체를 예술적인 경지로 만들면서 빠르게 떠오르자 더 이상 긴 햇불을 쓰지 않았다. 햇빛이 야생화 군락 위로 미소를 보내며 둥지 밖으로 고개를 내밀고 짹짹거리는 귀여운 새끼 새들과 먼저 부화해 비상하려고 날개를 퍼덕이는 어린 새들을 어루만졌다.

"죄송합니다."

햇불을 바꿔야 하는 삼림공무원이 중얼거렸다. 그러나 그는 무언가 가치 있는 걸 보여줄 자신이 있어 보였다.

"여길 보세요."

그는 햇불을 모래에 꽂았다.

"어미 호랑이가 새끼들에게 아침 산책을 시키려고 방금 이 앞을 지나갔네요."

그는 우리가 그가 발견한 것을 좋아하지 않는다는 걸 깨달았다. 그는 서둘렀다.

"여기 아브하야라니아(동물이 두려움 없이 살 수 있는 숲)에서는 동물만 인간으로부터 안전한 게 아니에요. 사람도 동물로부터 안전합니다. 동물이 인간에게 적대적인 것은 본능이 아니라 경험에 의해서지요. 밀렵꾼은 공존과 공생하는 이 숲의 적입니다. 그러나 그들의 악행 덕에 선생님께 어미 호랑이가 새끼들에게 젖 먹이는 걸 보여드릴 수 있지요. 사람이 봐도 어미 호랑이는 전혀 상관하지 않아요."

"우린 동물원에서 호랑이를 만나는 것이 더 좋은데요."

우리 팀의 사진사가 내 가이드에게 속삭였다.

숲· 속의·
새벽·

우리는 얕은 개울가에 있었다. 개울 양쪽 둑엔 나무와 덩굴식물이 잘 어울리게 정돈되어 있어서 마치 전문가가 계획해서 만든 숲인가, 하는 생각이 들었다 그러나 전문가의 손길은 없었다. 숲을 어떻게 잘 어울리게 정돈하는지를 아는, 자연이 만든 그대로의 모습이었다.

나는 평평한 바위에 앉았다. 그 시간을 연장할 수 있는 어떤 마술을 안다면 그 부드러운 빛, 마음을 진정시키는 산들바람, 주변을 둘러싼 보일 듯 말 듯한 삶의 고동, 그러면서도 긴장을 야기하거나 깊은 정적의 대가를 요구하지 않는 그 경이로운 조화를 누릴 시간을 늘렸을 것이다! 새벽이 번개처럼 모습을 드러내는 듯이 보였고 (새벽이 나의 내적 존재로 들어가게 할 수 있는 능력과 시간을 가졌다면 좋았을 텐데) 왜 인도 문명의 새벽이 단다카라니아, 나이미샤라니아와 같은 장엄한 숲에서 발생했는지 알 것 같았다. 숲의 광채가 간힌 우리 영혼의 내적 광채를 풀어놓았다.

"피곤하세요? 잘 주무셨어요?"

삼림공무원이 걱정스러운 얼굴로 물었다.

"잠은 자지 않았습니다. 그러나 꿈은 잘 꾸었지요."

친절한 그는 수수께끼 같은 내 말을 좀 더 알고 싶어 했지만, 나는 더 이상 설명할 기분이 아니었다. 사실 내겐 여전히 숲 속의 밤과 가졌던 교감의 기쁨이 남아 있었다. 밀턴의 농부가 그랬던 것처럼……

동화 속의 요정들

그들의 한밤 잔치, 숲가에서

또는 뒤늦게 나온 농부가 보는 샘물가에서

아니면 그가 보는 꿈 가에서, 머리 위로 달이 떠 있는데

여자 중재인이 앉아 있네

나는 낮은 비명 소리를 듣고 강어귀 반대쪽 둑 위에 있는 코뿔소 한 마리를 바라보았다. 가만히 서 있는 코뿔소는 위협적인 자세로 굉장한 집중력을 가지고 우리를 살폈다.

"저 자세는 신경 쓰지 마세요. 우리가 저 자세를 두려워하는 것은 인간이 적을 공격할 때 저 자세를 취하기 때문이지요. 코뿔소는 우리를 충분히 이해한 것 같아요. 이렇게 이른 아침에 방문해줘서 얼마나 좋은지 말하는 것 같고요. 몸집이 큰 동물은 대개 점잖고 붙임성이 있습니다. 이제 우리는 몸집이 가장 큰 포유동물의 세계로 들어가는데요. 여섯 명도 안 되는 우리가 수많은 코끼리 속에 있는 셈이지요. 코끼리는 마음만 먹으면 언제든지 우리를 집어던질 수 있지만, 그런 일은 일어나지 않습니다. 이따금 코끼리 한 마리가 '안 돼'라는 주문을 깨고 예상외의 행동을 할 때도

있지만, 그렇다고 그들이 인간보다 더 예측불허는 아니거든요."

삼림공무원이 말했다.

"그러나 코끼리들이 가끔 인근 지역에 들어가서 농작물을 망치고 사람들을 공포에 떨게 하잖아요?"

내 가이드가 물었다.

"그렇습니다. 그러나 그것은 인간이 그들의 영역인 숲을 잠식하기 때문이지요. 우리가 그들이 이동할 자유를 방해하거든요. 삼림 지역이 줄어들면서 많은 냇물과 자연적으로 만들어진 연못이 사라졌습니다. 그것은 계절의 순환에도 영향을 주지요. 숲 속 동물은 쉽사리 당황하게 됩니다. 그들의 예측할 수 없는 행동은 그래서 나오는 것이고요."

우리는 최고봉이 해발 2400미터인 여러 산으로 둘러싸인 아름답고 아늑한 골짜기로 들어섰다. 여러 층의 숲이 코끼리 캠프(길들여지거나, 다른 코끼리를 따라잡는 훈련을 받는 캠프)를 감싸고 있었다.

사로잡힌 동물을 돌보는 사람들이 두어 채의 넓은 오두막 앞에서 우리를 기다렸다. 그러나 두 마리의 귀여운 새끼 코끼리가 그들보다 먼저 우리를 맞이했다. 우리 일행의 주변을 한 바퀴 돌고 단단하지 않은 상아로 우리를 슬쩍 밀친 새끼 코끼리들은 젊음의 기쁨을 조용히 누리는, 열 마리가량의 코끼리 무리 속에 있는 제 어미한테로 달려갔다.

아나말라이(안나말라이와 혼동하지 말 것)는 '코끼리들의 산'이란 뜻이다. 코끼리는 아득한 옛날부터 이 산악 지역과 숲에서 살아온 지배적 거주자였다. 그 점이 그들이 왜 그곳에서 그렇게 자연스럽게 위엄이 있어 보이는지를 설명해주는 듯했다. 그런데도 코끼리들은 자신들을 구속하는 상황에 관해서 그다지 상관하지 않았다. 아마도 인간의 탐욕이나 악행이 쉽게 용서될 수 있는 지역에서 살기 때문일 것이다.

교관의 오두막 앞에는 내가 앉을 의자가 마련되었고, 야자수 액으로 달콤한 맛을 낸 홍차가 큰 잔에 담겨서 스툴 위에 놓였다. 두 마리의 새끼 코끼리가 옆에 선 가운데 나는 풍미 있는 홍차를, 지금껏 내가 마셨던 가장 이국적인 홍차를, 마차 한 대만큼 줘도 바꾸지 않을 정도로 맛있는 그 홍차를 음미하며 마셨다. 나는 어미 코끼리에게 줄 코코넛을 받았다. 그러나 나도 달라는 듯한 다른 코끼리들의 눈길을 보고는 주인에게 코코넛을 더 줄 수 있느냐고 물었다. 그들이 코코넛을 더 준 덕분에 나는 조용한 코끼리들에게 감사를 받는 최고의 행운을 누렸다.

인도의 독특한 전통에 따르면, 대접을 받는 자리에 코끼리가 함께 있는 경우는 천상에서 락슈미 여신과 신들의 왕 인드라 신을 대접할 때뿐이었다. 또한 코끼리는 부처의 영혼과 여러 보살의 화신을 상징하기도 하는데, 불교의 대접도 코끼리와 밀접하게 관련 있었다. 내가 거기서 쉬는 동안 황금빛 태양의 첫 자락이 코끼리들 위에서 경쾌하게 춤을 추었다. 그러자 한 가지 이야기가 떠올랐다.

옛날 바라나시 외곽에 숲이 있었다. 어느 날 나무꾼들이 일을 하는데, 암코끼리가 그들에게 다가와 한쪽 발을 들어올렸다. 발에는 큰 가시가 박혀 있었다. 나무꾼들은 조심스럽게 가시를 제거하고 상처에 약을 발라주었다. 코끼리는 편안해졌다.

코끼리는 그때부터 매일 나무꾼들을 찾아와서 쓰러뜨린 나무를 숲 밖으로 끌어내는 일을 도와주었다. 세월이 많이 흘렀다. 한동안 그 코끼리

락슈미 여신과 코끼리.

흰 코끼리를 탄 인드라 신.
붉은 피부에 손에는 칼과 번개를 들고 있다.

가 나타나지 않았다. 그러던 어느 날 코끼리는 은빛이 도는 흰색의 새끼 코끼리를 데리고 친한 나무꾼에게 다시 다가왔다. 어미 코끼리는 새끼 코끼리를 사냥꾼들 앞에 놔두고 눈물을 흘리며 천천히 떠났다. 나무꾼들은 어미가 죽을 때가 되었다는 걸 알았다. 어미는 어떤 계곡으로 들어가서 마지막 숨을 기다리며 조용히 누울 것이다.

나무꾼들은 새끼 코끼리를 사랑으로 잘 보살폈다. 자라난 코끼리는 어미처럼 최선을 다해 나무꾼들을 도왔다. 그러나 잘생기고 명석하며 강한 코끼리의 명성이 퍼져 나가면서 마침내 왕의 귀에도 들어갔다. 왕은 숲으로 가서 코끼리를 보고 매혹된 채 서 있었다.

"백성들이여, 이 귀한 코끼리가 궁전에서 살아야 한다고 생각하지 않는가?"

왕은 나무꾼들에게 물었다.

그들은 기꺼이 코끼리를 왕에게 보내려고 생각했다. 그러나 코끼리가 조금도 움직이지 않았다! 왕은 상황을 되짚어보았다. 그러고는 금화 100개를 나무꾼들 앞에 내놓았다. 그제야 코끼리는 나팔 소리를 내며 왕을 따라갔다.

왕은 코끼리를 매우 사랑했다. 그래서 코끼리를 부하가 아니라 친구처럼 대했다. 왕이 가끔 격식대로 코끼리를 타고 도시를 누빌 때면 모든 사람이 그 멋진 모습에 감탄했다.

그러나 왕비의 출산이 얼마 남지 않은 어느 날 왕이 갑자기 세상을 떠났다. 설상가상으로 코살라의 왕이 바라나시를 병합하려고 진군했다. 코살라의 왕은 도시 밖에 진을 치고 왕국을 다스리는 왕실 자문단에게 코살라에 충성할지 아니면 전쟁을 시작할지 결정하라고 요구했다. 왕비에게 이 사실을 전하고 논의를 마친 후 왕실 자문단은 침략자에게 바라나시의 왕비가 곧 출산할 예정이라고 통고했다. 만약 왕비가 딸을 낳는다면 왕비와 공주는 친정으로 떠나고 왕국은 코살라에 항복할 것이지만, 왕비가 아들을 낳을 경우에는 바라나시의 군대가 왕자를 위해 나라를 지킬 것이라고 전했다.

코살라의 왕은 기다리기로 했다. 결정을 유보한 상황에서 양쪽 군대는 한 달 동안 야영지를 지켰다. 왕비는 아들을 낳았다. 곧바로 전쟁이 시작되었다. 바라나시의 군대는 용감하게 싸웠다. 그러나 준비가 잘된 적군이 저지선을 뚫고 성안으로 몰려들기 직전에 이르렀다.

모든 것을 잃는 것처럼 여겨질 때 설명할 수 없는 영감을 받은 왕비는 아기를 데리고 흰 코끼리가 머물고 있는 궁전의 정원으로 나갔다. 왕비는 코끼리 앞에 꿇어앉아서 말했다.

"내 남편의 귀한 친구여, 이제 왕은 안 계십니다. 여기에 왕의 후계자인 무력한 아들이 있습니다. 그러나 적군이 성안으로 들어오려고 합니다. 예전에 그랬던 것처럼 그들은 제일 먼저 이 아기를 죽일 것입니다. 할 수 있다면 이 아기를 살려주세요."

코끼리의 눈물이 볼을 타고 흘러내렸다. 코끼리는 어린 왕자를 잠시 코로 들어올렸다가 왕비에게 돌려주었다. 그러고는 큰 소리를 지르며 궁전 입구로 돌진했다. 왕비는 문을 열라고 명령했다. 그런 뒤에 코끼리는 성문으로 향했다. 성문도 열렸다. 코끼리는 최단거리로 적의 진지로 달려갔다. 코살라의 왕은 승리를 예상하고 의기양양한 가운데 고문들과 함께 앉아 있었다. 코끼리는 누군가 상황을 파악하기도 전에 왕을 집어들더니 돌아서서 성을 향해 달렸다. 처음엔 놀랐다가 행동할 준비를 갖춘 그의 신하들은 코끼리가 왕을 죽음으로 몰아가지 못하게 막을 수 있는 어떤 조치도 취하지 못했다!

코끼리는 적국의 왕을 인질로 잡아서 안전하게 궁전으로 되돌아왔다. 코살라의 귀족들이 무릎을 꿇고 왕을 풀어달라고 간청한 것은 두말할 나위도 없었다. 《본생담》에서는 그 어린 왕자가 보살이었다고 전한다.

내가 당당한 그 코끼리들을 동반하고 앉아서 언제부터 《본생담》의 에피소드를 떠올렸는지는 모르겠다. 그러나 일어서야 할 때가 되었다.

"이 새끼 코끼리들의 이름을 아세요? 카나기와 카필이랍니다."

삼림공무원이 내게 알려주었다.

"선생님께서 카나기가 누구인지 아시면 좋을 텐데요."

"압니다. 위대한 타밀 고전 《실라파티카람》에 나오는 여신 같은 여주인공이지요."

"맞습니다. 그렇다면 카필에 대해서도 아시겠네요."

"그럼요. 알고말고요. 그 유명한 현자를 누가 모르겠어요? 삼키아학파의 학자잖아요!"

삼림공무원은 당황한 듯이 보였다.

"저, 선생님. 그것이 아니고요. 그건 유명한 크리켓 선수의 이름을 딴건데……."

나는 잘못된 그 이름을 마음에 새기면서 코끼리들에게 안녕을 고했다.

1000개의.
숨은. 섬.

정오였다. 돌멩이가 많은 쓸쓸한 길을 따라 서 있는 나무 아래서 한 젊은이가 땀을 흘리며 웃고 있었다. 운전사는 그를 알아보았다. 그는 어떤 문제로 인해 정직된 농업부의 직원이었다. 우리는 그를 태우고 다시 차를 달렸다.

"세상에! 저 미치광이 국장이 어떻게 저기에 있을까요?"

농업부의 공무원이 큰 소리로 말했다. 좀 떨어진 곳에서 미치광이 국장이라고 불린 신사가 몇몇 농부들과 말을 하고 있었다. 공무원의 시선은 양복바지를 무릎까지 접어 올리고 면도하지 않은 턱을 실룩이는 나이 든 그 신사에게 고정되어 있었다. 신사의 말을 듣던 한 남자가 머리 위로 구멍 난 우산을 펼쳐 들었다.

잠시 후 신사가 다가와 우리 차 안을 들여다보았다. 공무원은 차를 세워달라고 부탁하고는 차에서 내려 신사에게 인사를 했다. 나는 공무원이 나를 신사에게 소개하고 싶어 한다는 걸 느꼈다. 신사는 우리와 우연히 동행하게 된 그 공무원의 상관인 것 같았다. 실제 그는 농업부에서 서열이 두 번째로 높은 책임자였다. 그는 농업부가 진행하는 재정 지원 프로젝트를 감독하기 위해 자전거(그는 가능하면 자동차를 피했다)를 타고 근처 마을로 내려온 참이었다. 그는 우리를 만나 즐거워 보였지만, 우리가 뜨거운 햇볕 아래 서 있는 걸 보고는 서둘러 잘 가라고 인사를 건넸다.

그러나 차가 막 움직이기 시작했을 때 그가 소리를 지르면서 우리가 탄 차를 막아섰다. 그는 공무원을 내리게 하더니 작은 소리로 무엇인가 말했다.

"제가 저 미치광이 국장을 어떻게 말해야 할까요?"

차가 움직이자 공무원이 중얼거렸다.

"국장님이 선생님을 대접하지 못했다고 돈을 주면서 시장에서 아이스크림이라도 사드리라고 하더군요."

"좋지요!"

내가 말했다.

"왜 그를 미치광이 국장이라고 하는지 아세요? 그는 지금쯤 우리 부서의 책임자가 되었어야 하지만, 특이한 성격 때문에 승진하지 못했거든요!"

공무원이 말했다.

나는 호기심이 생겼고, 공무원은 정직한 말투로 내게 많은 걸 알려주었다.

"우리는 화학비료와 살충제 사용을 반대하는 그를 인정할 수 있어요. 그러나 그의 입장을 뒷받침하는 논지를 알게 되면 그를 미치광이라고 부르지 않을 수 없답니다."

"논지가 어떤데요?"

"해충은 어떤 외적 수단을 동원해도 근절할 수 없다는 겁니다. 그 이유는, 해충이 인간이 만든 탐욕과 욕망, 폭력의 진동에서 생겨나고 또 그런 요소 위에서 번성하기 때문이라네요."

"우리가 방금 현자를 만났네요!"

나는 건성으로 외쳤다.

"한 번 더 말씀해주시겠어요?"

공무원은 의심스러운 얼굴로 나를 바라보았다. 나는 미소를 지었고, 그는 자기 옆에 있는 내가 미치광이가 아니라는 걸 확신했다!

우리는 공무원의 목적지인 시장에 도착했다. 작별 인사를 하기 전에 아이스크림을 찾아 이 가게에서 저 가게로 뛰어다니는 그의 열성이야말로 미치광이 같다고 할 만했다. 그제야 공무원이 그 미치광이 국장을 존경하고 있다는 걸 깨달았다. 나는 아이스크림 대신 청량음료를 마시자고 그를 설득했고, 미치광이 국장이 그에게 준 액수에 맞춰 각자 두 배의 음료를 마셨다. 나는 마음속으로 그 미치광이 국장이 진짜 현자라고 여기면서 청량음료를 한 모금씩 맛있게 마셨다.

그렇게 신선함을 준 인물을 만난 것이 당연하게 여겨졌던 것은 다음에 발견한 것이 실제로 일어난 일보다 훨씬 스릴이 있어서였다. 3000에이커(1200만 제곱미터)의 땅에 1000개의 고요한 섬이 펼쳐진 세상을 나는 상상할 수 없었다. 울창한 맹그로브 숲에 가려진 그 섬들은 타밀나두의 외딴 지역에 사실상 숨겨져 있었다. 〈피파가 지나가다Pippa Passes〉라는 극시에서 로버트 브라우닝이 말했듯이, 나는 "먼바다에 있는 생각지도 못한 섬! 아득한 저 대양에 있는 생각지도 못한 섬!"이라고 큰 소리를 질렀어야 했다. 그러나 그 섬들은 아주 가까이 있었다! 그곳은 페케하바람이었다.

1000이라는 숫자는 단지 추측일 뿐이다. 섬은 그보다 더 많을 수도 있다. 또한 놀라운 것은 섬을 둘러싼 바닷물의 역류로 형성된 호수와 물길이 4000개쯤 된다는 것이다.

일부 섬에는 어부가 살고 있었다. 그들은 얼기설기 엮은 초가집에서 살았다. 가끔 사이클론이 그 초가를 카드처럼 납작하게 만들었다.

"그런 재난이 이어질 때는 무엇을 하나요?"

나는 우리를 배에 태워서 주변을 한 바퀴 도는 뱃사공에게 물었다.

"우리는 기다리며 집을 다시 짓습니다."

조용히 그가 대답했다. 그것이 아무런 불평 없이 대대로 그들이 살아온 방식이었다. 그들에겐 최근까지도 자연이나 운명에 항거하며 불평하는 것이 낯설었다. 그들을 보고 있자니 존 밀링턴 싱의 희곡《바다로 달려간 사람들Riders to the Sea》(바다의 힘 앞에 맞서지만, 결국은 숙명을 받아들이는 아일랜드 섬 사람들을 그린 작품―옮긴이)에 나오는 등장인물들이 생각났다.

맹그로브 숲은 인도와 오스트레일리아에서만 볼 수 있는데, 이곳의 맹그로브 숲이 세상에서 가장 넓다. 한때 맹그로브 숲이던 벵골 지방의 순다르반(순다르는 맹그로브라는 뜻)에서는 지금 빠르게 숲이 사라지고 있다. 인간의 주거 지역에 빼앗긴 또 다른 맹그로브의 옛 터는 라메슈와람이었다.

우리는 목적 없이 노를 저었다. 나는 물과 나무들만의 세상을 느끼고 싶었다. 부드러운 햇빛 속에 자연의 침묵은 생생하게 살아 있었고, 깊은 생각에 빠진 나무와 물결치는 물엔 생명력이 넘쳤다.

열 살 정도 되는 소녀와 그보다 어려 보이는 두 소년이 탄 작은 배가 물길의 다른 쪽 둑으로 다가가고 있었다. 나는 카메라를 들었지만 거리가 너무 멀어서 망설였다.

"우리 선생님이 너희를 찍고 싶어 하신단다. 좀 더 가까이 올 수 있니?"

소녀가 뱃사공의 말을 들었는지 못 들었는지, 들었더라도 우리 요청에 응할지 말지는 알기 어려웠다. 소녀는 조류에 따라 노를 저었고, 우리는 조류를 거스르며 배를 밀어냈다. 우리는 곧 소녀의 배를 잊었다. 나는 배에 앉아서 나무와 물, 나무와 나무에 튼 새 둥지, 햇빛과 침묵 사이의 친밀성을 느끼는 데 빠져 있었다. 뒤에서 나는 "첨벙" 하는 소리를 들었을 때는 배에 타고 있던 다른 사람들도 나와 비슷한 기분에 빠져 있었을 것이다. 소녀는 자기가 탄 배를 우리에게 가까이 대려고 애를 썼다.

처음에 소녀는 속치마와 블라우스만 입고 있었는데, 지금은 사리로 몸을 감쌌다. 내가 카메라를 들이대자 소녀는 머리를 매만졌다. 나는 지금까지 살면서 마주친 대상 가운데 가장 아름다운 사람을 찍었다. 지금도 잊을 수 없는 것은 친절과 공손함을 갖춘 수줍은 소녀의 얼굴이다. 소녀는 내가 셔터를 누르자마자 배를 돌렸다. 내게 아무것도 기대하지 않았다. 말도 하지 않았고 미소도 짓지 않았다. 앞으로 수년간 나는 세상의 모든 냉소주의가 한꺼번에 닥쳐와도 내 마음속에 남아 있는 수줍어하던 소녀의 흔적을 지울 수 없으리라는 걸 확신했다. 선善은 인생에 존재하는 하나의 사실이다.

우주의 춤을 추는 시바 신 나타라자가 모셔진 도시 치담바람은 거기서 멀지 않았다. 아인슈타인은 "세계의 구조와 그 운동에 대한 내 모든 생각은 나타라자 신상에서 분명한 설명을 발견한다"라고 말했다. 그 신상에 집중하는 것은 공간과 시간의 다른 차원으로 들어가는 것이다. 그곳에서는 고요함과 움직임, 영원과 시간, 창조와 파괴가 의식의 한 경험을 이룬다.

아난다 쿠마라스와미(인도의 문화를 번역해 처음으로 서양에 소개한 미술사가―옮긴이)는 이렇게 말했다.

이런 신상의 각 부분은 단순한 미신이나 신조가 아닌 분명한 사실을 직접적으로 표현한다. 현대의 예술가는 아무리 뛰어나도 과학이 모든 현상의 배후를 상정하는 에너지의 이미지를 더 정확하고 더 현명하게 창조할 수는 없다. 만약 시간과 영원이 조화될 수 있다면, 그것은 거대한 궤적의 시간과 광대한 공간에 이르는 국면 전환의 개념에 의해서만 가능하다. 특히 중요한 것은 파괴하지 않고 변화하는, 북과 불이 암시하는 국면 전환이다. 이런 것들은 브라마의 낮과 밤처럼 가시적인 상징이다.

브라마의 밤에는 자연계가 무력해서 시바의 의지가 있을 때까지 춤을 추지 못한다. 시바는 그의 황홀경과 춤을 통해 일어나고 비활성 맥박 파동을 통해 일깨우는 소리 "아하!"를 전한다. 물질도 시바의 근처에서 영광으로 보이는 춤을 춘다. 춤을 추면서 시바는 여러 가지 현상을 지속한다. 때가 되면 시바는 여전히 춤을 추면서 모든 형체와 이름을 불에 태워 파괴하고 새로운 휴식을 준다. 이것은 시지만, 그럼에도 과학이다.

유럽인 몇 사람이 사제에게 물었다.
"우리는 사원에 들어가지 못하나요?"
"어떻게 그러겠어요? 여긴 베다 사원입니다!"
젊은 사제가 대답했다.
그의 답은 예상보다 훌륭했다. 참된 베다 사원은 《베다》가 그랬듯이 모든 금기를 초월했다.

신을. 사랑한.
두. 소녀.

스리랑감은 '기쁨의 신', '연극의 신'의 도시였다.

"2000년 전 모습 그대로의 인도 도시를 보시려면 스리랑감을 방문해보세요. 드넓은 사원 경내 일부와 늘어선 여러 시대의 표본 같은 조각과 건축을 제외하면 거기서 1000년이 넘은 유물을 볼 수 있다고 추천하는 것이 아니에요. 도시를 걸어 다니는 동안에 옛날 분위기와 냄새를 느낄 수 있다는 점에서 스리랑감을 권하는 겁니다."

언젠가 어떤 타밀 학자가 내게 권유했다.

"그리고 스리랑감에서는 서두르지 마세요. 베누고팔 사원에 있는 고피들('목동 소녀'라는 뜻으로, 크리슈나 신을 따르던 여인들을 지칭함—옮긴이)의 경이로운 모습, 장식 미술품으로 꾸민 스물한 개의 높은 탑, 그 밖에 정교한 아름다움의 결정체를 이해하려면 시간을 들여야 합니다. 또한 아직도 사원 경내에 감도는 (안달과 비비의) 사랑의 고동을 느끼려면 고요함과 균형감을 모으는 것도 필요하고요."

그가 덧붙였다.

나는 안달이 누구인지는 알고 있었지만, 흥미를 불러일으키는 비비는 스리랑감에 와서야 알게 되었다.

고대 문학에서 스리랑감을 그린 그림에는 깨끗하고 환한 넓은 도로가 보인다. 도로 양쪽에는 여행자에게 그늘을 주기 위해 심은 키 큰 나무들이 서 있고 그 뒤로는 우아한 건물들이 나타난다. 대다수는 보행자로 보이지만 일부는 말을 타고 소수는 코끼리를 탄 모습이다. 1인용 가마나 마차도 가끔 등장한다. 사원에서는 평화와 헌신의 마음을 우러나게 만드는 향냄새가 풍긴다.

나는 그 타밀 학자와 한 침묵의 약속을 지키려고 놋화로에서 나는 향내 가득한 스리랑감의 길을 여기저기 걸어가며 눈을 감고 과거에 있었음직한 장면을 떠올리려고 애썼다. 향수처럼 순수한 그 냄새는 석유나 디젤 냄새에 뒤섞여 곧 희미해졌다.

그러나 사원 경내는 달랐다. 그곳의 공기는 신선한 꽃과 백단향나무 가루 반죽과 툴시 잎에서 흘러나온 향기로 가득했다. 나는 마이크로 중계되는 서정시 같은 기도문의 곡조나 리듬이 10세기에 안달이 불렀던 기도문과 다르지 않을 것이라고 확신했다.

비슈누 신(이 지역에서는 랑가나트라고 함)의 신봉자인 비슈누치타는 울창한 툴시나무 한가운데서 우연히 여자 아기를 발견해 데리고 와서 길렀다. 아기는 안달이라는 이름으로 불렸다. 비슈누치타는 매일 아침 꽃을 모아서

크리슈나와 라다가 고피들과 함께 정원에서 놀고 있다. 18세기 그림.

화환을 만들어 사원으로 가져갔다. 사제는 그것을 받아 신에게 바쳤다.

"비슈누치타, 이게 무엇이지? 화환에서 어떻게 여자의 머리카락이 나올 수 있나?"

불쾌해진 사제가 어느 날 비슈누치타에게 다그쳤다.

비슈누치타는 깜짝 놀랐다. 그의 집엔 딸 외에는 여자가 없었다. 다음날 그는 잘 살펴보았다. 그랬더니 안달이 새로 만든 화환을 둔 기도실에 들어가서 화환을 목에 두르고 거울을 바라보는 것이 아닌가.

"어리석구나! 안달, 지금 뭘 하고 있니?"

비슈누치타가 방으로 뛰어 들어가며 물었다.

안달은 현명한 아버지가 그런 질문을 던지는 걸 이해할 수 없다는 표정으로 아버지를 바라보았다!

"아버지, 제가 랑가나트의 배우자로 보이는지 확인한 게 잘못인가요?"

안달이 화환을 벗어 아버지의 손에 건네며 천진난만하게 물었다. 비슈누치타는 말없이 서 있었다. 그는 신을 향한 딸의 강한 사랑을 확신했다. 또한 딸이 신에 대한 감동적인 시를 썼다는 것도 알고 있었다. 그러나 지금 딸은 자신이 전혀 준비하지 못한 질문을 던지며 답을 바라고 있었다.

딸의 새로운 면을 발견했음에도, 그는 그 화환을 신께 바칠 용기를 내지 못했다. 결국 그는 화환을 버렸다. 그날 밤 랑가나트가 꿈에 나타나서 물었다.

"너는 왜 내 화환을 빼앗았느냐?"

"신이여, 죄송합니다. 그러나 제 어리석은 딸이 화환을 신께 바치기도 전에 자기 몸에 걸쳐서 더럽혔습니다."

비슈누치타가 대답했다. 신은 웃는 것 같았다.

"더럽혔다고 했느냐?"

랑가나트 신은 말을 이었다.

"네가 화환을 내게 바치기 전에 네 딸이 먼저 매일 목에 둘렀기 때문에 거기서 특별한 향기가 났어. 그래서 내가 좋아했지. 다시는 내 귀한 장식품을 버리면 안 되느니라."

비슈누치타는 신의 말씀에 압도되었으나 실제로는 그것이 한낱 꿈일 뿐이라고 여겼다! 어쨌든 책임 있는 아버지인 그로서는 안달에게 적합한 남편감을 찾을 수밖에 없었다.

랑가나트 신의 배우자가 되기를 원한 안달. 14세기, 타밀나두.

"하지만 아버지, 제 남편이 저를 기다리고 있어요!"

안달이 손가락으로 랑가나트를 가리키며 말했다. 비슈누치타는 믿기 어려운 딸의 주장이지만 말도 안 된다며 내치지는 못했다. 그렇다고 그 말을 곧이곧대로 받아들일 수도 없었다. 그날 밤 비슈누치타는 또다시 꿈을 꾸었다. 랑가나트 신이 나타나 이렇게 말했다.

"내 배우자를 얼마 동안이나 내게서 떼어놓으려느냐? 어서 결혼식을 준비해라. 그렇게 하겠느냐?"

비슈누치타 혼자만 랑가나트의 마법에 걸려 행동에 나선 것은 아니었다. 그 신을 모시는 사제도 그랬다. 그들은 일반적인 결혼식에 필요한 모든 것을 함께 준비했다. 신부의 결혼 행렬이 사원 입구에 도착했다. 사제의 대리인들과 예식에 필요한 여인들이 안달을 맞았다. 신부에게서 나오는 기운이 모든 사람을 현혹했다. 그녀는 곧장 사원의 가장 깊은 성소로 들어가서 신의 옆에 앉았고, 그러고는 사라졌다!

안달은(8세기) 남인도 비슈누 종파의 성인 열두 명 가운데 하나로, 부데비(땅의 여신)의 발현이라 하여 숭배를 받는다. 그녀가 쓴 서정시는 고대 타밀 헌시의 보석으로 여겨진다.

또한 그저 인간적인 연인에 지나지 않았던 다른 소녀 비비도 존경을 받으며 랑가나트 신의 또 다른 배우자로 인정받고 있다.

비비의 일화는 12세기에 일어난 일이다. 북부 지방의 어느 술탄이 남부 지방의 스리랑감에 침입하여 도시를 약탈한 뒤 많은 양의 금과 보석을 가져갔다. 술탄이 딸 비비 나치아르에게 선물한 귀중한 전리품을 담은 바구니에는 원래의 신상을 옮길 수가 없어서 축제 때 쓰려고 만든 휴대용 작은 랑가나트 신상이 들어 있었다. 공주는 그 신상을 사랑하게 되었다. 그녀는 다른 모든 것을 잊고 살아 있는 것처럼 신상을 돌보는 일에 헌신했다.

몇 년 후 위대한 현자이자 한정불이일원론(限定不二一元論)의 해석자인 라마누자가 술탄의 궁전을 찾아와 그 신상을 사원으로 되돌려달라고 설득했다. 술탄은 공주에게 신상을 넘기라고 말했고, 신상을 돌려받은 현자는 흡족한 마음으로 스리랑감을 향해 길을 떠났다.

달빛이 환한 밤이었다. 라마누자는 한 젊은 여인이 가끔씩 흐느끼면서 호젓한 길을 달리는 그의 마차 뒤를 따라온다는 걸 알았다. 그는 마차를 세웠다. 마차를 따라온 사람이 공주라는 것을 안 그는 크게 놀랐다. 공주는 신상과 헤어진다는 사실을 받아들일 수가 없어서 따라온 것이었다. 그 후 아무도 사원 경내에서 영원히 살겠다는 공주를 설득할 수가 없었다.

일부 이슬람 의식을 힌두 제사에 접목한 그녀의 헌신 방식은 아직도 사원에서 준수되고 있다. 사원 경내에는 이슬람 디자인이 들어간 그녀의 기념탑이 공주와 랑가나트 신의 관계를 영구히 드러내며 서 있다.

"그 신의 근원을 아세요?"

한 사제에게 물었더니, 그가 이런 이야기를 해주었다.

"언젠가 브라마는 요가의 잠에 빠져 있는 비슈누 신을 명상했습니다. 브라마가 명상에서 본 모습이 그 신상으로 구체화되었다가 나중에 랑가나트로 알려졌지요. 마누의 소유가 되었던 그 신상은 당연히 그의 후손 아요디아의 왕 다사라타가 물려받았습니다. 다사라타가 말의 희생 의식을 올릴 때 그에게 존경을 표하려고 모였던 왕들 중에는 남부에서 온 촐라의 왕 다르마라자가 있었는데요. 다르마라자는 그 신상에 매혹되어 귀국한 뒤에도 코베리 강둑에서 그 신상에 대한 명상을 계속했습니다.

세월이 흘렀고, 라마가 숲으로 추방되고 라바나가 시타를 납치하는 사건이 일어났습니다. 라마와 라바나의 전쟁에서 승리한 라마가 아요디아에 귀향하는 중요한 사건도 이어졌고요. 라마의 대관식에 경의를 표하려고 다시 한 번 왕들이 모였습니다. 그 가운데에는 랑카의 새로운 왕 비비샤나가 있었지요. 그 역시 랑가나트 신상에 매혹되었습니다. 비비샤나의 마음을 이해한 라마는 그 신상을 선물로 주었습니다.

랑카로 귀국하는 도중에 비비샤나는 다르마라자의 손님으로 잠시 머물렀는데요. 얼마 후 여행을 재개하려던 그는 랑가나트 신에 대한 다르마라자의 헌신에 감복해 차마 그 신상을 가져갈 수가 없었지요. 그리하여 랑가나트 신은 다르마라자의 헌신의 대상이 되었습니다. 비비샤나는 신상 없이 돌아갔습니다. 이후 그 신상은 이 사원에 머무르게 되었고, 그래서 이 사원은 비슈누를 모시는 모든 사원 중에서 가장 거룩한 곳이 되었답니다."

전설이 우리를 사로잡는 것은 확인할 수 없는 사실의 총체이기 때문이 아니라, 신과 그 신봉자 간의 아름답고 미묘한 관계가 있기 때문일 것이다. 안달의 전설과 무슬림 공주 비비의 전설이 보여주는 주제도 다르지 않다.

일곱 겹의 성벽 안에 있는 60개에 가까운 사원은 저마다 전설 하나씩은 가지고 있다.

"저 탑을 보세요. 사원을 조직적인 약탈과 폐허로부터 막아낸, 랑가나트 신의 무희 데바다시의 기억이 서린 탑이랍니다."

그 지방 출신인 한 친구가 말했다. 어떤 침입자가 한순간 마을을 점령하고 즐거운 밤을 함께 보내려고 무희 데바다시를 붙잡았다. 그 무희는 숨겨둔 보물을 보여주겠다고 약속하고는 침입자를 탑으로 이끌었다.

"자, 여기 기대서 아래를 잠시 내려다보세요."

그녀가 달콤하게 말했다. 무희는 망상에 빠진 남자가 그 말대로 따르자마자 아래로 떠밀어서 죽였다. 침략자의 군대는 모두 도주했다.

이후 스리랑감은 어떤 침입도 받지 않았다.

라마를 만나는 비비샤.

신의. 행복은.
여전한가?.

1948년이었다. 발라소르의 학생이던 우리는 부바네스와르 근교의 황무지에서 교과서에 나온 코끼리 모양의 바위를 찾으려고 여기저기 돌아다녔다. 무성한 숲과 덩굴식물을 헤치고 그 바위를 찾은 우리는 그것이 방치된 정도가 아니라 버려졌다고 생각했다.

그곳은 폐허 속의 고요를 자연스럽게 증명하고 있었다. 바람 소리와 가끔 멀리서 들려오는 소 떼의 콧소리가 그 침묵(먼 옛날 칼링가 전투로 죽임을 당한 10만 명과 포로로 끌려간 15만 명의 울부짖음이 진동하는 침묵)의 농도를 떠올리게 했다. 그 이유는 다울리로 알려진, 코끼리바위 앞의 초원 지대가 기원전 261년 칼링가 전투가 벌어졌던 장소이기 때문이다. 그 전쟁을 시작한 사람은 전쟁을 치르는 동안 그 바위를 보았을 가능성이 높고, 거기서 자신 속에 어떤 변화가 생긴 걸 느꼈다고 전해진다.

그는 인도뿐만 아니라 세계의 역사를 바꾼, 운명을 주재할 수 있는 아주 드문 사람이었다. 그는 마가다 왕국의 젊은 왕이던 무서운 아소카(찬드라 아소카)에서 점점 경건한 아소카(다르마 아소카)로 변모했다.

다음의 인용문은 로널드셰이 백작이 나보다 25년 전에 이 바위를 어떻게 보았는지 기록한 글이다.

더 정밀히 조사하면, 그 코끼리가 비문이 새겨진 세 개의 돌기둥이 박혀 있는 윤나는 4.5미터 길이의 평평한 바위를 지키며 서 있다는 걸 알 수 있다. 먼 과거에서 온 이 비문의 역사적 내용은 제임스 프린셉이 1834년에 그 해독에 성공하면서 알려졌다. 우리는 불교를 세계적 종교로 만든 마우리아 제국의 위대한 선교사 황제가 제정한 유명한 아소카 칙령 앞에 서 있다. 우리는 2170년 전에 그의 명령으로 이 바위 위에 새겨진 위대한 왕의 칙령을 응시하고 있다.

— 로널드셰이 백작Earl of Ronaldshay,

《새의 눈으로 인도를 보다India : A Bird's-Eye View》

네루는 《세계사 편력Glimpses of World History》에서 그 칙령의 중요성을 이렇게 말한다.

아소카는 이 칙령에서 자신의 전쟁과 정복에 연루된 살육에 대해 혐오와 후회를 토로한다. 진정한 정복은 오직 자신을 정복하고 다르마(의무나 경건의 법法)로 사람의 마음을 정복하는 것이라고도 말한다. 그러나 나는 이 칙령의 일부를 여러분에게 인용하고 싶다. 인용문은 읽기에도 매혹적이지만, 아소카를 더 잘 이해하게 해줄 것이다. 칙령은 이렇게 이어진다.

"칼링가가 성스러운 황제 폐하에게 정복되고, 황제가 숭배를 받은 8년 동안에 15만 명이 포로로 잡혀갔고, 10만 명이 살육되었다. 그리고 그 몇 배의 사람들이 죽었다."

"황제 폐하는 칼링가를 병합한 직후에 경건한 법을 보호하고 사랑하며, 그 법을 깨우치기 시작했다. 그렇게 하여 황제 폐하는 칼링가 정복을 후회했다. 이전에 정복되지 않았던 어떤 나라를 정복한다는 것은 필연적으로 사람을 살육하고 포로로 잡아가야 하기 때문이다. 그것이 황제 폐하의 심한 슬픔과 후회가 되었다."

그 칙령은 아소카가 더 이상 살육이나 포로를 허용하지 않을 것이며, 칼링가에서 있었던 살육과 포로의 100분의 1이나 1000분의 1도 허용하지 않을 것이라고 말한다.

"더구나 누군가 그에게 나쁜 일을 해도 황제 폐하는 참을 수 있을 만큼 참을 것이다. 심지어 황제 폐하는 정복지의 숲 속에 사는 사람들도 친절하게 살필 것이고, 그들이 올바르게 생각하도록 애쓸 것이다. 왜냐하면 그들이 올바르게 생각하지 않는다면 황제 폐하가 후회하게 될 것이기 때문이다. 황제 폐하는 살아 있는 모든 존재가 안전과 자제력, 마음의 평화와 기쁨을 누리길 바라기 때문이다."

아소카는 참된 정복은 다르마로 사람의 마음을 정복하는 것이고, 그가 이미 자신의 나라뿐만 아니라 먼 나라에서도 그 승리를 얻었다고 언급한다. 칙령에서 거듭 반복되는 다르마는 부처의 법이다. 아소카는 열렬한 불교 신자가 되었고, 다르마를 전파하는 데 최선을 다했다.

이후 많은 것이 변했다. 카니아쿠마리에 있는 비베카난다(19세기 말 활약한 애국적 승려. 서양에 힌두교를 전파했다―옮긴이)의 바위가 현재 장엄한 기념관으로 장식된 것처럼 (그러나 또 다른 비베카난다와 그보다 덜 중요한 후보자들이 그 대가로 고독에 빠지거나 망연자실하게 서 있는 것처럼) 다울리 산도 마찬가지였다. 일본의 불교 선교 단체가 다울리에 지은 훌륭한 석탑은 아소카의 변심을 축하하면서 덜 숭고한 생일과 야유회를 동반한 결혼을 축하하는 여행자와 관광객에게 편의 시설이 되었다.

그 상황은 우리 시대의 패러독스를 반영한다. 비베카난다의 바위를 카니아쿠마리의 작은 섬에 두거나 다울리 산을 자연 그대로 고독 속에 두는 것이 최선이었겠으나, 그렇게 할 수는 없었을 것이다. 인구 증가나 모호한 동기를 가진 어떤 조직이 조만간 그곳들을 장악했을 것이 분명하다. 그런 이유로 옛날에는 침묵으로 했던 일을 지금은 요란하게 기념해야 한다.

다울리, 토살리(발굴이 진행 중인 고대의 성곽도시로, 무기력한 발굴 과정으로 악명이 높다), 부바네스와르 주변의 칸다기리와 우다야기리(자이나교의 동굴이 많은 쌍둥이 산)가 정말 오래되었다면, 그 도시 자체의 역사는 얼마나 오래되었을까? 만약 바라나시가 '시간보다 더 오래된' 도시라면 부바네스와르는 '시간보다 오래되었으나 아직도 살아 있는' 도시의 범주에 속할까? 인도는 세계에서 2500년 이상 지속된 가장 많은 도시와 유적을 가진 나라이고, 부바네스와르가 그런 도시 중의 하나라는 증거는 많다. 기원전 3세기까지 거슬러 올라가는 인도의 역사에서 가장 오래된 바위에 새긴 조각상이 여기서 발견되어 이전에 얻었던 이 장소의 중요성을 알려준다.

이 장소와 관련하여 가장 많이 찬양되는 이름은 기원전 2세기경에 살았던 카라벨라 황제다. 그는 칼링가 전투로 폐허가 된 이 지역을 재건하고

아소카 바위에 새겨진 브라미 문자.

다시 생명력을 불어넣은 황제였다. 그는 마가다의 왕을 격파했고, 마가다의 전 왕 마하파드마난다가 찬탈했던(마하파드마난다 왕은 운하를 파서 칼링가에서 약탈한 귀중품을 실어 날랐다) 칼링가자이나의 조각상을 되찾아서 의기양양하게 돌아왔다. 그러나 카라벨라는 고행자가 되어 왕비와 함께 칸다기리 및 우다야기리 동굴로 들어갔다. 동굴에 새겨놓은 그의 업적은 역사적으로 매우 가치가 높다. 그가 깎아 만든 동굴은 특이한 형태를 갖추었는데, 그중의 한 동굴은 토론이나 문화 행사를 열기에 충분할 정도로 크다.

동굴은 20세기 초까지 여러 다른 종파를 가진 은자들의 거처였다. 동굴에 살았던 널리 알려진 마지막 중요한 은자는 마히마스와미다. 그는 마히마 다르마라 불리는 신비주의 학파를 세웠는데, 그들의 활동 범위는 오디샤에 국한되었다. 동굴에서 살던 사람들은 퍼거슨이 1836년에 동굴을 방문했을 때, 그리고 다음 해 키토 중위가 동굴을 조사하려고 찾아갔을 때 아주 불쾌해했다.

그러나 오늘날의 동굴 거주자는 유쾌하게 방문자를 맞아줄 것이다. 방문자가 그곳을 돌아다니는 상인에게서 구입할 수 있는 볶은 땅콩을 건네면서 인사할 거라고 기대하기 때문이다. 그들은 사람이 아니라 기사도 정신을 지닌 친근한 원숭이 무리다. 하지만 내가 갔을 때 원숭이들은 나를 무시하고 다른 방문자 주위로 몰려들었다. 그녀가 독특하면서도 맵시 있는 옷차림의 여성이라는 점을 빼면 분명한 이유가 없어 보였는데 말이다.

고대 유적은 오늘날 훨씬 잘 보존되지만, 비용이 많이 든다. 산을 둘러쌌던 숲은 사라졌다. 지역의 정착민, 기업 그리고 영화 스튜디오의 집요한 노력이 그 지역이 가진 태초의 적막함까지 덮어버렸다. 이러한 일은 어디서든 비슷하게 일어난다.

그러나 부바네스와르는 아소카나 카라벨라를 위해서가 아니라, 도시를 주재하는 링가라지 신을 위해 존재했다. 46미터 높이의 신전이 11세기에 건축되었다는 사실은 잘 알려졌으나, 누가 처음으로 그 신을 숭배했는지는 지금까지 확인되지 않았다. 미술사학자 하벨은 "윤곽의 순수성과 풍성하지만 두드러지지 않는 장식에 위엄을 더해주는, 빼어난 기교의 견지에서는 링가라지 시카라(산봉우리처럼 생긴 힌두 사원의 탑—옮긴이)가 인도 건축의 최고 수준이다"라고 말했다.

부바네스와르는 시바 신 숭배의 중심지로 수많은 사원이 있는데, 그중에서도 링가라지 사원은 특별하다. 링가의 상징(남성 성기 모양의 시바의 상징—옮긴이)은 독립적 존재의 상징으로 여겨진다. 그러나 그 신이 독특한 것은 그가 하라(시바)인 동시에 하리(비슈누)이기 때문이다. 링가라지 사원에서 숭배 의식은 시바를 숭배하는 종파와 비슈누를 숭배하는 종파 양쪽의 절차에 따라 치러진다. 바하나스타브하(신의 탈것으로 신을 구분하는 탑)는 시바의 탈것인 난디(황소)의 모습뿐만 아니라, 비슈누가 타고 다니는 가루다(새)의 모습도 갖고 있다.

가장 오랫동안 존재한 사원은 파라슈라메스와라인데, 미술사학자 찰스 패브리의 말을 인용하면 오디샤 주 전체에서 가장 먼저 세워진 사원이며 건축 연대는 아무리 늦어도 650년 전이다.

그다음으로 오래된 사원을 건축 연대 순서로 보면 보이탈 사원(8세기), 무크테스와라 사원(9세기), 브라메스와라 사원과 라자라니 사원(각각 11세기), 아난타-바수데바 사원(13세기)이다.

라자라니 사원의 조각상과 링가라지 사원은 그 빼어남 덕에 광범위하게 재창조되었고, 실질적으로 시간의 파괴를 뚫고 현존하는 모든 유적에는 황폐해지긴 했어도 그 자체의 장엄함이 배어 있다. 그러나 조각상의 손과 발을 불구로 만든 것이 유일하게 시간, 즉 자연적 요소 때문만은 아니다. 나는 작은 사원의 한 패널을 보고 "와, 아름다워!" 하며 감탄했다.

"예전엔 얼마나 더 아름다웠을지 모르겠네."

"정말, 그랬어요."

사제 한 사람이 내 말에 동의하고는 한숨을 쉰 뒤 덧붙였다.

"칼라파하르가 탄생하지 않았더라면, 하고 제가 얼마나 바랐는지요!"

나는 표현은 약간 달랐으나 이렇게 말하는 걸 셀 수도 없을 만큼 많이

비슈누 신이 타고 다니는 새 가루다.　　　　　　시바 신을 태우고 날아다니는 황소 난디.

링가라지 사원.

들었다.

푸리, 코나라크, 부바네스와르에서 그런 식으로 조각상을 파괴한 사람은 칼라파하르였다. 글자 그대로 '어두운 산'이란 뜻을 가진 칼라파하르는 당연히 역사적 인물이다. 칼리다스 가자다니라는 이름을 가진 그는 벵골 지방을 다스린 아프간인 술탄 밑에서 일했던 힌두 신자였다. 그는 무슬림 여인과 사랑에 빠져 결혼했다. 그 결과 그는 힌두 사회에서 파문되었다. 푸리의 힌두 사원에 있던 당대 힌두 신앙의 최고위직 무크티 만답에게 올린 그의 열성적인 청원은 호의적인 반응을 불러오지 못했다. 1568년 오디샤는 아프간 군대에 의해 함락되었고, 칼라파하르는 때를 놓치지 않고 역사적으로나 예술적으로 중요한 모든 유적과 유물에 복수를 감행했다. 힌두교를 완전히 배신한 그는 눈에 띄는 아름다운 조각상의 팔다리를 자르면서 특별한 즐거움을 찾았다.

그의 임무는 무굴의 아우랑제브로부터 푸리에 있는 자그나트 사원을 파괴하라는 특별 명령을 받은 미르 사이드 아메드에 의해서 추진되었다. 오디샤 주의 수상을 역임한 H. K. 마흐타브는 "푸리와 부바네스와르에 있는 위대한 사원들이 그의 공격에서 어떻게 생존했는지 놀랍다!" "분명히 그 사원들이 살아남은 것은 규모가 워낙 거대했기 때문이다. 그러나 얼마나 많은 작은 사원들이 재로 변했는지는 어찌 알겠는가?"라고 썼다.

칼라파하르와 같은 사람들은 지금도 여전히 역사적 유적에 발길질을 하고 있다. 그들은 자신의 이름, 직위(때로 'X씨, Z씨의 처남, 존경받는 부군수'처럼 아주 많은 정보를 주는 것까지 다양하다), 사랑하는 사람의 이름 등을 벽이나 기둥, 조각에 새기는 사람들에서부터 신상을 훔치는 사람에 이르기까지 다양하다.

사실 한 영국인이 일찍이 1810년부터 부바네스와르를 근거지로 그런 일을 시작했다. 해외로 밀반출되는 인도의 신상이 100만 달러짜리 사업으로 성장하기 훨씬 이전이었다. 그는 동인도회사에서 일했던 스튜어트 대령이다. 브라만 사제들은 초기에 그가 신상과 비문이 새겨진 바위를 아낌없이 수집하자 인도의 전통을 사랑하는 그에게 깊은 감명을 받아서 그를 '힌두 스튜어트'라는 애칭으로 불렀다. 사제들이 개종한 그의 본심을 알았을 때는 이미 늦은 뒤였다. 그는 조각상들을 커다란 선실에 실어서 영국으로 가져갔다. 동인도회사의 고위층은 환멸을 느낀 사제들의 기분을 누그러뜨리기 위해 비문이 새겨진 두 개의 바위를 돌려주었다. 그러나 영국인 지배자들은 비문이 새겨진 바위를 다른 사원으로 옮겨서 비전문적인 연구자들을 당황스럽게 만들었다.

힌두 사원만 부바네스와르의 유일한 유산은 아니다. 구시가지 중심에 있는 저수지를 보고 놀라지 않는 사람이 누가 있을까? 이 저수지가 대단한 것은 43×23미터의 큰 용량 때문이 아니라, 바라하 케사리 왕(8세기)이 인도의 모든 성스러운 강과 호수에서 가져온 물을 거기에 쏟아 부었다는 사실 때문이다. 그래서 저수지에는 빈두 사로바르(물방울로 형성된 호수)라는 매력적인 이름이 붙었다! 아마도 독자들은 황혼 속에 걸음을 멈추고 호수면의 잔잔한 푸른 물결을 바라보던 내 기억 속에 남아 있는 그 호사를 누리지 못할 것이다. 지금은 자동차 행렬이 호숫가를 따라서 길게 꼬리를 물고 이어지기 때문이다.

부바네스와르에는 구시가지와 신시가지가 있다. 1953년 오디샤 주의 주도가 쿠타크에서 구시가지 외곽으로 옮겨졌다. 당시 그 지역은 새 주도로만 알려졌을 뿐 아직 도시가 형성되지 않은 상태였다. 주의원들은 10여 킬로미터의 모랫길을 걸어서 의회에 참석했는데, 건물도 나무도 없어서 가끔 몰아치는 모래폭풍을 헤치고 가야 했다. 여섯 개의 방을 가진 의회 건물을 제외하면, 반경 1~2킬로미터 안에는 한 채의 집도 없었다.

그 무렵 의회의 방문자실에서 한 시간을 보낸 내 친구와 나는 문득 차를 마시고 싶었다. 우리는 200미터쯤 떨어진 곳에 자리한 억새 지붕에 관목으로 벽을 댄 오두막으로 갔다. 찻집 주인인 젊은이와 낡은 반바지를 입은 10대 소년이 거기에 있었다. 우리는 차를 두 잔 주문하고 값을 치렀다.

낡은 벤치에 앉아서 차를 한 모금 마신 나는 친구에게 "정말 맛있어!"라고 말했다. 내 미각을 자랑하기보다는 여름날 정오의 단조로움을 물리치려는 의도에서 나온 말이었다.

씨름꾼처럼 생긴 젊은 주인이 의자에서 일어나 내 쪽을 보고 섰다. 그의 콧수염이 두 개의 망치처럼 보였다. 그는 손을 허리에 얹고 팔꿈치를 옆으로 뻗친 자세로 진지하게 차에 대한 평가를 다시 해달라고 내게 요구했다. 나는 내키지 않았지만, 다소 무서운 마음에 그렇게 해주었다.

그는 만면에 미소를 지으면서 (나는 그 웃음을 보기 위해서라면 기꺼이 2킬로미터를 걸어갈 것이다) 우리 손에 든 작은 컵을 낚아채듯이 가져갔다.

"선생님이 마신 건 평범한 차예요. 제가 특별한 차를 대접할게요. 선생님은 이 찻집을 열고 한 달 만에 우리 차 맛을 인정해준 첫 번째 손님이거든요. 제가 만든 특별한 차를 대접하지 않고 그냥 가시게 해서야 되나요?"

그는 직접 특별한 차를 준비했다. 직원에게 특별한 유리잔 두 개를 가

저오라고 이르고는 크림이 많은 우유와 약간의 마살라 그리고 꿀보다 더 단 시럽을 건네주었다. 대화가 시작되자 그는 성스러운 칸다기리 산기슭의 시골 마을에 사는 아버지와 형제들이 어떻게 이 대담한 사업을 믿지 않았는지, 어떻게 자신이 그들의 생각이 잘못되었다는 걸 증명하기로 결심했는지를 들려주었다.

우리는 이미 '보통 차' 값을 치렀다. 우리가 '특별 차' 값을 다시 치르려고 하자 주인이 사양했다. "선생님들은 제 친구입니다"라는 말이 그의 작별 인사였다.

엄청나게 큰 오디샤 주의회의 새 건물을 지나칠 때마다 나는 그때 그 '친구'가 지금은 주변의 저 우아한 건물 중의 하나를 소유하고 있는지, 저 화려한 호텔이나 레스토랑 가운데 하나가 내 기억 속에 소중히 자리한 그 작은 오두막의 발전된 형태인지 궁금했다. 그리고 아마도 이 도시에서 태어났을 그 '친구'의 자녀나 손자, 손녀가 그의 사업을 물려받았을 때 그의 멋진 미소(요즘의 도시 젊은이들의 얼굴에서는 본 적이 없는)를 물려받았는지도 궁금했다.

그에 대한 기억을 더듬자 원래 부바네스와르의 기원이 생각났다. 이 도시가 링가라지 신의 거처에서 시작되었다는 것은 더 말할 필요가 없다. 그런데 신은 왜 여기에다(예전에 에카르마로 알려졌던) 거처를 정했을까? 아주 오래된 전설에 따르면, 링가라지 신은 바라나시가 너무 복잡했기 때문에 거처를 이곳으로 옮겼다! 나는 링가라지 신이 만족하며 여기서 오랫동안 살기를 바라고, 그의 지복이 누구의 방해도 받지 않기를 희망한다.

별과. 랜턴이.
있던. 밤.

뭄바이에서 수라트로 가는 열차의 객실에 들어가자 자기 침대에 책상다리를 하고 앉은 한 남자가 따뜻하게 나를 맞았다. 남자는 자신을 '대_大기업가' 라브디왈라라고 소개했다(내가 잘못 듣지 않았다면 말이다). 나는 곧 그 남자가 '대'라는 말을 좋아하는, 중소 규모의 섬유공장을 운영한다는 걸 알게 되었다.

그는 모국어로 유창하게 말하다가 내가 그 말을 잘 알아듣지 못하자 힌디어와 영어를 섞어서 말을 이었다.

"전 영어를 좋아합니다. 선생님은 영어를 잘 아실 것 같네요. 차일드child의 복수형이 무엇이죠?"

그가 질문했다.

"왜, 어째서 그 복수형이 칠드런children이 되었을까요?"

그는 배꼽을 잡고 웃었다.

"차일드스라고 할 수도 있었는데 말이죠! 안 그래요? 그 단어가 철도회사에서 쓰는 영어라는 걸 아세요? 객실 입구에 붙은 승객 명단을 보셨나요? '미시스 차일드스와 그녀의 두 딸, 즉 두 명의 미스'가 우리와 동행할 승객이라고 적혀 있더군요. 철도 회사에서 두 아이, 즉 칠드런을 차일드스라고 쓰면서 어머니의 이름을 적지 않은 거지요."

내가 철도 회사의 영어 화법이 궁금해서 흥분한 그 '대기업가'에게 차일드스가 실제로 영국인의 성씨라는 걸 알려주기도 전에 그 이름을 가진 당사자들이 객실로 들어왔다.

라브디왈라는 일어나서 자신을 소개하고, 미시스 차일드스와 악수하려고 준비했다. 그러나 그 숙녀가 양손에 짐을 들고 있어서 악수는 생략하고 소개만 할 수밖에 없었다.

"미시스 차일드스예요."

미소를 지으며 여인이 말했다.

"정말 미시스 차일드스인가요?"

놀란 남자가 물었다. 물론 그 여성은 질문의 중요성을 이해하지 못했다.

"우리가 전에 만난 적이 있나요?"

그녀가 눈썹을 치켜 올리며 물었다.

"아닙니다. 전혀, 아니에요. 저는 영국 숙녀들을 존경한답니다. 이 소녀들은 아름답네요. 따님들인가요?"

"그렇습니다. 루시와 티니랍니다."

"아, 예. 숙녀분이 차일드스 씨라면, 어떻게 루시의 성이 허드슨인가요? 벌써 결혼했나요?"

그 남자는 딸의 여행 가방에 붙어 있는 성과 이름에 시선을 고정한 채 물었다.

"그 애의 아버지, 즉 제 첫 남편의 성이 허드슨이었어요."

"아, 예. 이혼하셨나요? 우리 인도인도 이혼을 합니다."

"돌아가셨어요."

"과부의 재혼이라고요! 아, 뭐 인도에서도 과부의 재혼을 좋아합니다만. 뭐, 20세기에 사는 우리는 이제 전통을 고수하지 않거든요."

E. M. 포스터의 소설 《인도로 가는 길A Passage to India》에서 지금과 비슷한 상황을 본 적이 있었던가?

인도인의 심리는 아홉 개의 유형으로 나뉜다. 그러나 나는 그 열 번째 유형(당황과 짜증의 조합)을 만나 아주 힘들었다. 다른 객차로 옮길 수는 없을까? 그러나 마침 "우린 피곤해서요"라고 말한 미시스 차일드스가 침구를 정리하기 시작했다.

일종의 전염병으로 확인된, 불가사의한 유행성전염병이 아직 수라트까지 미치진 못했다. 그러나 탑티 강에서 바라보이는 풍경은 우리가 겪는 산업 성장을 저주하기에 충분했다. 수많은 공장이 흘려보낸 폐수로 강은 온통 지저분해 보여 불쾌한 기분이 들었다. 그러나 수라트 사람들은 그 도시를 1년 만에 맹렬히 깨끗하게 (인도의 능력을 보여주는 분명한 본보기로) 만들었다. 왜 우리는 그런 능력을 보통 때는 사용하지 않을까? 아마도 정답은 한편으로 금욕주의자와 불교도가 지지했던 환상주의(이 세계를 거대한 환상, 즉 무지의 세계라고 여김―옮긴이) 철학과 다른 한편으론 정통 베단타와 《바가바드기타》의 가르침처럼 전쟁터까지 포함하는 생활 전반을 실재로서 지켜보라는 말씀이 묘하게 반대쪽으로 잡아당기는 데서 찾을 수 있을 것이다.

대학에서 연장 강연을 끝낸 나를 친구들이 버려진 폐허로 데려갔다. 그곳은 넓은 모래벌판을 향해 자리한 초기 서양인의 거주지였다. 나는 존 오빙턴이 저술한 희귀본 《1689년 수라트로의 항해A Voyage to Surat in the Year 1689》를 떠올렸다. 초기 서양인이 겪었을 전율과 두려움 그리고 깨달음을 그들의 증언을 읽지 않고 상상하기는 어렵다.

예를 들어보자. 오빙턴의 친구들은 큰 원숭이를 잡았는데, 얼마 후 원숭이가 요새에서 달아나고 말았다. 그들은 원숭이를 추적하기로 결정했다. 그러나 그들은, 인도인은 원숭이가 상점을 옮겨 다니며 비싼 상품을 부수거나 사람들에게 해를 입혀도 아무도 원숭이를 붙잡도록 도와주지 않는 걸 보고 깜짝 놀랐다. 영국인은 그것을 보고 호기심이 생겨서 《라마야나》를 읽었다. 그들은 오빙턴이 썼던 그 대서사시의 재미있는 줄거리를 읽고 그걸 그대로 믿었을 것이다. 오빙턴의 기록을 보면 악마의 왕 라바나는 금욕주의자가 되었다!

하지만 내 관심은 다른 곳에 있었다. 드디어 학자인 내 친구 카이발리아의 안내를 받으며 인도 국민회의당이 성숙해지고 모국의 완전무결한 자유를 요구할 수 있는 힘을 키웠던 장소를 답사하려고 나섰다.

나는 보름달이 뜬 그 밤이 기뻤다. 1907년에 수라트 국민회의가 열렸던 그 역사적 장소를 볼 수 있었기 때문이다. 나는 우리가 탄 차가 줄지어 늘어선 저택과 상점 앞을 지나가길 기다렸으나 카이발리아는 시장 가까이에 우리가 탄 차를 세웠다.

"여기가 수라트 회의가 열렸던 장소라네."

"그런데 정확히 어디가 그 장소인가?"

"그 정확한 장소는 역사의 책갈피 속에 있지. 아주 작은 부분만 여기에 공원으로 남아 있고."

우리는 공원의 한 벤치에 앉았고, 나는 마음속으로 역사의 페이지를 넘기고 있었다.

1906년 국민회의는 다다바이 나오로지가 총재이던 캘커타(지금의 콜카타) 회의에서 스와데시 운동(인도인의 국산품 애용 운동—옮긴이)을 찬성하는 외국 상품 불매운동안과 국민교육정책안을 통과시켰다. 그 운동을 스리 오로빈도(당시는 오로빈도 고세)가 후원했고, 틸라크, 랄라 라즈파트 라이, 카파르데는 공개적으로 지지했다. 나오로지는 그 운동을 지지했으나 페로제샤 메타, 고클레, 수렌드라나트 바네르지와 같은 온건파는 반대했다.

그 결의안을 실행할 프로그램이 국민회의당의 다음 회기에서 구체화될 예정이었다. 그런데 온건파가 회의 장소를 나그푸르에서 그들의 지지 기반인 수라트로 옮겨버렸다.

국민회의당의 연례회의는 많은 청중 앞에서 시작되었다. 의장인 라시 비하리 고세는 다른 지도자들을 옆에 거느리고 연단 위로 올라갔다. 암발랄 데사이가 고세에게 의장직 선출을 발의했고, 수렌드라나트 바네르지가 재청을 하는 순간 대혼란이 일어났다. 벵골 지방의 피리 부는 사나이, 즉 위대한 웅변가인 바네르지는 난생처음 충격을 받았다. 다음은 탁월한 저술가이자 언론인인 헨리 네빈슨이 당시 직접 겪은 체험을 적은 보고서다.

확고한 생각을 가진 수많은 대의원과 청중이 벌떡 일어서서 팔과 스카프를 내젓거나 지팡이와 우산을 휘두르면서 외쳤다. (……) 1만 명이 일어나 질서를 외치면서 소동을 피웠다. (영접위원의회) 의장인 말비는 의자에 엉거주춤하게 앉아서 들고 있던 베나레스산 놋쇠 종을 쳤으나 소용이 없었다. 수렌드라나트가 바로 그 탁상 위로 뛰어올라갔다. 그런 소음 속에선 그의 목소리조차 들리지 않았다. 그는 소리를 지르고 또 질렀으나 침묵처럼 들리지 않았다.

다음 날도 마찬가지였다. 수렌드라나트는 모든 사람에게 평화를 유지하자고 간곡히 부탁했고, 모틸랄 네루도 같은 맥락의 발언을 했으나 소용이 없었다. 그러나 의장인 고세가 자리에 앉기도 전에 틸라크가 일어났다. 고세는 수정안을 통고받았고, 동의해야만 했다.

"당신은 국민회의당의 휴회를 동의할 수가 없어요! 그럴 자격이 없다고 선언합니다."

말비가 소리를 질렀다.

"저는 의장 선출을 위한 수정안에 동의하기를 요청합니다. 그리고 당신은 의장석에 앉아 있지도 않아요."

틸라크가 맞받아쳤다.

"당신은 그럴 자격이 없다고 선언합니다."

고세 박사가 목이 터져라 고함을 질렀다.

"그러나 당신은 아직 의장으로 선출되지도 않았어요. 저는 대의원에게 호소하겠습니다."

틸라크가 대꾸했다.

타의 추종을 불허하는 네빈슨의 이야기는 다음과 같이 계속된다.

소동이 모두를 물에 빠뜨렸다. 팔짱을 낀 틸라크가 청중을 바라보았다. 그의 양쪽에는 젊은 온건파 사람들이 일어서서 거친 동작을 취했다. 주먹을 흔들고 허공에 소리를 지르면서 그를 단상에서 끌어내리려고 야단법석이었다. 그의 뒤에서는 고세 박사가 탁상 위로 올라가서 들리지도 않는 종을 흔들면서 이해할 수 없는 비난을 격정적으로 토해냈다. 극단적일 때도 부드러운 기질을 잃지 않는 고클레는 평화를 반복해서 외치는 온건파의 분노를 진정시키면서 위협적인 습격에서 자신을 보호하려고 양팔을 내뻗고 호적수인 틸라크의 옆에 서 있었다. 그러나 틸라크는 보호를 바라지 않았다. 그는 팔짱을 끼고 서서 최악의 폭력과 그 폭력이 자신에게 가해지길 촉구했다. 왜냐하면 그는 지옥이든 천국이든 무엇을 위해서든 움직이지 않을 작정이었기 때문이다. 그의 앞에는 흰옷을 입은 청중이 성난 바다처럼 으르렁거렸다.

갑자기 무엇인가가 공중을 날았다. 한 짝의 구두였다! 그것은 마하라타의 구두였다. 구두 밑창에 납이 박혀 있고 앞이 뾰족한 빨간색 가죽구두였다. 구두는 수렌드라나트 바네르지의 뺨을 때리고 페로제샤 메타에게 세게 부딪쳤다. 그러고선 구두가 떨어졌다. 그것이 마치 주어진 신호처럼 터번을 쓴 사람들의 흰 물결이 큰 파도처럼 단상을 덮쳤다. 뛰어오르거나 기어오르고 분노의 거친 숨소리를 내면서 긴 몽둥이를 휘두르는 그들은 온건파로 보이는 사람들의 머리를 사정없이 때렸다. 다음 순간 내 눈에는 갈색 종아리들 사이로 혼돈에 빠지는 인도 국민회의당의 모습이 들어왔다. 발미 전투에서 괴테가 그랬던 것처럼, 나도 오늘이 새로운 시대의 시작이며 당신도 그 현장에 있었노라고 말할 수 있을 것이다!

네빈슨은 옳았고, 중요한 점에서 그랬다. 새로운 시대를 알리는 징후는 다음 날 특별한 모습을 취했다. 국민회의파(온건파에 반대한다는 뜻으로)는 회의를 조용한 분위기에서 개최했다. 네빈슨은 이렇게 말했다.

오로빈도 고세는 진중하고 조용하게(내가 생각하기엔 한마디 말도 없이) 미래를 응시하는 사람의 눈처럼 멀리 내다보는 눈으로 의장석에 앉아서 움직이지 않았다. 틸라크는 별이 뜨고 누군가 옆에 랜턴을 켜놓을 때까지 수사나 열정이 없는 분명하고 짧은 문장으로 연설했다.

전설과.
환상.

"내가 캄캄할 때 도착해서 아침에 그 장소를 보았는데, 눈에 보이는 것들이 결코 믿겨지지 않았어"라고 말했다는 건 좀 가슴 아픈 일이었다. 나는 바다의 성난 파도 소리와 사원에서 들려오는 노래, 지난 수십 년 동안 내 기억 속에 뚜렷하게 자리한 그 장소의 분위기와 모습이 매혹적인 그곳의 고독을 아름답게 깨뜨리는 걸 절실하게 보고 싶었다. 그러나 지금 내 주변엔 온통 아무렇게나 퍼져 있는 시장뿐이었다.

"선생님의 감상주의는 변하는 세상에 어떤 의미가 있나요? 세상은 지난 1000년간 변해왔습니다. 나는 매일 신약성경, 특히 '산상수훈'을 읽으면서 예수가 방랑했던 그 주변을 그려봅니다. 때로 이런 생각으로 즐거워하면서요. 만약 예수가 풍요로운 서구 도시의 크리스마스 축제에 갑자기 들른다면 그 크리스마스가 자신의 탄생과 어떤 관계가 있다고 믿을까요?"

레스토랑에서 내 동행이 된 어떤 방문자가 말했다.

최근에 카니아쿠마리를 두 번이나 다녀왔음에도 가장 생생하게 내 기억에 남아 있는 여행은 오래전인 1965년의 첫 번째 방문이다.

일출 전에 거기에 도착하고 싶었던 나는 새벽 3시에 트리반드룸(지금의 티루바난타푸람)을 출발했다. 내 마음속에서 남쪽으로 부는 강풍이 우리가 탄 차보다 빠르게 느껴졌다. 자동차는 크리스마스 밤의 흔적, 즉 전날의 활기찬 시간을 침묵 속에 봉인한 트리반드룸과 그 교외를 따라서 달렸다. 안개가 덮인 작은 마을들과 여러 숲을 지나가면서 나는 목적지에 닿기 전에 해가 뜰까 봐 조바심을 냈다. 그런데 갑자기 어떤 고요함이 나를 사로잡았다.

아직 자동차가 멈추기 전이었지만, 나는 내가 인도의 남단, 땅 끝에 도착했다는 걸 깨달았다.

주변은 여전히 어두웠다. 나는 차가운 12월의 새벽에 부는 바닷바람을 맞으면서 서 있었다. 그 고요한 새벽 이전까지 나는 한 번도 그런 위험 속에 자신을 내버려둔 적이 없었다. 별이 드문드문 뜬 하늘을 머리에 이고 세 방향에서(인도양, 아라비아 해, 벵골 만의 세 바닷물이 만나는 곳—옮긴이) 들려오는 부서지는 파도 소리를 즐겼다. 그 소리는 인도 남단을 주재하는 카니아쿠마리 여신을 향한 기도처럼 들렸다. 나는 그 소리가 여신에게 기도하고 그 땅에 처음 거주하면서 나라를 세웠던 조상들(그들이 누구였든지 간에)에게 얼마나 심오하고 중요했는지를 깨달았다.

과거의 막강한 힘을 가진 군주들이 여기 높은 바위 위에 궁전을 건축하지 않은 데는 그럴 만한 이유가 있었다. 물리적 현실 뒤에 초자연적 실재가 있다고 믿는 사람들의 눈에는 사원과 세 바다 사이에 인간이 세운 건축물이 있다면 그건 모두 신의 존재 의도를 무산시키는 것으로 보였을 것이다. 그들은 오직 여신만이 거기에 거주할 권리가 있고, 오직 여신, 여신의 존재만이 그 땅의 신성함을 보장할 수 있으며, 여신만이 여신의 신성을 모독하려는 교만하고 적대적인 악마를 멸망시키면서 거기에 신성하게 서 있을 수 있다고 여겼다. 그래서 전설은 이렇게 이어진다.

옛날, 아주 먼 옛날에 바나수라라는 끔찍한 악마가 많은 왕을 죽이고 스스로 군주라고 선포하여 그 지역을 아수라장으로 만들었다. 그러나 '땅끝'은 악마의 탐욕적 야망이 미치지 않는 곳에 있던 한 왕의 수도였다. 신성한 어머니 신(샤크티 여신)의 화신인 카니아쿠마리(나중에 이 이름으로 알려졌다)는 바나수라에게 괴롭힘을 당했던 사람들과 현자들이 올린 기도에 대한 응답으로 그 왕의 딸로 태어났다.

공주가 자라자 아버지는 딸에게 적합한 배우자를 찾기 시작했다. 딸은 그것이 거북했고, 처음엔 왜 그런 기분인지 이해하지 못했다. 그녀는 명상을 시작했다. 명상 중에 순간적으로 자신의 정체성을 알게 된 공주는 만약 자신이 결혼을 해야 한다면 신랑이 시바 신이라는 사실도 깨달았다.

공주는 사마디 속에서 시바를 불렀다. 카일라사 산 정상에 거주하는 위대한 신은 하산하여 상서로운 시간에 그녀와 결혼하기로 동의했다. 공주의 조언을 받은 왕은 그 결혼식이 거행될 날짜와 시간을 널리 알렸다.

잔치가 시작되었다. 공주는 장신구로 화려하게 꾸미고 결혼식 준비를 마쳤다. 결혼식이 다가왔다. 신랑이 나타나야 할 시간이었다.

그런데 나쁜 일이 생겼다. 그 주인공은 다름 아닌 비슈누를 신봉하는 현자 나라다였다! 현자들은 시바가 그의 배우자를 히말라야에 있는 거처로 데리고 갈 것이라고 생각하면서 수심에 잠겼다. 이 위태로운 상황에 종지부를 찍을 사람이 바나수라가 아니라면 누구겠는가?

인도 최남단에 위치한 카니아쿠마리의 앞쪽 작은 바위섬에 세워진
높이 40미터의 티루발루바르(남인도 최고의 시인) 석상.

시바는 평소처럼 멍하니 혼자서 걸었다. 나라다가 부추긴 수탉이 길가
의 나무숲에서 "꼬꼬댁!" 하고 소리를 치며 달려 나갔다. 인간의 환경에
놓여 있던 시바는 그 바람에 혼란에 빠졌다. 닭 울음소리를 듣고 아침이
라고 여긴 그는 결혼식이 거행될 상서로운 자정이 이미 지났다고 확신했
다. 절망에 빠진 그는 바위에 앉아 있었다. 시바에게 앉아 있다는 것은 자
신에게 몰두했다는 걸 의미했다.

왕의 궁전에서는 모든 사람이 걱정스럽게 신랑의 도착을 기다렸다. 그

때 갑자기 도착한 것은 악마 바나수라였다. 공주가 매우 아름답다는 소식을 들은 바나수라는 왕이 공주를 자신에게 시집보내게 만들 것이라고 결심했다.

바나수라는 자신을 본 수문장이 돌처럼 굳었기 때문에 아무런 방해 없이 궁전으로 들어갔다. 물론 그를 보자 소동이 일어났다. 시녀들에게 둘러싸여 앉아 있던 공주는 억눌린 듯한 공포의 비명 소리를 들었다. 자리에서 일어난 공주는 자신을 끌고 가려고 다가오는 웃고 있는 악마를 보았다.

공주는 한 군인의 손에서 칼을 빼앗아 자신에게 한 발 더 다가온 악마에게 덤볐다. 악마는 탐욕스럽게 웃으며 발을 앞으로 내딛었으나, 그것이 악마가 낸 마지막 웃음소리였다. 그는 쓰러져 죽었다.

훌륭한 행동이었다. 그러나 신랑은 어디에 있는가? 수천 명의 하객을 위해 준비한 형형색색의 요리는 쓰레기가 되었다가 작은 조약돌로 바뀌었다. 이 지역 사람들은 지금도 엄청나게 많은 조약돌을 손가락으로 가리키곤 한다.

처녀인 공주 카니아쿠마리는 여전히 그곳에 서서 미래의 언젠가 다가올 또 다른 상서로운 시간을 기다린다. 공주의 시선이 동쪽 수평선에 고정된 것은 낙관주의의 표시다. 나는 인간의 몸인 공주가 그렇게 신성한 품위를 가진 모습인 걸 거의 본 적이 없다.

"모국 인도는 땅 한 조각이 아니라 힘이요, 신이다"라고 스리 오로빈도는 초기의 저작에서 말했다. 카니아쿠마리에서 맞은 새벽은 그 심오한 의미를 깨달을 기회를 주었다. 인도(의식의 물리적 형태)의 꼭대기 히말라야에는 시바가 있고, 그 밑 카니아쿠마리에는 그의 존재를 부르면서 샤크티 여신이 서 있다. 그들이 합치게 될 그날이 올 것이다. 그러는 동안에.

어둠의 세력이 움직이는 그 속에 여신이 있다
우주의 악과 잘못을 고치려고
그리고 무지한 세계의 비극을
신성한 기쁨의 희극으로 바꾸기 위해.
— 스리 오로빈도, 《사비트리Savitri》